平衡

滕肖澜 著

上海文艺出版社

（一）

　　三月。山间羊肠小道，蜿蜒盘桓。树枝上萌出新绿。野花虽幼，亦是别样娇艳。只闻风声鸟鸣。触目皆是春意。

　　"嘚！驾！"静谧的山谷，不知几时竟多了一辆马车。起初还在数丈之外，不多时已至跟前。驾车的是个三十来岁的壮汉，劲装打扮，虽坐在车上，亦是腰板笔直。练家子模样。那马也是好马，蹄下生风，既快且稳。

　　壮汉侧里瞥去，见日头西斜，已是临近申时。心下估算，若是一切顺利，天黑前应该可至洛阳。做这押送买卖，时限最是要紧，文书上白纸黑字，倘或误了时辰，人财即便平安，亦是砸了招牌。

　　于是心下略宽，怀里取出一壶酒，仰脖喝了两口，收起来。眼下不敢多喝，待到了洛阳，食肆伎坊，有的是机会畅饮。忽闻一阵马嘶，车身陡然停下，他没提防，直直向前栽去。总算反应不慢,他双手向后攀住车门,既稳牢自己,也挡了车内那人前倾的力道。

"贵客,没事吧?"他问。

车内"嗯"了一声。

壮汉抬目看去,不远处已多了两人。一男一女。男的约莫五十岁左右,驼背,相貌猥琐。女子三十多岁,身形婀娜,容颜俏丽。两人比肩而立。对峙片刻,女人娇笑一声:"人留下,不伤你。"

壮汉瞥见那驼背一张脸呈淡青色,隐隐能看见气息升顶,乃是内功修为到相当境地所致。那女子说话声音亦是气息深沉,可见功力不俗。他行走江湖多年,心知遇到两种人尤其要仔细,一是残废,二是女人。愈是觉着不值一提,愈是不可轻觑。老规矩,事事小心总是不错。

壮汉当胸抱拳:"在下龙荣,是致远镖行最不成器的一名镖师。接的也都是些零散小镖。车上并无财物,乃是一位返乡长者,从开封到洛阳,只我一人一马护送。料想不至惊动江湖朋友。二位既已到临,总不好教尊驾空手而归。这锭银子且请收下,龙某感激不尽。"话音刚落,一件白生生的物什从手掌飞出,速度极快,直逼那驼背面门。

那驼背先是不动,眼看那物什就要将他的脸砸个稀烂,他身形一闪,也不见如何动作,一锭银子已被他握在手里,掌心翻转,再张开,银子已成为一摊黑色的粉末,尽数落下。龙荣见状暗惊,心知此人非但内力超群,而且掌上带毒,才让银子瞬间变为乌黑。

驼背男子歪着头颈，眼睛瞧向地下，声音阴恻恻地发出："不要钱，只要人。"有些卷舌。竟不似中原口音。

"你若愿意，留下也成啊。"女人咯咯娇笑，伸出食指，一下下地，点着龙荣，"车里那人留活口。至于你，死的活的圆的扁的，都成。看我心情。"说着，右手微振，一柄通体碧玉的刀已握在手中，长不过六七寸，比寻常佩刀要短许多。她脸上兀自带笑，仿佛闲聊一般，眉宇间却透着杀气。那驼背亦提掌至胸前，两只掌心俱是乌黑骇人。

龙荣心知今日必有一番恶战，手摸向腰间长鞭，只待对方有所动作，立时迎战。

忽闻一个清亮的声音："华山派刘新华向两位讨教。"

驼背与那女人闻言一凛。望去，一个书生模样的男人站在车前。风过处，青衫微动。五十岁不到的年纪，相貌清癯。先前竟不曾察觉半分，转瞬已至跟前。可见此人轻功高深。

"不承想，华山派掌门也来蹚这浑水。"驼背冷哼一声。

"刘某受了朋友之托，今日定要保车内人平安。如非必要，不欲伤人。"

"能惊动一派掌门亲自护送，却不知谁有这么大面子？"那女子眼尾扫过，又朝一旁的龙荣看去，"知道了吧傻子，你这镖头是假的，是个幌子。人家另托了高手暗中护送。你还做梦呢。"

龙荣并不诧异。一路上早就察觉有人悄悄跟随。起初还当是宵小要劫镖，却发现此人并无歹意，而且武功深厚。龙荣行走江湖多年，自是猜到这趟镖有些蹊跷。镖行规矩，与客人不必多有交流，一路上车中人亦是悄然无声，连相貌也未曾看清。龙荣接过不少稀奇古怪的镖单，也不在意。开封到洛阳，路途不远，清晨起程，每三个时辰换一匹马，一日便到。一路倒也平安无事。谁知接近尾声时，到底是出了状况。

"天山毒驼葛胜，绿萝刀吴爱花。贤伉俪向来在塞外纳福，想不到居然来了中原。"刘新华道。

"华山到洛阳，何尝不是千里迢迢？刘掌门好好的一派之主不当，竟跑来帮人押镖。莫非，华山派近来很缺钱？"吴爱花嘴上说话，眼睛望向丈夫葛胜。

葛胜又是一声冷哼，先是不语，半响，忽道："——咦，华山派掌门不是岳不群吗，怎么变成刘新华了？"

通常有人开始胡言乱语，我就知道，梦快醒了。

质疑声中，几人都附和道："对呀，对呀，不是岳不群吗？"连刘新华自己也迷糊起来："好像是欸——"半文不白的对话变成了台湾腔普通话："是哦，超奇怪，想不通欸——"

龙荣骂声"每次都是废话超多，讲半天不开打，武戏文唱"，长鞭挥过去。驼背兜头抓住，再一带，龙荣重重摔在地上，口吐鲜血，怒目圆睁对着镜头："葛向阳嘞，死哪去了？"头一歪，没气了。

我"啊"的一声，整个人跳起来，眼睛睁开——彻底醒了。

现实生活中，龙荣和我是民航学院的上下铺兄弟，我们一起进的航空公司，我分在总调平衡室，他在客运部。五年前，他跳槽去英航当商务，去年升为副站长。我们依然经常见面。

他总是问我，打算在平衡室待多久。我说，我没想过跳槽。

他替我剖析，你三十三岁了，你们经理也只比你大四五岁，两个值班长都比你年轻，连你早几年带的徒弟，一个个也都快聘中师了，你还是个初级职称。没指望了。他加重语气，摇头，一声三叹。他说可以介绍我去某中东航空公司，从空少做起，飞几年红眼航班，然后转地勤。"至少换个环境嘛。"他是真心为我好。

龙荣是个对生活充满热情的人，行动力十足。长相也帅。身高一米八五，剑眉星目。刚毕业那阵，他被一个星探看中，拍了两个广告，反响不错。后来签了经纪公司，辞职去闯影视圈。他觉得他肯定能红。但事实是，他演了两年龙套，平均每天去三个剧组试镜，薪水全用在印简历上了。他又回到航空公司，还是当值机员。他爸爸的一个表哥，退休前是华管局的处长，替他搞定。每次提到那段经历，龙荣全无沮丧，而是跟我大聊那些女明星，谁跟导演有一腿，谁从来不背台词，对着镜头只念"一二三"，谁排场大得连上个厕所都要几个保镖跟着，谁电视上看着挺美，卸了妆比他妈妈还老。

龙荣是我梦里的常客。每次身份不同，但基本都是正面角色。螳螂捕蝉黄雀在后，一山还有一山高。他总是冲在最前面、最先被干掉的那个。有趣的是，梦里的他一点儿也不帅气，长身玉立英俊潇洒那些，跟他没关系，他练的还是外家功夫，不入流。他觉得我是妒忌他。我对他解释，那是随机的，没啥根据，我叔叔葛胜现实生活中连杀只鸡也不敢，窝囊到极点。他说，可你叔叔真的是个驼背，你婶婶吴爱花也确实比他年轻漂亮得多。我说，我婶婶是乡下人，只会买汰烧侍候我叔叔。他说，所以啊，她梦里使的是切菜刀，接地气。我想反驳，再一想，那把绿萝刀短得不成样子，四四方方倒真有点像切菜刀。他又问我，你姑父刘新华都出场了，你姑姑葛慧怎么没在？

我告诉龙荣，这是因为我姑姑也姓葛，跟我叔叔还有我都是一个姓，如果出现在同一场景，那关系就讲不清了。华山刘掌门的夫人姓葛，天山毒驼也姓葛，难道这背后另有牵扯？除非你真想往这上面发挥，否则没必要横生枝节嘛。即便是梦，逻辑上也要大致说得过去，不能有硬伤。

"'打遍天下无敌手'葛向阳也没出场，就是这个道理。免得梦里头乱套。"我道，往沙发背后靠去，"——当然了，哥是个传奇，神龙见首不见尾。这也是原因。"

龙荣笑起来："葛向阳，你真他妈不要脸。"

我每周大约做一两个梦，正常频率。但梦境记得特别牢，前后还能勉勉强强连起来，有点像国外的周播剧。人物线索并不完全一致，有时候连朝代背景都会改变。

比如上周，我梦到葛向阳在民国某个舞厅喝酒，向旁人打听崔樱的下落。"——这姑娘长得贼好看，可俊（zùn）可俊呢。"一开口，居然是东北话。但背景音乐是《上海滩》，广东话唱着"浪奔，浪流——"，我去卫生间小便，抬头，镜子里是许文强的脸。

走出去，一个侍者过来，很激动地问："先生，你是找她吗？"侍者递上一张海报，是赵雅芝版的冯程程。我像看见亲人那样使劲点头，给了他两块大洋。梦里我闪过一丝怀疑，崔樱跟她风格不同,一个是古典美,一个长相更现代些。当然大方向不错,都是美女。生活中我很少抽烟,梦里却熟练地抽着雪茄。腰里带一把毛瑟手枪。我还贱兮兮地撩起外衣,向周围炫了一把。生怕别人不知道我就是著名的赏金猎人,"打遍天下无敌手"葛向阳。

台上一个打扮妖冶的女人在唱"梅兰梅兰我爱你,你像兰花着人迷,你像梅花年年绿——",扭动腰肢,媚眼像子弹一样射过来。其中一颗正中我脑门。我朝她回了个飞吻。

华莉一人带着孩子,要生计。是个可怜女人。我们认识了几年(梦里),我甚至还把龙荣介绍给她。这一段梦里的龙荣,是个巡捕。一身正气,五短身材。他吃公家饭,我是野路子。一见面连名带姓地称呼对方。

"葛向阳!"

"龙捕头!"

梦里就是这么率性。他问我:"崔樱找到没?"我说:"有下落了。"他替我高兴,跟我干了两杯。

这时,一声枪响,天花板的吊灯落下来,正砸在这小子的头顶。他翻着白眼倒下去。我不慌不忙地扶起他,抹干净他脸上的血:"东西呢?"

好像一下子,我们就成了上下线的联络员。他嘴巴动了几下,我把耳朵凑过去,边听边点头:"好。"

华莉从后面没头没脑地扑过来,哭喊:"龙荣、龙荣——"我一脚踢过去,让她闭嘴。

"你要冷静,"我对她说,"龙荣同志不能白死。"

她兀自拎不清:"他是运气差,吊灯正好砸在他头上。"我吃不消:"那是敌人故意安排的。"她更迷惑了:"是你先坐那张桌子,他再过来的——"

我不语。她霍地停下,朝我看,骇然道:"是你!你故意让他坐那个位子。"我笑起来,拔出枪,抵住她的腰:"没有笨到家——说吧,他交给你的东西放在哪里了?老子陪你们玩了这么久,也该收货了。"

梦里我往往表现得比较阴狠。龙荣说,这是人潜意识产生的补偿反应。生活中太怂,梦里就想狠一把。"是突然之间冒出来的念头,少骗我说梦里你还运筹帷幄——我打赌你前一秒还想着骗华莉上床。"我推说我记不清了。心里却知道龙荣说的多半没错。否则就算杀人,干吗非让吊灯掉下来,不怕砸到自己?——脑残到家的手段。当然这也可以归结于梦就是梦,漏洞百出,禁不起推敲。

我承认我比较怂,但"怂"有时候也是稳重的意思。我做不到像龙荣那样,脚下装了风火轮,满机场地串门子,空管机务值机行查登机口贵宾室,哪里都有他的亲人。连跟空姐打情骂俏,噱头也绝不重样。随身手提包里装满头等舱洗漱包和餐盒,送给外场处的老爷们,逢年过节还有额外孝敬,以保证英航每次都能停在离安检口最近的桥位,不会晚点。

龙荣是个标准的百搭。他早晚还能当上站长。而我恰恰相反,孤僻,寡言,不爱跟人打交道。平衡室比较适合我,货单、装机单、配载表、平衡图、舱单……除了单据还是单据。我尤其喜欢手工平衡表。那几个凌晨三四点出发的货机,是我的最爱。波音777、747，还有A340。航空公司为了省钱不买电脑系统，从开装机单到画平衡图，全部手工操作。熬夜，还费工夫。我那些同事们为此恨得牙痒痒。唯独我，乐在其中。

我是做一休二。头天八点上班，次日八点下班，然后休息两天。每组两个人，三组轮番。另外还有做一休一的班头，早上八点到晚上八点。分两组。华莉是其中一组的值班主任。我们结婚时，她还是个资历倒数的小丫头，离婚前不久，她已经聘上中师，成为总调最年轻的值班长。

我开玩笑说我有旺妻命。她说："谁娶了我，都有旺妻命。"语速飞快不带表情。她就是这样干巴巴的女人。葛小伟归她。每两周我们聚会一次，一家三口看电影逛公园吃饭。再见亦是朋友。离婚时我们这么希望。事实上按班头算，我和华莉每六天就碰一次面。如果我下班晚个几分钟，或是她上班稍早一些，见面次数还会更多。尴尬是早就不会有了。我这样淡泊，她那样干巴。当年就是不知谁建议了一句："葛向阳你怎么不考虑一下华莉，我觉得你俩挺般配的。"我们是平衡室自产自销的第一对，也是迄今为止最后一对。后面也有想要效仿的，说一句"他们那样死样活气的，都没过到底"——便歇搁了。

华莉不是科班出身。她的高考分比我稍高些，据说是超水平发挥。她本来只打算考个二本，但志愿没有填好，行政管理专业。毕业后工作不好找，她父母花了些心思，把她弄到航空公司，说国企稳当，女孩子待着总是不错。她先是在机关实习，写写弄弄，但后来还是被发配到基层。关系没到位。她比我小三岁，进平衡室时两眼一抹黑，拿着那几本砖头似的载重平衡手册,像看天书。老史让我带她,我说"平衡对她来说有点难"。老史眼一瞪:"上班哪有不难的!又不是玩。"我说:"我不是不肯带,是怕带不好,耽误人家。"老史冷笑:"葛向阳你少发嗲,谁不晓得你业务水平高。不想带就明说,找啥借口!"

我确实不想带。带徒弟没钱,义务劳动。更重要的是,我觉得这女生长得有点笨,不可能成为一个优秀的平衡员。

平衡不是人人都能干的。这话我说过好几次。落在那些敏感的人耳朵里,会觉得我很狂。每次遇到突发情况,比如载量有大调整,或是系统故障临时改手工,又或者货单迟迟不出,外场发疯似的催装机单,商务一遍遍地吓唬"延误算谁的"——这种时候,只要有我在,基本没啥问题。大家的通识是,我比电脑系统更灵。电脑会 down 机,我不会。而且电脑计算平衡指数的范围太大,有时候明明已经很难看了,比如靠前得一塌糊涂,机长跺脚骂人:"哎,我拼着老命,机头也抬不起来——"没办法,安全范围内,不算错。但我不会让这种情况发生。我做出来的指数都很漂亮。机长飞得惬惬意意。小客机不提了,波音737、757,空客319、320……显不出水平,大型货机才是见真章。集装箱、集装板,还分各种规格,高低长短不一,特定的箱板只能放在特定的位置。曾经有一种板,全飞机只有一个位置能放,而且还对前后左右的板都有牵制,只要有它在,相邻位置统统限载,很麻烦。装机单一旦开错,调整起来就是大进攻,深更半夜人困马乏,地面搬运那帮兄弟骂起人来都不含糊。真要延误了,还有洋鬼子机长夹杂着各种方音的英语土话伺候。

"要凭感觉的。像意大利的 B747 货机，光上舱就是 29 块板位，每个板位都有重量限制，那不提了，A 加 B 有限制，A 加 B 加 C 有限制，A 加 B 加 C 加 D 又有限制……配置第一块板的时候，就要想到第二块、第三块乃至最后一块。不能顾头不顾脚。每块板之间都有联系。彼此牵制互为因果。这不是单纯的加法，而是数的无穷次方，复杂得多。手里没感觉不行。画错再调整，一次两次没啥，次数多上去，人就慌了。越慌越不行。以后都有阴影的。"华莉画平衡图时，我在旁边叮嘱。

她朝我看，显然有些不悦。我说下去："平衡就是这样，牵一发动全身，必须小心谨慎步步为营。"

大家都觉得我是故意把话说得很玄，吓唬人家小姑娘。其实不是。一个人如果连工作也不当回事，仅仅是混日子，或是作为赚钱的工具，那又有啥意思。何况航空公司薪水也不高。早些年勉强还算中上，现在外头年薪几十万上百万的多的是，我们还是原地踏步。七八年没涨过工资，充其量就是个服务性行业。还不像国外航空公司，至少一身制服神气，穿着也舒服。国企不讲究这些，平衡属于技术岗位，不直接跟旅客打交道，一套藏青色西服穿到死，屁股那块磨得光可鉴人，袖管捋起来加顶帽子、束条皮带，跟城管没啥两样，机坪上来来回回。邋遢得自己也不把自己当回事，三十多岁就跟老头子似的，走路拖着鞋跟，夜班出来穿条花短裤在办公室晃，对讲机里一副隔夜嗓子，轻易不吵架，碰到航班延误四下里扯皮，瞧准机会把促狭话扔过去。凌晨那阵的频道，红眼航班，通宵值勤，领导也不留意，比白天家常许多，鸡零狗碎、胡天野地，连骂娘的也有。别人再吵，平衡也要静得下心。讲起来地勤岗位里，就数平衡和机务最重要，直接关系着飞行安全，但也有区别。机务是外家功夫，实打实，这里敲敲那里碰碰，一目了然；平衡拼的是内力，一笔一画，九曲十八弯，慢慢才显出来。

我问华莉："看过《长安十二时辰》没有？平衡就跟那个家伙差不多——"她以为我指的是发明大案牍术的徐宾。可我说的却是："——报时的庞博士，坐着一动不动，计时分毫不差。平衡卖的就是死功夫。"

华莉说她是那刻起被我吸引的。结婚后某天，她回忆那日的情形："葛向阳，你认真起来的样子，也没有难看到家嘛。"这就是华莉。夸人跟损人差不多。但好在我也不是那种喜欢听马屁话的人。而且她的性格，老人家喜欢。我妈常说，华莉一看就是过日子的人，实惠，爽快，不玩虚的。华莉第一次上门，我妈、叔叔婶婶、姑姑姑父，清一色投赞成票。其实那年我也才二十八岁，脸上还余些青春模样，没到娶不着老婆的地步。那天华莉穿了一身西装套裙，式样跟工作服差不多，当然颜色料作要好一些。很正式了。礼物也是传统的酒和补品。长辈问一句，她答一句。谨慎，但不过头。是让长辈放心的类型。

婚后第二年，我们就有了葛小伟。大家都觉得我们应该能白头到老。男的老实，女的不作，这样的小夫妻，上海滩上又能寻着几对？可第三年我们就离婚了。华莉说，孩子还小，必须跟着妈妈。我没研究过法律，也没想过要霸着孩子，便随她了。存款归我，房子归她，抚养费和房贷相抵，各不相欠。三十不到的女人，带个孩子，她爸妈身体不好，也指望不上，全靠她自己撑着。离婚原因是性格不合，和平分手。对内对外都这么说。平衡室里抬头不见低头见，没听她诉过一声苦，也没有关于我的难听话流出来——我反倒是从那刻起，开始有些佩服她了。

我试着撮合华莉和龙荣。必须承认，这波操作有点妖。如果不是龙荣一直在我面前夸华莉，说她"有性格""第二眼美女，耐看"，我不会这么做。把前妻介绍给兄弟，无论如何都有些别扭。我再三向他保证，不会介意。他抢过话头："你不介意，我就不介意。"我说："你要是不介意，我肯定也不介意！"绕口令似的，语气愈发恶狠狠，像是赌咒发誓。他看着我笑。我用审视的目光瞪着他，想辨别这小子是真是假。娱乐圈待过的朋友，总归不可靠。前妻也是妻，不好把她往火坑里推。

第一次约会是我陪着。因了那层意思，气氛稍有些怪异，但也还好。有龙荣在，想冷场也难。再说华莉跟他本来也熟。我没对她明说，想考察龙荣一阵才告诉她，免得多事。中途上了个厕所，出来见她在门口等着。"葛向阳，"她问，"搞什么鬼？"我作茫然状："啥意思？"她道："龙荣刚才那是什么表情？眼神飞过来飞过去，贼一样。"我心里偷笑一下："他本来就贼兮兮。"她狐疑地问："你不会是想撮合我们吧？"我以退为进："就算我想撮合，也要你答应才行啊。"她一怔："——好啊，我答应。"

这下轮到我诧异了，脸上还不好露出来："我待会儿问问他。"

她"嗯"的一声，又低下头，有些幽幽地说："他不会肯的。"

我听出她语气里的患得患失。犹豫是该顺着她,还是告诉她实情。

"华莉有时候挺可爱。"我对龙荣说。

"不是'有时候',是'一直'。"他纠正。

我纳闷龙荣是几时开始对华莉产生兴趣的。弄不好离婚前就有想法了。照这层意思,我该请他吃几记老拳才是,觊觎人家老婆,至少也要把狠话扔个几句。但我没有。相反,我还像老爷子托付女儿那样,很郑重地对他说:"要是寻开心,现在就收手。要是来真的,那就对她好一点。对葛小伟也好一点。"

我想起来了。梦里我说的也是这句。吊灯掉下来前那刻,我望着五短身材的龙荣,神情凝重。东北话变成上海话,"——听到哦?"赏金猎人葛向阳问他。龙荣"嘻"地一笑:"后悔了吧?"葛向阳问:"后悔什么?"他道:"后悔没早下手。"葛向阳摇头:"我喜欢的是崔樱。你又不是不知道。"龙荣冷笑:"崔樱喜欢你吗?"

生活中碰到难以回答的问题,会比较头疼。梦里不怕,回答不出,就让吊灯砸下来。场景氛围也可以任意转换。生活剧变成谍战剧。龙荣歪着脑袋倒下去那瞬,骂了声"册那",翻个白眼。背景音乐也变成了鬼子进村,阴恻恻的。灯光落到葛向阳脸上,半边掩映在黑暗中,诡异的黑白质感,像电影里恶棍的特写。

枪抵在华莉腰上,我有些猥琐地用手肘擦了一下她的胸。又问了一遍:"那东西呢?拿出来!"她没动。我用枪托重重砸了一下她的腰眼："说！"她看我，忽地笑起来："杀了我吧！杀了我，葛向阳你就永远也拿不到那东西，也永远找不到崔樱。"

梦里我恨得牙痒痒。华莉继续刺激我："单相思可怜啊，热脸贴人家冷屁股，贴了十几年了，脸上都捂出冻疮了，连个屁都没得到。哦，不对。"她修正一下："屁还是能闻到的。"我猜她是想把我激疯，然后一枪崩了她。我偏不。梦里的我老谋深算，很有城府。

我一脸平静："说下去。"

"我其实特别能理解崔樱，她为什么一直躲着你。要是换个条件好点的男人，帅点的，性格讨喜的，有意思点的，暗恋自己这么多年，那也算是一段佳话。可你呢葛向阳，讲得难听点，你就是一坨屎。说你老实吧，其实是个坏料，一肚皮坏水；说你聪明吧，生活被你搞得乱七八糟不像样，老婆孩子亲戚同事，你看他们不顺眼，他们见了你也恨不得一脚踹过去。我觉得，你是煞费苦心要把自己变成一个人见人憎的家伙。换了别人，就算铁了心要糟蹋自己，也不可能做得这么到位，葛向阳你在这方面绝对是个天才——"

骨子里我是个怂人。所以在梦里我也很少骂别人，只会把自己损得一文不值。似乎想发泄的人不是华莉，而是我自己。骂的内容也很实在。自己看自己，往往比别人更准确。因此这番话很难反驳。批评与自我批评，都是我。赏金猎人葛向阳骂了句脏话："×捺娘的老×！"

枪响了。倒下的却不是华莉，而是她边上一个穿长衫的中年人，他拿着匕首正要刺向华莉。我一枪打中他眉心，华莉尖叫起来。我按住她,让她别动,一枪过去,"砰!"又崩了三米开外的一个持枪男子。我把华莉护在身后。她推我,惊魂未定:"你到底是什么人?"

"自己人——同志,你辛苦了。"

这个十三点到极点,又毫无逻辑的回答让我笑起来。岔了气,咳嗽两声——梦醒了。

华莉和龙荣进展得很顺利,或者说是很平稳。细节我不方便多问。周日看电影时,葛小伟很慷慨地送了我几个英航的洗漱包:"爸爸你拿着,我还有好多呢。"儿子性格挺爽气,甚至有些马大哈,这使我从他嘴里套出不少信息。比如龙荣给华莉买了一个 Gucci 的包,华莉拿回家就抱怨"还不如折成现金给我"。另一次,龙荣请母子俩去吃日本料理,点了刺身,结果华莉不吃生的,让服务员拿回去烧熟了再端上来。

"这挺像你妈的风格。"我笑着评价。

"爸爸,"四岁的葛小伟已经到了似懂非懂的年纪,"妈妈会和龙叔叔结婚吗?"

"有可能。"我作出轻松的模样,微笑,"但是不管她和谁结婚,我都是你爸爸。"

"你又不跟我们住在一起。"葛小伟噘起嘴。

"我们的心是在一起的。"我认真地回答。

大人一本正经地抒情,落在孩子眼里,就像说笑话。葛小伟没心没肺地笑了。华莉上完厕所回来,补了口红。离婚前她很少在我面前化妆,我也不大会仔细观察她——她其实长得不难看,早些年皮肤有点粗糙,生了孩子后反而滋润了,眉眼也多了几分成熟女人的味道。发型还是偏老气,长波浪缺乏打理,光泽不够,鬓角处有两三根白发。

"在聊什么呢?"她问。

"在聊你和龙荣。"我故意说。

她斜了我一眼:"少在孩子面前说这些。"

"孩子什么都懂,"我停顿一下,"——龙荣要是对你不好,就告诉我。我揍他。"

"再不好也比你好。"她撇嘴,不留情面。

第二天我和华莉都上班,所以提前把葛小伟送到我妈那里。这种情况每六天碰到一次。一次送我妈家,一次送她妈家。偶尔华莉也会换个班什么的。车上,她对我说,如果再婚,她一定要找个朝九晚五的。英航每天一班,中午两点起飞。龙荣基本满足这个条件。我说:"只要别朝三暮四就行。"这话很没意思,小家子气。果然,华莉刺激我:"葛向阳,如果我和龙荣结婚,你可以当伴郎吗?"我嘎着嗓子:"不合适吧,伴郎要没结过婚才行。"她道:"现阶段单身就行,我们不讲究。"

我猜想,这或许就是龙荣在梦里总没好下场的原因,尤其这一阵。每次都是炮灰。我潜意识里对他很不爽。

龙荣也有些意识到了。"葛向阳,"他说,"我理解你的心情,就像城隍庙里的九曲桥,弯来绕去,牵丝绊藤。"

"你不懂。"我叹口气。

"我懂的。"他道。

"你不懂。"

"我怎么不懂,"他"嘿"地一声,"——不就是因为崔樱嘛！"

又是崔樱。梦里梦外都是她。她几乎成了我做人失败的标志。华莉觉得，我之所以和她结婚，是因为我把她当成了崔樱的替代品。这话没道理。一是崔樱比她漂亮得多，二来我也不可能痴情到为谁耽误终身。遇到条件合适的对象，结婚是再自然不过的。我骨子里是个俗人。凑合、随大流、不想被人指指点点，也不想让我妈着急。十二年前我爸去世后，我妈身体就一直走下坡路，后来查出尿毒症，脸肿得像馒头，关节钻心地疼，每隔两天就去医院做血透。长期吃药让她的心脏也出了问题，随身携带丹参滴丸。她活得很不顺畅。我不能再雪上加霜，添她的堵。当然到头来，这点还是没能做到。离婚让我妈身体一下子又垮了，亏得及时做了肾移植手术，否则后果不堪设想。

"葛向阳，你应该再成熟些。"

姑姑葛慧教训我。我坐着，她俯身在我头上轻轻敲了一下。显得跟我很亲密。新买的宝格丽项链垂下来，在灯下闪着莹彩绮丽的光。她是指我应该跟刘婵的男朋友喝一杯。"一直闷坐着，响也不响，也不晓得照应一下，傻吧。你是阿哥呀，他是你将来的妹夫呀，一家人呀——"

此刻我们一大家子坐在某五星级酒店的大包厢里。叔叔一家、姑姑一家加"毛脚"，我和我妈，还有老年痴呆的我奶奶，正好十个人。"毛脚"去了厕所。大家稍稍放松些，自由呼吸，手脚随意摆放，说些接地气的话。叔叔葛胜没喝酒，被婶婶吴爱花关照了不许，免得乱讲话。他评价，小伙子蛮文气。葛慧"嘿"的一声，做了个"这还用说"的表情。

"他爸爸是商学院教授,长江学者,妈妈是外资银行高管。家教肯定好的。"

"跟婵婵很般配。"吴爱花加上一句,"——门当户对。"

葛慧有些得意地朝丈夫刘新华看了一眼,嗔道:"你呀,就你要求高,嫌人家没工作。人家怎么没工作了,跟朋友合伙开饭店,那也是工作呀。你自己也是做生意的,人家爸妈也没嫌弃你。那样的家世,你还挑什么。退一万步讲,就算瘫在家里,人家爸妈什么条件,还会让他饿死?你女儿又不是啥金枝玉叶,书呆子一个,二十八岁了连个扣子都不会钉,说话傻乎乎,不会弹钢琴也不会画画,近视倒有一千度,镜片比啤酒瓶底还要厚——我要是人家爸妈,说不定倒有想法的。"

"阿姐会跳钢管舞。"葛耀祖忽然发声音。

吴爱花瞪儿子一眼。葛胜"嘿"的一声,皮笑肉不笑地拿杯子喝果汁。葛慧眉毛一竖,要说话,被刘新华拦住。"吃饭。"吴爱花一根手指过去,在儿子额头重重点了一下。

"少胡说八道!"

"跳得蛮好的呀。又不是没见过。"葛耀祖笑着问我,"是吧,阿哥?"

"再说就给我出去。"吴爱花作凶相。

刘婵不吭声,面无表情地把眼镜往上推了推。这时,"毛脚"小江开门进来。拿随身的手帕擦手。"有点拉肚子。"我坐在他旁边,听见他轻声对刘婵说。刘婵做个"嘘"的动作。他懂意思,打住了。

"哎呀你拉肚子啦?"我冷不丁地叫起来,"要不要紧的啊?"

一桌人都惊动了。纷纷问"是不是吃坏了",小江涨红了脸,一双手像发鸡爪疯似的乱摇。葛慧环顾席面,立刻断定是那盘醉蟹出了问题。"都是你,"她责怪丈夫刘新华,"让你不要点这个,你偏要点,生的,伤肠胃的呀——"

刘新华叫服务员倒杯热水来,又问:"你们这里有黄连素吗?"服务员为难地表示"没有",又说"旁边倒是有家药店的"。小江窘得都结巴了:"没、没事的——"求救似的看向刘婵。刘婵说:"拉出来就好了。"小江拼命点头,却不合时宜地放了个响屁。跳起来又冲向厕所。

"我肠胃算得差了,也没事。"葛胜摇头,"小伙子身体不行。"

"紧张也是原因。"我说,"'毛脚'上门,难免的。一帮人围着,讲得好听点,是看相,讲得不好听,就像动物园里看猢狲。"

姑姑葛慧对我这个比喻不太满意:"葛向阳你少开口。"她继续埋怨丈夫:"早知道不吃宁波菜了,老老实实吃上海菜不是蛮好?或者广东菜也好。"刘婵说:"有啥关系啦,人吃五谷杂粮,又不是神仙。"葛慧说女儿:"你也是的,他肠胃不好,早说呀!"刘婵吃不消:"我怎么晓得他肠胃不好,他又不会对我讲这些,他也从来没在我面前吃坏过肚子。"

葛慧其实是气恼这顿饭坏了气氛,米其林一星的高档餐厅,人均四位数,想让这孩子带句话到亲家,这家人也是上档次的,心也诚,意思也到位。眼下这情形,不好怪谁,真正是窝塞透顶。女儿博士在读,相貌普通,与小江同岁,月份还大了半年。

扳手指算条件，一桩一桩，女方肯定是稍逊些。本来就不托底，这下更是多了变数。

刘新华起身："我去厕所看看他，第一次上门，别出什么状况。"葛胜道："未来丈人在门外听我拉稀，换作我，想死的心都有了。"刘新华一想也是，便叫我："向阳，你去一趟。帮个忙。"

我倚着厕所门，一边拿手机刷朋友圈，一边安慰小江："不要紧的，谁没点突发情况呢？管天管地还能管人放屁拉屎？这不是你的错。"

里面那位应该是想让我离开，但又不好意思开口，生理心理两层煎熬，还要忍着尽量不发出声音。我猜他肯定不好受，马桶冲了一次又一次。打扫厕所的老头进进出出，用狐疑的目光打量我。主要是我幸灾乐祸的表情，跟嘴上关怀备至的话反差太大。我几乎是眉飞色舞地拿脚在地上碾来碾去，甚至还轻轻吹起了口哨。里面的呻吟声由轻转急，渐渐连成一片，在一阵猛烈的稀里哗啦之后，终于发出惨叫："——妈呀！"

不久，小江跟刘婵分手了。刘婵的说法是，即便没有拉肚子这回事，两人也不一定成。"我跟他不是一类人。"她说她博士毕业后打算申请去美国，而小江只想留在上海，拿父母的钱开店做生意。"他是衙内，纨绔子弟，胸无大志——"没说完，便被葛慧顶回去："去找他说几句好话，发发嗲服服软，看还有没有机会。"

刘婵哎哟一声："帮帮忙好吧？我还要不要做人啦？"

"你嫁不出去，难道就做人啦？"葛慧急道。

我完全能体会姑姑葛慧的心情。刘婵这两年把自己搞得很僵。先是恋上一个野路子的钢管舞教练,为那人报了高价课程,天天见面,偶尔上床。本来也没什么,偏偏不知怎的,被那人拍了裸照,威胁要发到网上。姑父刘新华拿钱搞定了这件事,但刘婵因此性情大变,书呆子变十三点。她居然跟导师也有一腿。虽然人家是未婚,到底有一个长期同居的女友。女友去学院告状,因为是"准师母"而非"师母",这事也不了了之。名声这东西,可大可小,全看自己在不在乎。刘婵小时候挺老实,甚至有些内向,不知属于老实人发犟脾气,还是报复性反弹,总之她活得越来越任性,彻底放飞自我。知道内情的人都不敢给她介绍男朋友,无用功,还替自己惹麻烦。小江是她坐出租时偶遇的,那天台风红色预警,暴雨中,小江的雷克萨斯570抛锚在高架上,她让司机停下,主动问他"要不要帮忙"。

厕所门外,我把刘婵的事情告诉小江。那种情形下,估计他也没听进几句,决定分手也是后面的事。措辞上我很当心,毕竟不能让他觉得我在促狭表妹。钢管舞是爱好,跟教练还有导师都是爱情,生活是复杂的,环境是多变的,每个人都是矛盾的综合体,对错也很难判断。我把话讲得委婉而辩证。就像在为一架满舱并且接近超载的B747货机开装机单,全凭手里的感觉。哪里该松,哪里该紧。载量不能浪费,每个位置都必须载量最大化,否则导致拉货,货站的人会拿笔敲爆我的头。险象环生,却又无懈可击,掐着秒表过关——这中间的过程是艺术。说话也是一样,前后左右的分寸感,同样一个意思,听着便完全不同。这点我比较拿手。话说到位,也不会给自己惹麻烦。我想过，小江应该不会提到我，即便漏出来，刘婵也会认为是低情商的表哥想表示一下关心，结果把话说豁边了。

果然没事。这从姑姑葛慧的反应能看出来。她骂小江，骂刘婵，还骂刘新华。完全没带到我。叔叔葛胜对这门亲事的告吹表示惋惜："本来那天吃完饭回去，都打算存钱准备红包了，亲家是不用说了，你们这边也是家大业大，红包少了拿不出手的呀。我老婆连婚宴穿什么衣服都开始伤脑筋了，唉，想不到啊！"这种安慰跟怄人其实差不多。

叔叔和婶婶的关系一直不好。葛胜性格有点问题，我爸活着的时候，跟他也谈不大来。当然这也不能完全怪他。我奶奶三个孩子里，唯有我叔叔遗传了她的假肥大型肌营养不良症，英语缩写DMD。这是一种遗传病，肌肉发生病变引起行走坐卧困难，生活无法自理，还会影响智商，甚至早逝。特点是传男不传女，女性携带病因但不发作。简单来说，我奶奶是传染源，但不生病，只会大概率传给下一代。

我叔叔的情况不算很严重，智商没问题，仅仅是走不了路，要坐轮椅。从他五岁发病那时起，家里人就不大敢惹他了。这不是谁的错，但在一个残疾人眼里，凡是健康的人都有原罪。DMD遗传概率据说是三分之一。我叔叔作为分子，其悲愤难言的微妙心情是可以想见的，尤其是对着分母里的我父亲和姑姑。再加上传男不传女那条，同样身为男性的我父亲，更让他戳心和嫉妒。也正因为此，当我爷爷和父亲车祸去世后，爷爷账户里凭空多出的那350万——葛胜坚持要三个子女平分。

其实大家心知肚明，一个退休多年的老工人，无论如何不会有这笔巨款。当时我母亲几乎是跪在地上，向他们说明这是我父亲钻研多年，转让"大提花柞丝保暖席"这一专利的版权费，并拿出服装公司与父亲的通话和短信记录。原因是我父亲的皮夹被偷了，银行卡补办需要时间，怕夜长梦多，我父亲让对方把钱款打到我爷爷账户。谁知钱款到账前一天，他开车带我爷爷去医院装假牙，途中与一辆集卡车相撞，父子俩当场被撞死。

"钱在谁的账户，就是谁的。"

我记得当时，葛胜一口咬定这点。而葛慧大多数时间沉默着，只在最后说了句："大哥可能也是一片孝心。"在她的协调下，最终这笔钱没有完全平分，考虑到奶奶住在我家，由我妈照顾，我们分到了150万。其余200万，叔叔婶婶每家一半。

梦里的葛向阳，总是出手阔绰，打赏酒保和歌女，挥金如土。这源于我二十一岁那年，获知我可能会成为一个富二代。那是我父亲发生车祸的前一周。他喝了点酒，红着眼圈把我揽在怀里。两个大男人这么做有些别扭。但我忍住没动，听父亲大着舌头说过去的事。

喝醉酒的人总喜欢把话题扯得很远，父亲甚至说到他在崇明农场为了女生打架的事，还有小河浜里挖螃蟹，抓起来直接生吃。"人生像变戏法一样，"他感慨，"没想到我还会有这么一天。"他说他做到了，虽然穷苦出身，但活出了自己想要的样子。"你爷爷没给我的，我希望我能为你做到，儿子。"他说得我也眼圈一红。350万在当年是个想也不敢想的数字，可以直接买两套内环内的三房。他说等我大学毕业的那个暑假，一家三口去欧洲旅游:"卢浮宫、巴黎圣母院、埃菲尔铁塔、凯旋门——"

我打断他:"爸你怎么说来说去都是法国景点?"他回答得牛头不对马嘴:"因为法国女人出名啊。"我们俩哈哈大笑。

——那场景我记到现在。奇怪的是,做梦时却一次也没有梦到。我父亲肯定是生气了,觉得我太窝囊。一塌糊涂一天世界,所以连梦里也不愿出现。

我第二次碰见小江,是在候机楼廊桥上。我送平衡表,被旅客长龙堵在舱口。与小江目光相接那刻,我差点要若无其事地移开,是他叫住我:"阿——嗯,你好!"我只好也打招呼:"你好!"我们在舱口简单地聊了两句,还加了微信。我总觉得有些诡异,背上发麻,像是半夜里被鬼叫了名字,魂灵要飞了似的。

更诡异的是,不久我们再次见面,在静安洲际的行政酒廊。服务员给我端来一杯香槟,调侃"一个月没见到你,都猜你大概出国了"。我"哈"地一笑:"差不多,我刚拿到埃塞俄比亚的签证,准备过去定居。"服务员横我一眼:"你这只面孔,是蛮像非洲人的。去了肯定不会被种族歧视。"我笑着拿起酒杯,瞥见小江远远走过来,惊得张大了嘴巴。

那天我们喝了不少酒。尤其是我,惊魂未定,酒能压惊。

"朋友,什么路数?"几杯香槟下肚,我说话开始随意了,"——神出鬼没啊。"

他反问:"你以为我跟踪你?"我说:"不会凑巧到这个地步。"他想了想,一本正经道:"是巧得吓人。你要是个女的,我们肯定是前世姻缘。"

我起了一身鸡皮疙瘩，猜想这人莫非是个gay？

他笑起来，喝了口酒。眼神澄明得像个孩子。我觉得，这人要么是不谙世事，要么就是老屁眼到了极点。

他问我："那天为啥要告诉我刘婵那些事？"

酒精的作用下，我把对葛慧一家的憎恶和盘托出。"刘新华，你的未来丈人，他原先是个亏损企业的小技术员，没有我爸那100万，他每月只能拿一点点下岗工资，一辈子翻不了身。可现在呢，他成了著名的民营企业家，区人大代表，每年纳税都要好几百万。我不讨厌成功的人，如果是凭真本事成功，我由衷地佩服他！但我讨厌踩着别人尸体上位的混蛋。葛慧和葛胜，他们吸着我爸的血，才过上好日子。而我，本来可以成为一个富二代，却只能孵酒店过过干瘾——"

他问："你玩酒店？"

"万豪系和IHG，"我道，"前几年万豪和SPG合并，金卡满天飞，酒廊像小菜场，万豪玩得少了。这一阵基本都在IHG。"

他伸手过来，与我相握："搀一把。"

我一怔："你也玩这个？"

"万豪终身金，还差十几晚到终白。IHG皇家大使好几年了。"

眼前这位才是真正的富二代。我这个刷低价一步步打擦边球混出来的白金卡，每年靠积分勉强保级。飞客茶馆上认识些熟面孔，偷偷摸摸借卡给他们，赚点中介费。玩酒店的人不少，大多是瘪三,家里房子太破,时不时出来打个牙祭。拿香槟的动作再潇洒,也还是瘪三。我是瘪三里的瘪三。房子归了前妻,骗老妈说航空公司有宿舍,其实屁都没有,机场镇上跟人合租了一套小两室,还是违章搭建,三天两头跳电,水压也不稳。

不久,刘婵和小江复合。订婚宴上,小江一直拿眼瞟我。我躲着他,心里懊恼无比。天底下最没道理可讲的,就是男女感情。好好坏坏,分分合合。我混到三十多岁居然还会出这种洋相。准新人过来敬酒,小江叫我"阿哥",又说"我跟阿哥很有缘分的,碰见过好几次,聊得很开心的"。葛慧惊喜地看着我,误会我私底下在替刘婵用心,是功臣。"孃孃也敬你一杯。"我有气无力地把酒杯凑上去:"恭喜。"

小江瞧个空当,搂着我的脖子,把我拉到一边。葛慧笑眯眯地望向我们,以为我们在说什么体己话。她还推了推丈夫刘新华:"看呀,两人已经混得这么熟了——"其实小江在我耳边说的是:"阿哥,你一定要帮我。如果刘婵不肯嫁给我,我就把你那天在厕所门口说的,还有酒廊里说的,全部捅出来。"我怔了怔,没来得及反应。他加上一句:"我是真的很喜欢你表妹。"

我承认,这个回合是我输了。想白相人,结果反过来被人白相。

接下去的日子里,我不得不像个老娘舅那样,周旋在小江和刘婵之间,看他们好好坏坏、分分合合。为他们排解纠纷,和稀泥捣糨糊。"小江人不错的——"这句话被我翻来覆去地说。以至于刘婵都怀疑了:"葛向阳你是不是拿了他什么好处?"我只好苦笑,顾左右而言他:"麻烦你谈恋爱爽气点好吗,我看着都累。又不是拍琼瑶片，作天作地。再说你这张面孔也不像琼瑶片女主角呀。我要是你，寻着小江这种优质户头，就嫁了算了。再这样下去，你妈心脏病都要犯了，去韩国拉的皮全部皱回来，双眼皮变吊眼皮。你爸钞票赚得再多，又有啥开心，将来给自己打口镶钻的金棺材吗？"

  我到底是对这家人充满着敌意，话说得恶毒无比。但有意思的是，我越是这样，刘婵越是把我当自己人。她以为我还是那个与她一起长大的表哥，木讷又可爱，讲话不托下巴。她告诉我，她从来没见过像小江那样死缠烂打的男人："如果不知道他的家世，我一定会认为他是贪图我爸的钱。"

  戛然而止的第一个梦，在之后的某个夜里继续。华山掌门刘新华一袭青衫站在马车前，龙荣不知怎的竟还活着，旁边是天山毒驼葛胜和绿萝刀吴爱花。各自对峙。

  "350万两银子。我们对半分，如何？"葛胜向刘新华提议。

  "见者有份，总要给这位龙先生留下一些才好。"刘新华道。

  "死人给他。"葛胜道。

  "盗亦有道。葛兄行事要留些余地。"

  "我老葛是个粗人，直来直去，要什么就说什么。不像刘掌门，跟了一路，说是护送，到头来不还是一样，伤人性命夺人钱财。"

  "华山派祖传的，伪君子。"突然，一个声音蹦出来。

  几人都被惊动了。龙荣本来站在一边，不言不语像个摆设。此刻仿佛一下子活了过来，手指着前方，没头没脑地说着东北话:"哎呀妈呀,你可算来了!"

那人却不现身。神龙见首不见尾,是葛向阳的一贯风格。刘新华冷笑:"每次一到分钱的环节,阁下就出现了。"

他说得没错。类似的梦很多,不管前面内容如何,到最终都会变成寻宝大战。马车、宝箱、地图、信物……数目永远是350万,银子、美元,或是大洋。我终是对此耿耿于怀。这个伤心的片段,被梦境各种演绎,竟成了有些荒诞的模样。黑色喜剧般,远远达不到我想要的那种悲壮的感觉。龙荣评价说,谁都有心事,自己觉得比天还大,可放到梦里,就显得小了。何况还是分钱这种事。一场戏都撑不起来。我对他的口气有些不满:"不是分钱,是抢钱。他们抢我爸的钱。"

他叹口气:"抢都抢了,嫡亲的叔叔和姑姑,你想怎么样?"

这又是点到我的死穴了。我的确不能怎么样。最多在梦里发泄一下,"打遍天下无敌手"葛向阳,眼里揉不下沙子,快意恩仇,手起刀落,想杀谁就杀谁。生活中我却是个怂得不能再怂的家伙,最多背后搞点小动作,多半还是弄巧成拙。当我和小江成为无话不谈的朋友后,他常拿这段来嘲笑我,说我像个斜白眼,看东西永远偏几分。找不准位置。人家是指哪儿打哪儿,我是指哪儿就不打哪儿。

"你应该去唱滑稽戏。"他评价。

（二）

经理老史又来牵我头皮。我洗漱完后把对讲机落在厕所，被旅客发现，交到失物招领处。平衡室有纪律，遗失对讲机属于事故，扣奖金写检讨少不了。

"这是第几次了？"他扯着喉咙，神情激动，"上个月还要灵光，对讲机落在飞机上，从迪拜到意大利，再到土耳其。亚欧大陆打个来回。葛向阳你自己说，你脖子上长的那个东西是摆设还是什么？"

"是不是摆设你自己清楚。"我扔下一句。

大雪天，航班全线延误，对讲机一夜没停。按惯例，看天气预报，就算没有事先安排，至少也要临时抽调人手进来帮忙。讲起来是老史的责任，事先没协调好。我熬通宵，航班一个个送走，临天亮才眯了几分钟，睡眼惺忪时把对讲机丢在厕所，半小时不到就找回来了。这种可大可小的事，老史偏要做文章。

"葛向阳你不要跩。"老史比我大不了几岁，是我民航学院的学长，但我们一直不太对路。他很敏感地听出我的话外之音，这也是让他最不爽的地方。我在平衡室是个神一样的存在，无官无职，一把年纪连个组长也没混上，职称也低，但我的地位是无人撼动的。如果说老史代表了平衡室的当权派，那我就是在野派的领袖，无冕之王那种。航班发生紧急情况，领导或是航空公司商务奔过来，第一句话就是问"葛向阳在不在"，这种待遇除了我，平衡室没第二个人有。前两年总调搞"技术大练兵"，每个科室都积极响应，唯独老史死捂着，就是不搞。他忌惮我。这方面弄不动我，只好在别的地方找碴。电报接收不及时，桌上东西太乱，休息室衣服没挂好，迟到早退，甚至连吃饭和上厕所时间太长，也是罪状。他像个更年期的女人，躁狂，没有安全感，对我斤斤计较睚眦必究。

龙荣让我悠着点："老史早晚把你逼走。"

我表示不怕："国企你懂吗，别说老史就是个小经理，就算他是航空公司总裁，开除我也不是那么方便的。"

"被人整天盯着，有啥开心？"

我明白他的意思。龙荣完全不理解我为啥总跟老史过不去。他觉得我有些恃才傲物。

"跟顶头上司闹僵，是傻子才做的事。现在这社会，多个朋友总比多个敌人好。越是有本事的人，越要谦虚。你背后骂他祖宗十八代都没关系，面上客气点没错。"

我拼命回忆，却不记得几时与老史结下的梁子。好像眼睛一眨，我们就已经是敌人了。或许这才是最大的问题。用华莉的话说，就是我的性格别扭已经深入骨髓了，与人相处时，自然而然就会把话说僵，把事做绝。她举个例子："那年印尼航空培训新机型，派了个当地的老师过来，口音很重，十句有八句听不清，大家都非常痛苦，可谁也没吱声。唯独你一直在问他问题，他说一句，你问一句。弄得他都说不下去了。到后来变成了你一个人说，他在旁边听——你这么做，老师会觉得没面子，同事会觉得你是故意炫技，航空公司也有想法。亏得后来首航还算顺利，否则万一出啥状况，大家都会把责任往你身上推，说是你影响了培训。葛向阳你这个人，有时候我真搞不懂，你到底是聪明还是笨。"

说这番话时，华莉还是我老婆。当然也快不是了。我们已经动了离婚的念头，但没说开，吵架时也多是试探，谁也不肯先把底牌亮出来。华莉好歹做过我几个月徒弟，基本功摆在那里。她管这叫"牵丝绊藤搞脑子"，我则称之为"斗智斗勇"。做平衡跟做人差不多，往往是自己跟自己较劲，你稍微马虎些，指数也在范围内，但就是过不了自己这关。

"葛向阳，你能不能告诉我，你这么跩的依据是什么？"一次，她很认真地问我。看我没反应过来，又把问题调整了一下："简单说就是——你凭什么这么跩？"

所以说，华莉还是可爱的。她就算嘲你，也是一脸无辜，仿佛在虚心讨教。就像当初我教她波音747货机，说着说着，我忘了对面这女孩只是个菜鸟，把整个流程当作一件抽象的艺术品，说得行云流水，写意而随性。我沉浸在自己的快乐中，冷不丁她打断我："师傅，你觉得我能听懂吗？"

她冷冷看着我，说得不带任何感情色彩，以至于我差点就要教训她"这都听不懂？"，但我很快从她的眼神里捕捉到一丝促狭。

"要怎么说，你才能听懂？"我当然不会跟小女人计较。

"好好说，我就能听懂。"她冷冰冰地回答。

于是我不得不打起精神，改变我的教授方式。既能让她"听得懂"，也要证明我之前并非没有"好好说"。比起那些咋咋呼呼的家伙，这样看似木头一块的徒弟其实更难弄。前后都给你挖坑。当然我也必须承认，这个时候我其实对她已经有了一点若有若无的感觉。适龄男女，一段时间内长期接触，更重要的是，长相也没有难看到家，说"情不知所起，一往而深"似乎矫情，可以往低俗里说——王八看绿豆，对上眼了。

跟华莉结婚的那三年，老史基本没找我麻烦，至少没起正面冲突。华莉不怎么爱拍领导马屁，但她也不容易得罪人。领导也不喜欢手下一个个都是马屁精。比较吃香的类型是，听话又能干，不必有哪方面特别突出，但也不能有明显的缺陷。行事正常。智商和情商之间达到良好平衡。不被人看不起，也不让人心生忌惮。华莉就是这种人。

最顺风顺水的那段时间，是华莉被总调老板在大会上点名表扬，然后钦点为值班长。"这么好的同志，业务水平高，思想素质又过硬，要好好栽培嘛。"我印象里，平衡室里好像还没有谁能让老板这么当众无遮无拦地表扬。那时我和她坐在一起，旁人的目光齐刷刷地投过来。她正襟危坐，呼吸纹丝不乱。诡异的是，坐在一旁的我居然神情扭捏，屁股在椅子上蹭来蹭去，脸红得像颗烂桃子。

为这事,华莉批评我"上不了台面"。

"嘴巴老,人又趼,可偏偏就是上不了台面。"她说我。

那两年,华莉私底下替我撸掉许多麻烦。比如我编了一本《平衡快速上手指南》,自己出钱装帧设计,彩打了几本。薄薄十来页,都是大白话,通俗易懂。我的想法是,反正平衡室新人十个有九个都是我带,又何必每次浪费口水,让他们自己看就行了。本来这也没什么,连老史都没吭声,搁在那里就像家用电器的简易版说明书,大家需要时都可以拿起来看,方便。偏偏一次美国西北航空公司延误,本来也扯不到平衡头上,只怪送舱单那小子话多,说了句"阿拉师傅讲的,重心不在正中央,不出平衡表"。那头正要找个垫背的,一听这话便来了劲,系统里一查,果然15分钟前就有过一版平衡表,重心偏了些,但也在范围里。投诉信写到公司,派人来查,那本《平衡快速上手指南》就在显眼位置,打开一看,第一页写着"重心一定要漂亮"。

对方嗤之以鼻:"这话一听就是外行。平衡员的职责是,在最短的时间把重心做到范围之内,哪怕掐着边线也不要紧。又不是绣花,漂亮个头啊!"

这些细节我当时并不清楚。送舱单那小子的师傅自然就是我。我妈那两天住院,我请了年假。本来跟我完全不搭界的事,却把我兜了进去。其实稍微了解我一点的人,就知道我说的"重心漂亮"跟他们理解的"正中央"根本不是一回事。有些机型,重心非得稍稍靠后,机长飞起来才惬意。而且我也从未因为追求"重心漂亮"而导致航班延误,就像女人不会光顾着涂口红而忘记洗脸。不是一个层面的问题。但我阻止不了某些人借题发挥。

据说老史把情况汇报都写得差不多了,被华莉生生拦下。准确来说,华莉不是拦他,是拦美国西北航空公司。那天美国西北航空公司的商务是个新手,货舱结构都没完全搞懂,就催着搬运工装货。集装箱板之间的搭扣都是有讲究的,先装这块再装那块,次序不能颠倒,否则肯定乱套。但这人运气不错,那天没满舱,发现不对再调整,工夫也有限。但延误是肯定的。偏偏这时平衡室为了"重心漂亮"出了第二份装机单,其实也是微调,只是两块板往后平移。但那人抓住这个空子,把责任全推了过来。华莉找到当天的搬运工,两三句话一问,便清楚了。飞机上都有摄像头,赖也赖不掉。几点出的装机单,几点装的货,几点调整,几点送舱单,时间点都有记录。大家都是吃这碗饭的,不用多说,事情明摆着——"平衡不是没责任,但绝对不是主要责任。"华莉这么对老史说。

美国西北航空公司撤了投诉,老史撤了情况汇报。那几本《平衡快速上手指南》被华莉扔了。

"还是辛苦一点,口述吧。落在纸面上,一不小心就成了罪状。"

换了别人说这话,我可能不会多想。但自己老婆,加上又是个小领导,冷冰冰公事公办,听着就不太舒服,容易上升到男性尊严那个层面。当然我嘴上不会说。越说越没脸,这道理我懂。我换个方式,挑剔她晚餐菜烧得太咸,以至于葛小伟开始咳嗽了。还有，冰箱里的牛奶都过期了，她看也没看就给葛小伟倒了半杯。

"你应该把精力多放一点在家庭上。"我很委婉地表达了看法。并拿出"仙特明"，给葛小伟喂了几滴。小家伙过敏体质，禁不得风吹草动。华莉没说话。我又加上一句："夫妻两人在同一个单位，好像有点那个。"

她看我一眼："你想换工作？"

我当然不是这个意思。她以为我看不出她是故意的。贴着字面意思去理解，是促狭的人常用的一招。如果我顺着去解释，那就扯远了，正中她心意。华莉跟别人应该不这样。她总是表现得木木傻傻。唯独对着我喜欢"牵丝绊藤搞脑子"。

我说："家里天天见，单位也是天天见。"

"我是做二休二，你是做一休二。又不是天天见。"她纠正。

"我倒是无所谓，天天见也蛮好。"我微微冷笑。

"我也无所谓。"她耸肩。

"一天24小时在一起都没关系。"

"我也是。在一起蛮好，相当愉快。"

"不要言不由衷。"我忍不住道。

"我是说真的。"她一脸诚恳，随即睁大眼睛反问我，"咦，难道你说的不是真的？"

某天夜里，巡捕龙荣再次复活，缠着葛向阳讨论"华莉这女人究竟适不适合做老婆"。我几乎是恶狠狠地持否定意见："不适合！"这时华莉穿着旗袍袅袅婷婷地过来，一手搭在龙荣肩上，一手重重地在葛向阳头上拍了一记："不适合你个大头鬼！又不做你老婆！"

梦里我替龙荣出主意，从男人的角度逐一分析。首先是长相，华莉不漂亮。其次是性格。"你会喜欢那种明明看着很笨很呆，却又随时随地能把你看透的女人吗？"我打个比方，"就像科幻片里那种树妖，前一秒还是树的样子，后一秒突然会开口说话。你觉得可爱吗？你只会觉得惊悚！"

龙荣看着我。等待我把话说得更清楚些。但"点到为止"是梦境里说话的操守。含糊不清、影影绰绰才符合梦的特性。我说："崔樱不这样。"

龙荣嗤笑："又来了，又是崔樱——你好歹让她出来一次好吗？真人不行，照片有吗？也别再是赵雅芝了。你照照镜子，你跟周润发有半毛钱关系吗？"

说也奇怪，我想了半天，居然想不起崔樱长什么样。我想掏手机翻照片，却拔出来一把枪。民国时候怎么可能有手机。硬伤要不得。我总能适时地、不落痕迹地纠正——我拿着枪，那瞬，表情又应景地狰狞起来。

"砰！"枪声中，我一点点地倒下去。龙荣站在我面前，手里的枪口在冒烟。他击中了我，竟又似呆住了。华莉尖叫着捶打着他："你杀人啦——"

他大喊："我不杀他，他就要杀我。记得上次吗？杀完我，他又会杀你。"

她回忆了一下："那次吗？后来他没杀我啊。想杀我的是别人。他还保护我来着。"

龙荣跺脚："——他不杀你是因为你是他老婆。"

华莉张大嘴，不敢置信的模样："真的啊？"

"你自己想，平白无故地，这些年为什么他一直接济你们母子？你好好看看他的脸，抛妻弃子的那个男人，是不是他？这些年你苦苦寻找的那个负心汉，是不是他？"通常梦里一句率性的话，都要花很大功夫去圆，而且非得斩钉截铁、煞有介事不可。有趣的是，往往还能圆得起来。华莉仔细打量地上中枪的男人，几秒后，神情悲恸，叫声愈发凄厉："妈呀，可不就是他！"

这一回合，龙荣表现出少见的犀利，甚至是歹毒。他建议华莉，把葛向阳的尸体交出去。外面重金悬赏的有好几家。

华莉问龙荣："崔樱比我好看？"

如果放在现实里，两人正手忙脚乱处理尸身，女人这么问男人，男人就该一记耳光过去，"现在还惦记这个！"可梦里不会。龙荣说："好看有什么用，天女散花最好看了，可谁见过？都是人编出来的。"

"你的意思是，崔樱是他编出来的？"华莉抓住我的两只脚，艰难地往后拖去。

"也不好这么讲，"龙荣思索了一下，"——崔樱走不出他的梦。"

我自己知道，这话没错。

葛向阳的尸体被拖到某个小屋子。龙荣和华莉从某人手里接过赏金，还掂了掂，听声音，应该是金条或者大洋。"350 万换戆×一条命——"不知谁嘟哝了一声。

我差点叫出声——妈的，又是 350 万！又绕回来了。

"见者有份。"果然，吴爱花浓妆艳抹，挽着葛胜，妖妖娆娆地走出来。葛胜一身白色绸衫，手里的钢球转得嘀嘀作响。刘新华是军官打扮，不苟言笑。很少出场的葛慧也在。女扮男装，站在刘新华旁边，副官模样。几句话一说，便把算盘拿出来。

"不好让你白辛苦，"刘新华对着龙荣，"你拿150万，剩下我们两家平分。"

凭什么。我肚子里骂。

葛慧朝尸体踢一脚，像是听到了我的不满。"虽然是我本家，我还是要说一声，这家伙不是好东西，死了活该。"

赏金毫无悬念地分作了三份。"就算只有150万，也不错了。"龙荣自我安慰，很乖巧地说，"总比没有好。"葛胜点头："这就对了。人生在世，心态很重要。"葛慧接口："有钱大家花。我们求财不求命，碰到我们，你算运气好的。"

我有两种选择：当场跳起来，起死回生；要么继续死。

前一种比较冒险，敌众我寡，我没好果子吃。按照之前的经验，350万最后总会被瓜分。葛胜和葛慧每家100万。比例永远不变。梦再随心所欲，但冥冥中也遵循着某种规则。围绕既定事实产生的一个闭环，最终都一样。我曾经试过一剑劈死刘新华。但奇妙的是，下一秒真正的刘新华就出现了。前面那个是替身。我还试过把藏宝图吞进肚里，但一转身，我就吐了，吐出一张完整的350万两银票，原来藏宝图非要沾上胃酸才能现形。妖得不能再妖。最幽默的一次，我抱着宝箱跳下山崖，想来个一了百了。结果衣服叉住山腰的一根树枝，人倒吊在半空。上面甩下一根绳子,我眼睁睁看着宝箱被拉上去。一会儿听见刘新华在头顶喊:"哎,150万放在这里了,你早点爬上来拿。"我赌气:"我不要,你们全拿走吧!"他居然教育我:"规矩懂吗?——什么事都有规矩,不好乱了规矩。"

所以我继续死着。一边挣扎,一边妥协。每次醒来都想不通:如果这样,那我做这些梦的理由是什么呢?周而复始的。就像一个人想要呐喊,却被自己的手蒙住嘴,发不出声。连梦都被禁锢着。这太可悲了。

我忘了是哪天,睁眼醒来,看见墙壁上两个歪歪扭扭的小字——"你好"。

我吓了一跳。辨认了半天,确定这不是我的字迹,也不像华莉的。字是水彩笔写的,与床呈30度角。猜想或许是刚睡醒那时写的,半梦半醒,写了就忘了。但床边没有笔。如果写完再把笔放回去,那就不是半梦半醒,而是梦游了。床底下也找了一圈,没有。再深入想,如果真是我写的,也不至于一点印象没有吧?虽说人脑结构是个谜,但要迷糊到在雪白的墙壁上涂鸦,那也忒不可思议。这套八百万不到的房子,我妈省吃俭用一辈子,首付里有那该死的150万。每月房贷五千多。因为是二手房,叫了立邦刷新。我亲自挑的颜色,卧室是淡青色。前后刷了四五遍,服务不错,效果也好,当然价格很不便宜。平常我连个手印子都舍不得按上去。

我把这两个字拍下来,发给华莉。问她有没有写过。那时我们正在协议离婚。她回了个上海话的卡通表情——"侬脑子坏忒了?"我向她解释,我脑子没坏,主要是这事太奇怪。她倒不像我那么吃惊:"葛向阳,有你在,什么奇怪的事我都不奇怪。"

这话是拐着弯骂我不正常。我当然不计较。那一阵我对她愈发客气。没了夫妻那层,我们之间只剩下赤裸裸的上下级关系了。明眼人都能看出来,她是未来经理的不二人选。但她却并未因此对我谨言慎行。相反,她比以前更加随便了。可能也因了这个缘故,我倒是觉得她更有味道了。男人就这点出息。被女人冲几句怼两下,骨头缝里都在冒骚气。

"如果是我写的,你怎么可能刚刚才发现?"她是指她很久没有上过那张床了。自从决定离婚后,她一直跟葛小伟睡。把大床让给我。从这点就能看出她人不坏。换了别的女人,肯定是把丈夫赶去睡沙发,自己睡床。她就算霸道,也不是那种张牙舞爪型的。

搬家前,我用上次剩下的涂料,把床边的小字粉刷了。大扫除。窗帘拆下来洗一遍。床垫翻个身,免得长时间睡同一个地方变形。饮水器的滤芯,还有坏了的灯泡,统统换上新的。家具一件件挪开,把犄角旮旯的陈年尘垢打扫干净。葛小伟的踏板车车灯修好。丝瓜筋蘸肥皂水,趴在地上把卡通垫来回擦洗,弄得米老鼠的脸像巫婆一样白。这是我作为丈夫和父亲,在离开这个家前,最后一次尽责任。

那时葛小伟才两岁半。华莉抱着他,送我出门。拿起他的小手,挥了两下,逼尖嗓子:"爸爸以后要经常来看我们呀!"我挤出笑脸,随即拖着拉杆箱,转身离开。自觉有些灰溜溜。像辛苦画了一夜的平衡表,翻来覆去,最后通知航班取消。白做。认识华莉到离婚，四五年工夫。如果不是多了个葛小伟，也等于是白做。

我在机场镇上那套合租房住了两年零四个月。

某个潮湿的黄梅天，走廊里老旧的拖线板上接了三四辆助动车同时充电。半夜里我被室友的尖叫声惊醒："着火啦！"我像只受惊的兔子，飞快地窜出去，到了外面才发现身上只穿着一条内裤。大火烧完了我的所有细软，包括新买的一个 iPad，还有刚发的四季新款工作服。衬衫、西服、领带、皮鞋，据说是由某著名奢侈品牌设计而成。

我把烧成灰烬的工作服放到老史面前，告诉他，我不得继续穿着那套城管模样的旧制服。他让我尽量不要留在办公室，因为那天有重要的专机保障业务，公司的头头脑脑们随时会出现。我依言在机场的星巴克待到下午四点。

回到办公室，却看见老史在被老板训话。原因是两架专机的平衡表送反了，直到飞机推出才发现。机长特高频叫到总调，再把修正后的平衡表重新发过去。这属于重大差错。

如果我稍晚几分钟，等老板离开再进去，也许情况会不同。至少老板不会问那句："怎么不让葛向阳上，有他在，还会出这种低级错误吗？"又或者，我是故意的，就是想让老史难堪。我的神情，多少带点受排挤的委屈。其实我完全可以说明是因为工作服，但我偏不，我就是要说得语焉不详，让人误会。

"有点咳嗽，头也有点昏，迷迷糊糊的。是我的问题——不好意思啊史经理。"

老史瞪着我，一副"这朋友啥意思"的混乱神情。我柔柔弱弱地回到座位，泡了杯绿茶，随后还在那个送错平衡表的倒霉蛋肩上拍了两拍："兄弟，黄梅天潮唧唧黏答答，是难受，懂的。"

老史把检讨交上去的第二天，他把我叫到办公室，问我感冒好点没。我说，好多了。他点头，拿出一个红红的证书给我。封面是烫金的"获奖证书"。我打开，里面用粗体字写着"国际平衡大赛金奖"，落款是IATA（国际航空运输协会）。

"Congratulations!"老史用英语向我祝贺，并跟我握手。

奖金是350万。他跟我强调这点。老史很少出现在我梦里，这次是例外。他给我让座，泡了杯茶，问我"这茶味道还可以吧"。他居然还找我签名，拿着我之前的那本《平衡快速上手指南》，递上一支美工笔："留着将来升值，卖个好价钿——"他谄媚地笑着。

旁边有人凑趣："葛老师以前做的那些平衡表，上面也有签名的，统统留着，每人发一刀——"我注意到他说的是"一刀"，通常只有草纸才说"一刀"。我微微皱眉，摇头，潜台词是"真拿你们这帮小的没办法"。

彩带拉炮也用上了。四面八方袭来，喷了我一脸。热烈的掌声中，我被推到了一个光线很好、地势也略高的位置。我看不清下面人的脸，只觉得晃眼。这种情况下，发言是必须的。我把证书打开，正面朝外，嘴角微扬，心想"国际平衡大赛"不知比的是什么，听着妖得很，像是体操比赛，平衡木那种。我突然有点想笑。梦里的自制力稍差些，于是我真的笑出来了。下面跟着响起一片笑声，气氛很好。

演讲大约持续十分钟左右。我忘记我说了些什么，内容一个字也想不起来。但说完后，下面拼命鼓掌，似乎还有人抹眼泪。这很正常。就像葛向阳在梦里施展武功，其实只是不停地翻筋斗，而且还是那种贴着地的赖皮筋斗。一边翻，一边纳闷，我这是在干啥。但对手却佩服得五体投地："阁下绝艺，当真是深不可测。"——梦里想怎样便怎样。我又意识到，那个证书应该用英文写才对，国际大赛嘛。这是个BUG，但问题不大。还是那句话——梦里我想怎样便怎样。

"老史你不要老是跟我过不去嘛。"

这句话倒是异常清晰。我看不清老史站在哪个角落，光线太强烈，也分不清是阳光还是舞台上的那种追光灯，反正我全程眯眼，感受着C位的荣光和苦恼。"……妒忌心人人都有，可以理解，但过头就不好了嘛，幼稚嘛。"我注意到我居然夹着官腔。我面带微笑地说下去，尽量表现得通情达理、点到为止。原来我也可以把话说得圆滑无比。结尾还来一句轻轻柔柔的——"老史你说是不是？"我眯着眼不知看向哪里，仿佛听到了老史又是感激又是惭愧的抽泣声。

《平衡快速上手指南》首印十万册，在全球范围内销售。扉页上那句"重心一定要漂亮"，是我的手写体。这设计不错。我在旁边飞快地签名。除了"葛"字勉强看得清，后面就是两个圈。签完一本，立刻被抽走，再递上一本。流水线操作。有人在我耳边催促："葛老师，麻烦快一点，买书的队伍都从T1排到T2了，卫星厅那里还有一拨——"我抬目望去，果然一眼望不到头，心想原来是在候机楼签售。这个噱头好是好，就是影响航班生产，而且人员过分密集，不安全。

"瞎搞嘛！"我无奈又甜蜜地咕哝了一句。

我把350万奖金捐给了希望工程。即便是梦里，我依然被这个决定震撼了。"靠，葛向阳，可以啊！"我心想。同时感到庆幸，总算在那几个家伙出现之前，把钱给分了。给谁都行，就是不能给他们。老子统统捐出去，半个子儿都不给你们。

这是里程碑式的一刻。我终于在梦里跨过了这道坎，做了一回350万的主。值得庆祝。

我请龙荣和小江喝酒。在浦东新开的JW万豪，行政酒廊。住店可以免费带一个人。剩下那个，我跟酒廊小妹商量半天，打了对折。两百块钱不到，三个人在五星级酒店畅饮各类酒精饮料，还能享受精致小食，性价比很高。龙荣问我，要保级白金卡，一年需要住几次。我说，一般是靠挑战，金卡住满八天，可以升白金，第二年掉下来，再挑战。基本上一年金卡一年白金。政策松的时候，也会拿积分换。

龙荣表示不理解。"有啥意思？一年起码好几千。而且也只是混个资格，每次过去还要是花钱。酒钱都在里面了，又不是白送。"

他觉得我连套像样的衣服也舍不得买，却花大钱住酒店，思路有问题。

我不介意他骂我虚荣。事实上，我觉得我拿着高脚酒杯的模样，非但不滑稽，简直还充满着悲剧意味。我说我对不起我父亲。如果他泉下有知，应该会很伤心。日子让我过成了一泡屎。

我告诉他们，我父亲生前一直希望我能当个外交官，或是律师。他应该是发觉了我性格里阴郁的一面，倘若吃开口饭，多少能消减些。

"我爸一直想要把我培养成巴菲特，于是不停地给我钱，让我炒股票做生意，"小江叹息，"我本来有机会成为一个自力更生的人，就这样硬被逼成了好吃懒做的富二代。"

"我出生的前一天晚上，我妈梦到了文曲星，她激动极了，觉得我能拿诺贝尔文学奖。可事实上，我这辈子作文基本没及格过，连给女朋友写情书都是网上抄的。"龙荣补刀。

我拿起一个软垫朝他头上砸去。

"你妈知道文曲星长什么样吗？'文曲星'额头上写字？胸口挂块牌子？还文曲星！——我看你不像文曲星，像霉糟星！"我骂。

两个男人嘿嘿笑起来。

他们提出为我介绍对象。龙荣说的是他们公司的空姐，上海人，三十九岁，风韵犹存，有照片为证。我把手机扔在他脸上。小江那个稍稍靠谱些，是他的大学同学，在一家汽车公司当推销员。他给我看若干年前同学聚会时拍的照片，挤在一堆人中间，连是男是女都看不清。他非说这女人挺漂亮。我也只好笑笑。

我问他们，恋爱顺利吗。从他们的脸上，我能看出某些坎坷。不管这两个家伙如何保持优雅，好像一切尽在掌握。事实不会这么简单。我的前妻，我的表妹，都不是省油的灯。果然，几杯酒下肚，龙荣先发声，说他前天跟华莉吵了一架。原因是他一屁股坐在华莉刚熨好的衣服上，被华莉重重地推开，额头撞到桌角，起了个大包。

"搞不懂一个女人力气这么大——"

我想说，这不是重点。重点是在这之前，他俩已经不爽了。英航原先的站长上月调去香港，龙荣存着念头，想会不会被转正，谁知总部空降了一个新加坡人，年纪比他大不了两岁。这就意味着他这个副站长可能要做到退休。这也罢了，偏偏新站长上任第一天，到各代理部门熟悉环境，他在后面跟着。平衡室是华莉值班，负责接待。用龙荣的话说，他从没看见过华莉笑得那么甜过，简直像换了一个人。言行之老辣，各种场面上的周旋，完全是未来经理的模样。龙荣很不适应。他怀疑华莉是一个城府极深的人。

我告诉他，华莉不是。

"真正城府深的人，根本不会让你看出来——讨生活懂吧？她也是没办法。"

龙荣应该想说"有我在，她还要讨什么生活"，但碍着我这个前夫在，忍住了没说。怕被笑话。于是他换个角度，说华莉丝毫不顾及他的心情，在他面前大谈新站长是如何绅士，如何风度翩翩。

"她视力不好，对吧？"气急了的龙荣问我和小江，"我这么一个大帅哥，上过电视拍过广告，差点就成了明星，她居然夸别的男人风度翩翩。"

"她视力肯定不好。"小江看我一眼，笑得暧昧无比。

我不跟未来妹夫计较。如果我嘴巴欠一点，这家伙被我嘲死只是分分钟的事。刘婵前一天刚刚在家里闹过,斩钉截铁地表示"打死我也不会跟这个纨绔子弟结婚",吐槽小江"没有理想没有追求,他就是一个混吃等死的白痴"。葛慧为此忧心忡忡,生怕女儿犟脾气上来,真跟这个佳婿闹掰。她照例让我去做工作:"向阳你去,你跟他俩关系好,说话比较有用。"又想不通:"你说你妹妹是不是脑子有病,这么好的对象,她还挑什么啊?"我说,感情这东西,别说父母,就是玉皇大帝插手也没用。葛慧表示,刘婵喜不喜欢小江,她已经顾不上了,只要小江吃定刘婵,这事就好办。

"你到底喜欢我表妹哪里?"我问小江。

这话听着像反问,其实不是。我是真心向他请教。虽说每个人的口味千差万别,但普适性还是存在的,男人嘛。这话我也同样请教了龙荣。华莉做我老婆和做他女朋友,这是两码事。换了我是龙荣,应该不会接受一个离过婚、相貌条件都普通的女人。同样,我也无法接受刘婵那种,傻大姐的长相、王熙凤的脾气、林黛玉的心眼。我就是这样一个庸俗的男人。说实话,我对这两人充满了不解和钦佩。

"你呢,为什么一直忘不了崔樱?"他俩几乎同时开口,问我。

"是啊,为什么呢——"我端着酒杯晃了几晃,酒杯中绛红色的液体随之起起伏伏。

服务员上来续酒。我略带伤感的语气,为这场酒肉朋友的聚会平添了几分黯然和惆怅。风格亦随之改变。我们开始讨论一些形而上的东西,比如各自的将来。小江上月开的果汁店,

"泉之果意",又一次没有悬念地关门大吉。他刚和几个合伙人把账算清楚,本钱投了不到30万元,拿回来7万多元。托他的福,这个月我们拼命地喝果汁,临近过期的水果榨成五颜六色的汁,让我的肠胃遭过好几次罪。小江说他不想当巴菲特了,打算找个朝九晚五的工作。说这话时,我和龙荣不自觉地朝他看去,眼神写着"朋友说说而已吧"。他说他已经递了简历,就在他妈妈的银行。我和龙荣同时"哦"了一声,笑笑。

"我总不能一直这样下去。"小江说,透着一丝颓丧。

"你不懂珍惜的今天,是我和葛向阳梦寐以求的明天。你小子别不知足。"龙荣说他。

"谁都有烦恼。"他叹。

这是句废话,但也是实话。那晚到后来,我们三人勾肩搭背地走在浦东世纪大道上,叫不到代驾,结伴去坐地铁。小江坐4号线,龙荣坐9号线,我坐2号线换16号线,再坐一辆半小时一班的郊区专线,下车后还要再走20分钟,才能到达那间合租的小破屋——已经烧得面目全非。房东让我去把东西清空。他曾向我暗示过几次,说租约到期后会涨价,我没睬他,说如果涨价我就搬走。现在烧成这样,不搬也得搬了。

平衡室隔壁那个房间,之前是某航空公司的办事处,后来他们搬去T2,便一直空关着。老史问外场处讨了过来,与原先的休息室打通,面积足足大了一倍不止。我打算买张折叠床,再弄个小柜子,偷偷在角落里一放,晚上铺开,过日子足够了。以机场为家,我在这里扎下来。省房租,还可以省交通费。我把这个想法埋在心里,觉得自己更添了几分悲壮,无欲无求到极点的人，大道至简，才能这样吧。

不久，新一轮的职称评定开始启动了。

我依然做好陪跑的姿态，甚至盼着再次落空，最好平衡室人人都聘上中师，唯独我还是初级。那样的话，人家肯定会说，领导吃相差到这种程度，也是到家了。我宁可牺牲自己，也要臭一臭老史。所以那几天，我对老史格外地恶声恶气，冷嘲热讽，用各种方法招惹他。生怕他一个良心发现，让我挤了上去。那就没意思了。

华莉看出我的心思。她把我骂一通，说"葛向阳你脑子肯定被门夹过，而且还是那种几百公斤的大铁门"。我不作声，还笑笑。示意不跟女人计较。她说，聘上中师的话，一个月多两千块，算上工龄叠加和年终奖，每年多个四五万块，不在话下。

"至少可以让你租个像样点的房子。"这女人总是触我心境。

我发誓以后再也不告诉她任何事。火灾后，我去她家（曾经是我家）住了几天，葛小伟跟她睡，我睡葛小伟的房间，一米七二的个子蜷缩在一米五的小床上，闻着床单上儿子又香又臭的体味，失眠了两个晚上。我回忆当初离婚的理由，怪异的是，竟然一点也想不起来了，吵架总有导火索吧，一句话或是一件事，居然也忘得精光。天晓得。

老史把我叫到办公室。他告诉我，下月有个去英国培训三周的机会，平衡室统共一个名额。"你想去吗？"他歪着脑袋问我。

我想了想，反问："想去就能去吗？"

他笑了笑，好像这个回答完全在他意料之中。

"谁让你和 Peter 关系好呢，"他道，"英航的培训，他们说了算。"

Peter 是龙荣的英文名。我懂他的意思，是想把这归结于我和龙荣的私人交情，而非我的业务水平过硬。很小儿科。估计人选的事基本已经敲定了，他心有不甘但又无可奈何，所以把我叫来调侃两句。我不给他这个机会。我说："史经理，前天晚上我做梦梦到你了。"

他一怔："哦？"

我道："梦里你一直盯着找我签名，说将来可以升值。"

他有些茫然，不懂我什么路数。

"你在梦里比现实中讨人喜欢多了，"我道，"很谦虚，知道尊重知识尊重权威，还差点跪下来舔我的脚指头。"

老史看了我一会儿，笑了。

"葛向阳你是不是梦还没醒？要不要我一拳上去，让你清醒清醒？"

他话音刚落，我就一拳上去，正中他的鼻头。血顺着下巴流到头颈，最后滴在他的衬衫上。他有点蒙了，连骂人都忘了。我在他反应过来之前，飞快地开门出去。与此同时，用前后至少一百米都能听见的声音，怒吼着："不去就不去，领导也不能这么欺负人吧。英国不去没关系，中师不聘我也没关系，可至少，你不能侮辱人吧！你你你，居然还说要请我走人。我能走到哪里去？我学的就是民航商务运输，离开这里我还能做什么？我租的房子烧了，家当都没了，连个落脚的地方都没有，就差去睡马路了。我的处境已经差到不能再差了，我从来没有像现在这么迫切地想要聘上中师,因为一个月多两千块,算上工龄叠加和年终奖,每年就能多四五万块,至少可以租个像样点的房子。我的要求很过分吗,托你的福,平衡室本科文凭以上、通过中级考试,又满十年工龄的同志里,好像就剩我一个没聘中师了吧?我到底哪里得罪你了?讲起来你还是我的同门师哥呢,师兄弟之间能有多大仇啊……"

在这之前,我从没想到我可以一口气讲这么多话,而且每一句都很有感染力。像一场演讲。我忽然想起了梦中那场获奖演说。内容完全记不清了,但它给予我的启发是,只要有自信,就可以做得很好。内容比起自信,反而不是那么重要了。只要有自信,只要气场到位,赖皮筋斗也能翻成绝世神功。所谓气场,就像一个吹出来的气球,把自己撑得满满当当的,犄角旮旯都填满,原先缺的部分,那瞬也变得充盈了。

有那么一秒,我几乎以为这是在梦里。否则一向讷言的我,又怎会有这样的状态?我一边口若悬河,一边觉得不可思议。好像嘴巴和大脑是分开的,不受控制。我看着老史有些扭曲的脸,见鬼似的神情。附近陆续有人走出来,好奇地朝我打量。很快整条走廊就都是人了。团团把我围着,像是不打算放我走。

不久,我聘上了中师。据说是老板亲自发的话。

"葛向阳再不聘,没道理嘛,难看嘛,幼稚嘛。"

转述这话的朋友添油加醋,模仿领导的官腔,逗得我偷偷直笑。没当过官的人都会犯这种错误,就像梦里的我一样。其实老板做人做事都很爽气,一点也不拖泥带水,甚至还有些辛辣。这是华莉后来告诉我的,那时她已经当了平衡室经理。老史被调去机关某个后勤部门，没有行政职务，享受科级待遇，相当于四十来岁就养老。他一直跟着的那个副总，跟老板斗法，被踢走了，他就更不用说了。同时被踢的还有好几个一线岗位的负责人。随后，老板迅速提拔了一批亲信，华莉是其中之一。

去英国培训的前一晚，华莉、龙荣为我饯行。趁华莉去厕所时，龙荣告诉我，我这次能去成英国，主要是华莉的功劳。

"她向站长极力推荐你，说你是平衡室业务水平最棒的。"

我有点意外。这么直截了当地表扬人，不像华莉的风格。损人还差不多。

龙荣说："听得我都有点吃醋了。"

这话说说而已，我看出他心情不错。果然，他说站长下半年可能会回新加坡。"他走了，就剩下我一个了。你懂的呀。"他朝我挑了挑眉，贼忒兮兮。

我不明白，人刚来不久，为什么要走。龙荣笑笑，莫测高深的模样。

我有种预感，这事应该跟华莉有关。

那晚，出于某种原因，比如过几日就要出远门，多少带些离愁别绪。我好几次与华莉目光相接。视线在半空中打个结，又松开。反反复复的。

老夫老妻了，还来这套。我想。那瞬，我忘了华莉已是我的前妻。

龙荣叫了代驾，捎我到地铁站。我坐在前排，他们两人坐后排。我指引司机："那个路口，放我下来就行了。"

深夜的地铁空空荡荡，整节车厢都没几个人。我新租的房子依然在机场镇，距火灾的那间残墙破瓦不过一公里。依然是违章搭建、毛坯房。我想在单位扎下来的念头只是一闪而过，悲壮不过一秒，我就妥协了。想想罢了。没有特立独行到那个地步。我只是个庸人，混迹在人群里，自己都不知道自己想干吗。

我想起不知在哪个梦里，华莉数落我："你是煞费苦心要把自己变成一个人见人憎的家伙——"梦里穿旗袍的华莉很有女人味，手里拿烟，眼一瞪，说话时鲜红的嘴唇上下翻动，一缕乌黑的卷发自耳边垂下来，像弹簧那样上下颤动着。

我下了地铁。很巧，对面的地铁也进站了。鬼使神差地，几乎没怎么做思想斗争，我就跳了上去。两道门贴着我的后背合上，差点夹到我的屁股。他奶奶的！我心里骂了句。那瞬忽有些兴奋，像是蛰伏了一冬的蛇虫百脚，被春风一吹，猛地打个激灵，活了。

我预感我接下去会很不正常。酒意让我半梦半醒。望出去的世界是黑白的，唯独我色彩分明，打翻颜料铺似的。人群中一目了然。别人都是正常倍速，我则是 0.75 倍的慢动作，走路从脚跟到脚尖，仿佛迈克尔·杰克逊在跳太空步，生生多了些遗世独立的意味。

华莉见到我，并没有太多的惊讶。我们在门口对峙了几秒。

"葛小伟已经睡了。"她说。

这话听在我耳朵里，邀请的成分大过拒绝。我涎着脸："刚租的房子有一股不清不爽的味道，闻着就想吐。只好投奔你来了。"

"少发嗲。"她身子一侧，示意我进去。

印象里，我和她从认识到结婚再到离婚，加起来说的话，应该都没有这一晚多。我们像两个久别重逢的好友，一刻不停地聊着，话题掺杂着各种回忆、分析、畅想，还有揶揄。

我问她："龙荣要当站长了？"

我猜她会反问"你怎么知道"或是"龙荣告诉你的"，那样我就可以一步步引她说出原委。但华莉仿佛是初次得知，歪着头问我："哦是吗，他要当站长了？"

我无法判断她是装腔作势还是真的，只好笑笑。她跟着也笑起来，眼睛眯成一条线："葛向阳，你少来这套。"

新加坡站长有个坏习惯，喜欢跟空姐聊天。每次航班落地后，流程走完，他总会消失一段时间。头等舱布帘一拉，或是机尾倒数几排，偶尔还会去贵宾厅，角落里，暗戳戳劈情操。航空公司商务里有这毛病的人不少，通常是为了占小便宜，比如托空姐带点免税品，转手赚些零花钱，或是揩油几个餐盒。打情骂俏拉拉扯扯，一来二去便入港了。普遍现象。新加坡站长人缘不错，一张肉脸，双下巴几乎耷到胸口，见谁都是笑眯眯、客客气气。通常也没人跟他过不去。龙荣好几次动脑筋想要拍张照、打个小报告什么的，都被华莉拦下："少做这种没品的事——"事情的转折是在某次英航总部派人来视察，那天英航延误了三小时。本来也没什么，天气原因或是空管限流，家常便饭。新加坡站长全程陪同，直到航班起飞才离开。夏天，鞍前马后忙出一身汗，便着急去洗个澡。对讲机不知是没电还是关了，反正后来这一直是个谜。英航半小时后由于机械故障返航，对讲机叫不到，打电话也没人接，直到外场处通知航班取消，旅客拉到宾馆，忙到半夜，始终没见到这位仁兄。后来不知谁说了一句"Vincent 好像去了计时宾馆"。总部的人应该也是有些不爽，回酒店休息时便顺路去了趟计时宾馆。人真的在，还不只一个。英航的混血儿空姐，头发蓬松、一脸惺忪。场面有些尴尬。站长是未婚，但这空姐却是有丈夫的。龙荣也在场。看见站长的双下巴那瞬倏地收紧了，肌肉僵着，嘴抿成一条线，半个字也说不出来。

人人都知道的版本，到此为止。

华莉换上性感睡衣，黑色蕾丝边、低胸吊带。之前没见她穿过。她提出给我拔火罐。半夜三更，倒也别致。她几乎半裸着，拿哈慈五行针在我背上划出两道黑红的印子，说这叫走罐，比拔罐更刺激。我呛着气，说"果然刺激"。她微笑着，又亮出几枚缝衣针，火上消了毒，说要给我针灸。这次我稍有些犹豫，说，针灸用的针好像不是这种。

"只要是针，都差不多。"她问我，"你怕了？"

我当然说不怕。她手起针落，直刺我背上大椎穴。我只觉颈后微微一麻，很快又是两侧天宗穴，各插上一根。我想说"要不要紧啊"，忍住了。她说在这几个穴位针灸，对肩颈好。我只得信她。她纤细的指尖，在我背上游走，凉凉的，惬意又有些没底。

她说，胖站长的对讲机是她关掉的。还有手机，也是她调的静音。苹果手机旁边有个按钮，一扳就成静音了。"那个空姐我认识，她和 Vincent 的关系，知道的人不少。每次基本上都在计时宾馆，雷打不动的。"

"你存心的？"我道。

"你说呢？"她反问。仿佛我问了个傻得不能再傻的问题。

我不知说什么，嗯了一声。

"我总归要替龙荣打算呀，下半辈子我是靠在他身上的。"她停了停，又道，"夫妻一场，也希望你能好好的。中师聘上了，英国回来后，自己生性点，凭你的资历还有能力，四十岁前当上平衡室副经理，应该有希望的。当然了，你如果继续这副死样怪气，神仙也帮不了你。"

我注意到她说的是"副经理"而不是"经理"。我又笑了笑，脸埋在席梦思里，她看不见。她说下去："葛向阳，你还记得我们小时候的事吗？"

她的声音在那一刻变得有些幽幽的，像是从很远的地方飘来。我怔了怔，想说："我小时候又不认识你，吃错药了？"但很快，我似乎接受了这种说法。很配合地，也陷入了悠长的回忆中。

"你不用觉得对不起我。我从来没有怪过你。"她道。

我沉默着。鼻子一点点酸了起来。气氛有些涩然，仿佛春天四散飞扬的柳絮，纷杂扰人，不由自主地想要干咳几声，把什么东西咳出来似的。胸口那里郁结一片，又想畅快地哭一场。我竟然真的哭了。眼泪落到床单上。

她说话时呵的热气落到我后背，痒痒的。又让我添了几分错觉。仿佛这不是梦，是真的。"别醒，别醒，"我对自己说，"让我见她一面。"更像是乞求。

吊灯掉下来的那瞬，我一个侧翻，躲过了。"咣当！"地上全是碎玻璃。与此同时，我扣住了华莉的手，指尖捏着一枚缝衣针，倘若我再稍慢个一秒，这枚针便会刺入我的太阳穴。针尖还闪着绿色的磷光，应该是涂了剧毒。

"靠！"我骂了一句。但更多的是得而复失的不甘。还有不耐烦。靠！又来，又来！

"把崔樱还给我！"我手里加了三分力道，几乎在吼。

华莉完全不在乎，兀自在那里数落我："搞清楚，是你的梦哎，你想见谁，不想见谁，还不是你一句话！你自己不敢见她，却每次都绕个大圈，搞的像是被别人破坏了似的！我好心给你拔火罐做针灸，都被你拿来做文章。葛向阳你也没个新鲜的，只要有吊灯，肯定掉下来；有针啊棒啊，肯定要捅你。你天天做这种梦，早点晚点真的变阴谋家。"

"谁是阴谋家？"我好笑，"连龙荣都晓得，你是个城府极深的女人。"

"你有证据吗？"她反问，"你也只敢在梦里这么说。一方面，你觉得自己很聪明，另一方面，你却连下结论的自信都没有。你是个左右摇摆的人。你讨厌老史，可同时你也享受那种怀才不遇、自命清高的快感。你随时想要和人吵架，想要发泄，可你的恨来自哪里，你自己也是莫名其妙。你恨你的姑姑和叔叔，这些年却和他们相处融洽。你跟你的表妹夫成了狐朋狗友。你拿着你姑父的钱，给你妈换了个肾。你也知道，黑市买个肾少说也要七八十万，再加上治疗费营养费，他早就把那 100 万还清了，可梦里你还在骂他伪君子。葛向阳你想过自己是个什么样的人吗？你整天委委屈屈，却不知道自己为什么委屈。或者说，你是故意让自己陷入委屈。你喜欢这种状态，这样你就可以顺理成章地看别人不顺眼。你可以催眠你自己，你的人生之所以走到这一步，都是因为别人，而不是你自己的无能和软弱。"

我发现梦里华莉总是长篇大论。我又一次借她的口，把自己数落了一通，也许我定期需要有人对我当头棒喝。潜意识里，我觉得自己欠骂。梦里挨骂是个好办法，既显得谦虚，也不会太尴尬。现实中，华莉说话一个字一个字地蹦，梦里却一套一套的。

突然，我被什么痛得惊醒。一看，原来是华莉的手臂重重地搭过来，砸在我脸上。

她睡得很沉。我把她手臂轻轻放了回去。她穿着小碎花棉布睡衣，很保守的款式。性感睡衣不存在。火罐和针灸也不存在——昨晚说完胖站长被捉奸在床那段后，她忽然凑近，亲了我一下，我怔住了。忽想，要是龙荣现在闯进来，这是不是算捉奸在床呢？

后来我们躺着聊天。她说起前几天老板到平衡室视察，我抢在前面给他让座，泡茶，问他"这茶味道还可以吧"。她笑："看不出啊，葛向阳你原来这么谄媚。"我说我不记得了，完全没印象。她说，那就说明你是真的谄媚，是骨子里的本能，不是装的。

我被说得有些窘，不知怎么接口。

"这样也挺好。"她再三强调，"是真话，不是嘲你。人嘛。"

华莉打着小鼾。我支起下巴看了她一会儿，决定再睡个回笼觉。还早，才凌晨五点。

（三）

我从英国回来后不久，是刘婵生日。葛慧包了个老洋房餐厅，草坪上摆开香槟塔冷餐会。电话关照我"穿得隆重些"。我T恤外面罩了件休闲西装，自觉已经很隆重了，谁知过去一看，葛慧穿着金色的曳地长裙在那里迎宾，头发烫成无数根油条，眼睛化成波斯猫，头上还戴了个金冠。我吓了一跳。刘新华和葛胜都是西装领结，倘若再加副白手套，那就跟侍应生没什么差别。刘婵和小江穿着情侣装，一个是白色蓬蓬裙，一个是白色燕尾服。连婶婶吴爱花也穿了一套镶满亮片的紫色礼服。唯独我妈和奶奶，还是平常服饰，无非头发梳得整齐些，我妈略微涂了些口红，坐在那里不停抿嘴。

我走到堂弟葛耀祖身边，这小子很少穿西装，领口那里卡得难受，一直来回地蹭。大概是皮肤过敏。我问他："啥路道，比订婚宴还夸张？"

"江宇扬的爸妈要来。"

"那又怎么样,订婚宴不是也来了?"我依然不解。

"他爸爸,评上院士了。"

我心里"嘿"的一声。下意识地朝小江瞪了一眼。这小子,前几天还无病呻吟,说什么"谁都有烦恼",搞得好像跟我们很有共同语言。实在讨嫌。他触及我的目光,一怔,做了个"怎么了"的口形。我立刻转身,留个屁股给他。

小江父母出现了。按事先说好的流程,几人围着他们拉小提琴,刘婵送上大捧鲜花,并与未来的公婆拥抱。葛慧说了几遍"祝贺啊,江院士",起调太高没控制好,有点破音。江院士说着"谢谢",逐一与我们这边的亲戚握手。葛慧介绍,这是刘婵的表姑妈,这是三姨婆,这是小舅公。她亦步亦趋,院士夫妇走到哪里,她跟到哪里,激动得两颊绯红,仿佛评上院士的不是别人,而是她自己。小江逮了个空,到我身边,问我:"去英国没带点礼物回来?"

"课程排得太满,没空逛街。超市里买了一打花生酱,有机的。你要就拿一瓶去。"

"你表妹今天美不美?"他得意洋洋地问我,"裙子是我挑的。她原先死活不肯穿,说太少女系,我好不容易才说服她。"

"头上再绑根蝴蝶结,就更好看了。才二十八岁,还年轻着呢。"

"我爸评上院士,你好像不太高兴?"这小子讲话愈来愈促狭,"刚刚握手的时候,我看你偷偷在翻白眼。"

"姑姑!卫生间在哪里?"我突然叫起来,冲着葛慧挥手,

"小江说他肚子不舒服，一个劲地放屁，大概又要拉稀了！"

宴会开始的时候，刘婵走到钢琴边，朝宾客们鞠了个躬。随即弹了一段《卡农》的简易版本。葛慧逼着她练了半个月，连芭蕾舞课都上了几节，说把天鹅颈、蝴蝶背练出来，穿礼服好看。"门面，懂吗？"她几乎是恶狠狠地对女儿说，"你就是装，也要给我装成一个彻头彻尾的淑女。"刘婵纠正她："很少有人用'彻头彻尾'来形容淑女。流氓、恶棍、瘪三，那种才说'彻头彻尾'。"

小江父母很客气。到底是有身份的人，举手投足都分毫不差，亲切又礼貌。我留意刘婵对她未来公婆的态度。总体而言，她还是得体的。犟脾气只对着自己爸妈，外人面前装得真像一个彻头彻尾的淑女。小江妈妈给她送上生日礼物，一个小盒子，打开，里面是把钥匙。旁人发出惊呼，以为像电影里演的，一辆车或是一幢房子的钥匙，结果不是。是另一个盒子的钥匙。打开，里面全是小江的照片，从出生到二十八岁，厚厚一沓。

"我儿子的心，被你打开了。我把他交给你。希望你们能永远幸福。"

掌声中，葛慧感动得眼圈通红。被亲家母这个煽情的布置弄得快哭了。她一推刘婵："说呀，说点什么。"刘婵接过盒子，应该是想把话说得俏皮些，结果一出口就让我鸡皮疙瘩掉一地："谢谢，我会把江宇扬永远锁在我的心里。"

人真是个复杂的动物。我那修女般无趣、六月天气般阴晴不定的表妹，居然也会来这套。我记得前几天她还把小江送的礼物全部打包成一个箱子，托我转交给小江："葛向阳你不要把话说得模棱两可,就说我讨厌他,我看不起他。这样他才会彻底死心。"我当然不肯,让她直接叫快递,话可以写在纸上,再怎么决绝都没关系。"否则你妈会杀了我。"

她说她妈妈拎不清:"就算结了婚,也可以离婚的呀,她总不能一辈子看着我。"我心想这话没道理,葛慧怕的不是她将来离婚,而是她现在不肯结婚。只要女儿高攀上那个门第,哪怕第二天就离婚,葛慧也死而无憾了。刘婵到底还是年轻,不懂得父母的虚荣心有时候是多么可笑。

小江送给刘婵的生日礼物是一条钻石项链。他亲自为她戴上。宾客们起哄让两人接吻。小江看了一眼刘婵,眼神里是询问。刘婵停了停,忽地一把搂住他,往他嘴唇上亲了下去。

我那个角度看得比较清楚,刘婵一咬牙,神情充满嫌弃,类似"快点,亲完好交差"那种。我偷笑了一下。

刘新华相对比较低调,礼数到位,但不会像葛慧那么夸张。父亲嫁女儿,无论怎样都是不舍得。另一方面,他对小江似乎不太满意。这点家里人都能看出来。每次葛慧拔开喉咙训斥女儿过分挑剔的时候,他总是默不作声。不附和就等于是反对。葛慧跟他吵过很多次。葛慧甚至觉得,刘婵之所以那里飘啊飘,迟迟不说定,就是因为得到了父亲的支持。"你还想找怎么样的女婿啊?"葛慧把这句话翻来覆去地说。照她看,打着灯笼也难找的好女婿,已经到眼前了,就差一张结婚证了。葛慧现在已经不担心小江了,而是担心两位亲家。换了她是男方母亲,肯定有想法的,心疼儿子,替他不值,也不晓得看上这姑娘什么了,受这份罪。也亏得人家父母有涵养,当面是不用说了,背地里也没听小江或是刘婵嘴里漏过什么不舒服的话。葛慧从四十二岁待退休那年起,就很少像现在这么折腾了,用她的话说,这两年是"操碎了心",上班都没这么累。她像是岳母和媒婆的综合体。丈母娘看女婿,越看越欢喜。同时拼了命地撮合,创造机会。就差没送上床了。她甚至还询问女儿,你们那个的时候,戴不戴套?听刘婵说"戴",她一脸遗憾,跺脚:"戴什么呀,这个小江也是的——"

宴会结束后,晚上继续吃饭。小范围,就自家几个。葛胜本来想走的,说累。葛慧道:"你回家也要吃饭,这边随便吃点不是蛮好。又不用你烧,能累到哪里?怕累你就沙发上躺一会儿。"葛胜说:"亲家都走了,门面都帮你撑过了,还不让人回家?"

葛慧"哼"的一声:"撑什么门面?我们有什么门面?再撑也是硬撑!"

葛胜把领结松了,随手往桌上一扔:"绑粽子一样绑了半天,原来还是给你坍台了。不好意思啊,我们这种乡下人,实在是不上台面。"

葛慧一怔,顿时意识到那话让这个敏感的弟弟不爽了。其实她不是这个意思,主要是想借题发挥,骂一骂刘新华不够主动,引大家说些"这么好的女婿,还不早点把事定了"之类的话,再逼一逼刘婵。但葛胜既然这么说了,只好先灭火。

"你要是乡下人,那我也是乡下人。一个妈生的。"葛慧笑着说。

"那不一样,龙生九子。"葛胜瓮声瓮气地。

"晚上蒸条鱼怎么样？你喜欢的。"葛慧愈发讨好的口气。

没用的。通常到了这种时候，就像感冒已经发出来了，鼻涕眼泪一把，吃不吃药都是一个礼拜。葛慧愈要补救，反而愈是局促。几个回合一过，那架势竟真像是做错事了。脸也红了，话也结巴了。葛胜斜眼看她，似笑非笑。

相比前些年，葛胜挑衅的水准有所提升。那时翻来覆去便是"凭什么就我倒霉""你们都是好好的，唯独我是个残废""我不舒服，你们也别想舒服"……吃相差，其实也没用。就像一支长矛径直投过来，没头没脑落在脚下，投不中，最多吓人一跳。现在改成洒石灰粉或是催泪瓦斯之类，操作简单。杀伤力也大。范围又广。一家子都逃不脱。

晚饭时那条笋壳鱼蒸得有些老。葛慧把最嫩的部位——肚皮肉夹给葛胜。钟点工做了墨鱼红烧肉、毛豆烧膏蟹、蚌肉豆腐汤，都是葛胜喜欢的。一直如此。但凡一家人聚餐，总是要多照顾葛胜一些。菜式，还有态度。哄宝宝似的，以他为中心。就连葛耀祖、葛向阳、刘婵这几个小辈，也没有这种优遇。

"中午吃得太饱，现在倒没什么胃口呢。"葛胜吃了几口，便放下筷子。

"菜不好，也多吃点。"葛慧劝他，又往他碗里夹菜，"吃不掉也是你带回去，明天初一，我吃素，你姐夫也不在家吃。"

吴爱花忙道："阿姐，不用。我每天都烧菜，方便的。"看我一眼："让向阳带回去吧，他一个人住。"

我说："我也不用。刘婵带吧，你们学校食堂不是伙食不好嘛。"

刘婵懒洋洋地说:"我不吃隔夜菜。"

葛胜跟上:"我家也不吃隔夜菜。尤其是海鲜,隔夜不好。你们一个个囫囵的还没啥,我已经这样了,破家值万贯,愈是不值钱愈要自己当心,否则就更不值钱了——给大嫂吧,她和妈住,少烧一顿是一顿。"

连汤带菜,满满当当五六个盒子。我替我妈和奶奶叫了出租,把东西装上车,还有一箱冷冻海鲜。刘新华公司给客户中秋节的礼品,发不完,内部解决。我先送她们回家,再坐地铁回去。

葛慧让刘婵送两箱去小江家里。刘婵白眼一翻:"想得出的!"葛慧解释,说知道小江家不缺这个,但好歹是一片心意:"意思我们一直想着人家。"刘婵问:"刚才你怎么不直接给他们?"葛慧"嘿"的一声:"刚才穿成那样,一个个束手束脚,你说方便吧?"刘婵便道:"下次让江宇扬来拿,我不高兴送过去。"

"你什么都不高兴,你说你高兴什么?你就高兴当一辈子老姑娘。"葛慧咕哝。

"不是都订婚了嘛。"吴爱花说。

"订婚有什么用,又不是结婚。人家爸妈也是老门槛了,儿子再喜欢,也咬定先订婚,不结婚。为什么?人家也未必满意呀!订婚就是观察,就是试用!"她恨恨地瞥女儿一眼,"你跩什么呀,你还没过试用期呢。"

"江宇扬也没过我的试用期呢。"刘婵不服气。

"你就嘴硬吧,你也只剩下一张嘴了。"葛慧道。

我坐在出租车前排，听奶奶嘀咕"菜有点咸"，便回头问她："要不要喝水？"

奶奶说不用："你叔叔喜欢吃小海鲜，总归迁就他，其实海鲜嘌呤多，对身体没啥好处的。"又道："你孃孃家地方那么大，你一样外面借房子，倒不如住在她家。"不待我回答，又奚落我妈："坐在那里一声不吭，上去跟亲家握个手也好啊。"

我妈不理她。其实平常我奶奶话并不多，今天应该是被氛围感染了，有些亢奋，思路虽然跳跃，但还算清楚。事实上，她的老年痴呆总是发作得恰到好处，既享受着关注，又不至被大家嫌弃，很有分寸。当然我妈比较辛苦。别的不说，一天三顿饭就是真生活。刘新华曾提议给我妈找个保姆，或者钟点工，每天来几个小时。被我妈拒绝了。刘新华不缺这点钱，我妈身体不好，也确实需要有人搭把手干活，本是两下里相宜的事——我妈做肾移植的费用，手术费加住院费，前后一共九十多万，是刘新华出的。连借条也没让我写。当时我以为我妈是想给他们一个机会，类似"一家人哪有隔夜仇"那种，但后来发现又不是。这页还没翻过去呢。每次聚会，我妈总是不苟言笑，像戏台上那些做官的，端着腰间的一圈玉带，功架十足。没错，就是"端着"——不吵，也不亲近。从某种程度上说，我妈跟我奶奶有点像，都是分寸把握得极好。由着对方示好，把手术做了，却也不承你的情。吊着你，晾着你。只要咬死不把"原谅"两字说出口，这页就永远翻不过去。

我爸和我爷爷出事那阵，家里都是我奶奶做主。葛胜是个病秧子，说话阴阳怪气，大事却拿不了主意。葛慧和刘新华那时还是穷光蛋，一个下岗，一个待退。没钱就没气场，没说话的份儿。350万三家平分，是葛胜提出的没错，但最初也是抖抖豁豁，倘若奶奶坚持顶回去，便也没后面的事了。我记得我妈那时再三问她："妈你说呀，你说呀——你告诉他们，是怎么回事？"让她表态。奶奶却一声不吭，只是叹气。也不知是谁，嘟哝了一句"老年痴呆呀"，奶奶便从那时起，坐实了这个病。病到现在。

我爸和爷爷去世后，我妈和奶奶一住就是十多年。初时还有我。我结婚后，就剩下她们两个人。我至今仍搞不懂，我妈居然会答应服侍我奶奶，而我奶奶也愿意和她一起。别扭是不用说了。钱分了，人心也散了。就像失手摔坏某件摆设，拿胶水粘上，放回原处。便是一时看不出来，再裂开也是早晚的事。

至少我是这么觉得。

华莉说我看问题还是太简单。伸出一根手指，在我额头上点啊点："拎不清的人，一定要藏拙，懂吗？傻瓜一思考，上帝就发笑。懂吗？"

我连纠正她的兴趣都没有。这女人不撒娇还好，一撒娇就容易过头。讲得好听叫"卖萌"，不好听就是痴头怪脑。我和她的关系，从曾经的明媒正娶，一夜之间变得暧昧难言。甚至出现了只有热恋男女才会做出的低智商表现。比如，她逼我给她发了个五块二的红包。我叮嘱她，收款后把红包记录删了。她说："龙荣不会看我手机的。"

我有点狼狈。她问："我们现在这样，是不是就是传说中的'狗男女'？"我说："你不介意的话，也可以这么理解。"她勾住我的下巴，把我的脸转向她。

"你，到底是喜欢我，还是更喜欢她？"她问。

她说的是崔樱。在我们三年不到的婚姻里，华莉从来没有这么直截了当地问过。作为老婆，她恪守着某种自尊。但此刻，有暧昧的狗男女关系打底，她便少了顾忌。她佯装不在意地轻笑着，眼神飘忽，仿佛只是在跟我开玩笑。

"要不，我介绍你跟她认识？"我说着，拿出手机，翻到一张照片。给华莉。

她看了一眼，皱眉："你吃错药了？"

她以为我在逗她。我很认真地告诉她，照片上这个十四五岁的女孩，就是崔樱。

她发愣："我记得你说过，她比我漂亮。"

"你觉得，她没你漂亮？"我指着照片上的人。

"她还是个孩子，差了十几二十岁。有可比性吗？"她忽地有些愠怒。

我理解她的心情。她始终觉得我没说实话，或者说，她觉得眼下的状况过分诡异，让她理不清头绪，以至于有些烦躁。她看我："葛向阳啊葛向阳，你是在做梦吗？"

这话提醒了我。

我通常不会用捏脸那种方法试探。太幼稚，也未必奏效。疼痛也会有心理暗示，你告诉自己"很疼"，往往会真觉得疼——我的方法是，大声叫一个许久不见的人名。如果这人突然出现，那肯定是在做梦。反之就不是。

"薛芸！"

我半晌才想起这名字是我初中时的同桌。

"你干吗?"华莉皱眉。

我向她解释,我是在叫"薛芸"而不是"崔樱"。虽然这两个名字听着很接近。但我确确实实叫的是"薛芸",我甚至连她的外号也记起来了——"大块头"或是"大头娃娃"。

华莉问:"她很胖吗?"

我说:"还好,就是脸圆了点。"说完补充一句:"男生发育得晚,我那时候还没有她高,男生对比自己高大的女生,总是又爱又恨,喜欢骂人家块头大,其实她一点也不胖。眼睛大大的,皮肤很白。"

华莉看着我:"所以呢,你现在突然叫她,是为了什么?"

我被问住了。二十年没有交集的同桌,怎么会突然冒出来——每当我记性突然变差的时候,就会本能地提醒自己,有问题。尤其是掺杂新的元素进来,比如新的人物,新的社会关系。像章回体小说,花开两朵,各表一枝。有了腾挪的空间。

我看着华莉的脸慢慢发生变化,成了另一个人——圆脸,大眼睛,皮肤很白。

"薛芸。"我很应景地改口。同时手里忽然多出一本书,弗吉尼亚·伍尔夫的《一间自己的房间》。她问我:"崔樱借你的?"

我还没想好怎么回答。她说下去:"崔樱就喜欢看这种书。"

我说:"是啊。"

她说:"男生是不是都喜欢那种神神秘秘、让人捉摸不透的女生?"

我想，不一定，那也要合乎胃口才行。但梦里我很有分寸。不说让女孩尴尬的话。我瞥过旁边的穿衣镜，看到自己，初中生模样——都这个时间点了，总该见到崔樱了吧。初中生葛向阳，旁边坐着他的同桌薛芸。教室里放一面穿衣镜是有点古怪。但又有什么关系呢。我的梦，我不尴尬就行了。

老师开始给大家发志愿表。我"嘿"的一声，打心底里讨厌这种旁支情节。但梦境也不可能样样都顺我的心意。通常情况是，后面愈是有大事件发生，前面就会铺垫得愈多。老师操一口上海口音的普通话，提醒我们："要慎重啊，回去跟父母好好商量商量。晓得哦？"

我朝薛芸看了一眼。她把志愿表对折一下，放进书包，问我："你想好了吗？"

我咕哝了一句。应该是学校的名称。她听了便道："你真牛！"我心想着"这有什么牛的"，嘴上道："谢谢。"

直到中考卷子塞到我手里，崔樱依然没有出现。教室还是这个教室，但成了考场。老师也还是那个老师，一样的口气："不要作弊啊，晓得哦！"

他在教室里一圈圈地转。转得我头晕。

我看向手里的卷子。竟然是一份 B747 的装机单和平衡表。我粗粗过了一遍，除了两块 PG 板稍有点麻烦，别的都没什么。很轻松。我都不用打草稿，直接拿圆珠笔在三联单上开。行云流水。不一会儿就完成了。重心相当漂亮。交卷的时候，老师瞥一眼："你作文没写啊——"

我想，作文你个头。再看卷子，竟然大半都是空着的。我顿时慌了，看手表，离交卷还有半个多小时。于是我央求老师"让我再拿回去做一会儿"。老师当然不答应："你都交卷了。"我解释，是因为你给我发错卷子了，刚才我做的明明不是这个，是平衡表。他问我，什么是平衡表："中考有考平衡表吗？"他声音忽然犀利起来，上海口音也没了。我说，老师你别为难我了，你这样跟我过不去，万一我考不好，我妈饶不了我。我眼泪一下子涌了出来。把老师看傻了。但他还是没答应，把我的卷子放到了最下面。

"我妈、我妈饶不了我——"我翻来覆去地说，"饶不了我——"

直到华莉把我推醒，我还在哭。脸上全是眼泪鼻涕。她问我，做了什么噩梦。我说，梦到我考试考砸了。她奇怪地看我："你还会为这个哭啊？"

事实上，我的中考成绩还不错。当年掐着分数线进了一所市重点。我还清晰地记得，父亲把全家人都请来，替我庆祝。爷爷奶奶给了我一个红包，封面上是手写的"鹏程万里"。我爷爷练过书法，虽然他只是个小工人，但写得一手漂亮的毛笔字，还会几笔山水画。三个孩子里，只有我父亲遗传了他的这点情趣。用我父亲的话来说，就是不甘心。他像我爷爷一样，不甘心做一辈子工人，所以从崇明农场回来后，又去读了夜大，很快从车间调去技术部门，一路过关斩将，最后成了一名工程师。"老大就是老大。"我爷爷那时很自豪地说。还摸着我的头，称我是"长房长孙"，口气里是满满当当的欣慰。其实我家祖上几代都是社会底层，"长房长孙"这种字眼，应该有产业的人家才用得上的。我爸和我妈结婚时,我爷爷只拿得出一只银手镯,是我太奶奶传给我奶奶的。据说这事让葛胜和葛慧都非常不满意。因为他们结婚时什么都没拿到。葛慧每次提到这,还总是感慨地说,谁能想得到呢,我们这种笃底的人家,现在居然能过上这种日子。

当然是因为我爸的350万。虽然刘新华用那100万赚了1000万都不止,但归根结底,是我爸给了他这第一桶金。或者说,是他抢了这第一桶金。

"讲来讲去,你总是要扯到这上头。"华莉叹道,"葛向阳,你气量实在太小。"

话题重新回到我妈和我奶奶的关系。华莉觉得,我妈是识大体顾大局的:"闹翻容易,但闹翻再和好就难了。你爸没了,你们母子俩总归是处于弱势,真闹翻了,对你们有什么好处?《赵氏孤儿》里那个孩子,不是还被杀父仇人屠岸贾抚养,父慈子孝了十六年?"

"可他最后还是把屠岸贾杀了,一点不客气。"我说。

"戏剧和生活能一样吗?前面十六年是现实生活,最后一刀,那是戏剧效果,不作数的。"华莉朝我撇嘴,"葛向阳,你看问题不要傻乎乎的。"

"谁傻乎乎了?最傻就是你。"

"我当然傻了,不傻能嫁给你吗?"她反击。

我"嘿"的一声:"不是离了嘛。"

她哼道:"那现在呢?"

"离了是现实生活,现在这样,是戏剧效果。"我笑笑,想起刚才的梦，问她，"我是不是给你看过崔樱的照片？"

她"嘿"的一声："神经病。"

我拿出手机确认了一遍。没有照片。

"脑子坏掉了。"她骂我。

龙荣想搞一个求婚仪式，问过我几次，该怎么弄。我说，这你应该去问江宇扬，他比较拿手。龙荣不去。嫌小江那套太虚头巴脑，光有铺排没有诚意。"真正的情调，不在乎花钱多少，在于心思。没情调的人才只懂花钱，以为有钱就有一切。"

我觉得这么说小江有点苛刻。毕竟人家父亲是院士，母亲是名牌大学毕业，不至于那么没格调。没钱的人，总觉得有钱人一个个都是暴发户，有钱人家的少爷统统都是纨绔子弟。其实平心而论，小江这人虽说胸无大志，但总体还算纯朴，也没什么心机（跟刘婵那些推拉的小把戏除外）。有条件的人搞个花园草坪订婚仪式，就跟我们普通人铺开圆台面弄个家宴没啥区别。按比例算，可能人家还更低调些。但这道理龙荣不懂。某种程度上说，他跟我恰恰相反。我表面上看着不好对付，但到最后通常都是随大流。而他面上和顺，内里却长满倒刺。比如他告诉我，他跟那个台词念"一二三"的女明星上过床。起初我以为他在吹牛，及至他拿出跟那女人在床上的合影，我才知道是真的。那部剧他混了个男四号。我猜测是不是他拿床照威胁那女人，才拿到这角色。但很快便得知，反而是那女人主动。甚至还许诺下一部戏给他升到男二号。我问他，那你为什么还离开娱乐圈？他说他不喜欢这样。我说，不喜欢你还跟她上床？他回答，上床是因为她千娇百媚，他纯粹出于动物性，可一旦这事成了某种交易，就让人不舒服了。他一本正经地说来，我只觉得好笑，这个跟空姐打情骂俏、口袋里随时装满洗漱包，见人就套近乎的"百搭"，居然跟我来这套。我都懒得戳穿他。但华莉纠正了我。她觉得龙荣就是这样的人。

"大隐隐于市。知道吗？"

"不知道。没听说过。"我翻个白眼。

"只有那种生怕别人不知道自己与众不同的家伙，才会处处跟人唱反调，反而心中有大抱负大理想的人，倒显得很合群，很好相处。"

我"哈"的一声："请问龙荣的大抱负大理想是什么？搞定你？跟你结婚？"

我承认我真的很纠结这茬，以至于强忍着才没说出龙荣的求婚细节——在平衡室事先布置好，让大家装傻，然后突然抽出一张平衡表，重心是13.14，紧接着扑通跪倒，拿出戒指——"一生一世！是不是很绝？"他向我炫耀这招是多么有趣，不落俗套，用平衡表向平衡员求婚，还有什么比这更应景的求婚方式呢。我没理他。他随即提出平衡表由我来画。"无论技术还是情感上，你都是最合适的。"他说。

技术那部分好理解。毕竟这样从重心反推上去，客、货、邮、行装满，煞有介事地做足全套，除了我，别人还真不好办。但情感上就有些奇怪了。我替我的前妻找对象，还要帮她挣足噱头。实在难以想象。我道："我不能白画。"

他说："一张平衡表，一顿饭。"

我足足画了五张才交差。当然是故意的。他想要赖，说以最后一份为准。我作势要打电话给华莉。他忙不迭地拦下："五顿！就五顿！"

龙荣挑了一天——他、华莉，还有我，三人都上班。我们仨班头都不一样。难得碰到一天。错过了又要等大半个月。按他事先布置的那样，我和平衡室的员工们各忙各的，面上丝毫不露。午餐时，华莉要去候机楼食堂，被我拦下。

"有事跟你说。"我说。

"等我吃完饭再说——或者一块去食堂，边走边聊也行。"她看我。

我避开她的目光，干咳一声："待会儿有机组餐。荷兰航空的，小鲁去拿了。"

"我不喜欢机组餐。干巴巴的。"她又要走，又被我拦住。

"钱多啊？——有吃不吃猪头三。"我说了句比机组餐还要干巴巴的玩笑。

她感到了异样，压低音量："有事？"

我"哈"了一声，耸耸肩，扭扭胳膊甩甩腿，做出很随意的样子。

"没事啊。"

旁边同事看我一眼，很快把目光别开。不止是他，平衡室的同志们此刻都在暗暗关注。他们觉得，龙荣和华莉还好理解，这场三角恋里最妖的人，是我。我是出于怎样的心态，非但不回避，还站在这里等待着我好兄弟对我前妻的求婚仪式。我亲手绘制的那份13.14的英航平衡表，此刻被某个同事放在文件袋里，将在恰当的时候，交到龙荣手里，再由龙荣献给华莉。

我看航班动态，英航飞机已经推出。龙荣应该很快就会到。

"华莉。"我咽了口唾沫，"你出来一下。"

我俩走到办公室外。

我怔了半晌。一肚皮的话，吐进吐出，又咽了回去。"——算了，要不我给你发微信吧。"

她没懂我意思："啊？"

"我说，我把想说的话发微信给你。"我灰溜溜地道。

华莉笑起来，误以为我在耍花枪："葛向阳你怎么十三点兮兮的？"

这时龙荣突然出现："你们在干吗？"

我道："总感觉跟华莉有话要说，但又不知该怎么开口。"这么直愣愣的回答，为此刻不尴不尬的气氛平添了几分怅然。龙荣叹口气，在我肩上拍了拍，走进平衡室。

小鲁拿来了"机组餐"——是一只蛋糕。用红色奶油裱了"13.14"。与此同时，龙荣单膝跪地，送上戒指和平衡表。华莉没有接。我以为她会看我。她没有，只是发了一会儿愣。大家热烈地鼓掌，还有人起哄："嫁给他！嫁给他！"我跟着笑。准确地说，是下意识地咧开嘴。落在华莉眼里，或许更接近于"看热闹"——这是她事后告诉我的，说我一副"事不关己高高挂起"的模样。她不明白我为何会是这副表情。我只能又给了她一个莫测高深的微笑，好像有无穷的意思在里面。其实我自己都不知道，我当时是什么心情。不是生气或是妒忌，也谈不上悲伤，好像，真的只是怅然。我回忆当年向华莉求婚的情景，没有戒指也没有跪地，只是轻轻一句"要不，结了吧"，她撇嘴

"那就结吧"——这当口我居然还想这个。离婚时倒还没什么，现在竟成"怅然"了。也是奇怪。华莉后来说我，自己不要的东西，只有被别人捡走了，才知道是宝贝。

对讲机里一阵骚乱。众人怔了半晌，才知道是英航出事了。机长从特高频传话下来，说平衡表有问题，要求复核。龙荣奔回办公室，查系统，说平衡表没问题啊。他又上传了一份电子版。机长在对讲机里不停重复着"fuck"，说你自己看看，你之前给我的那份是什么？"Are you fucking crazy?"他咆哮。

华莉看向手里的平衡表——这份才是应该送上飞机的。而机长拿到的那份，是我花了半天工夫，精雕细琢做出的"13.14"，重心指数旁边还画了个丘比特爱之箭。不知是哪个冒失鬼，竟装错了文件袋。

亏得飞机还在滑行，没起飞，否则很可能引发安全事故。现在定性为事故征候，也是相当严重了。平衡表是小鲁做的。他被记一次大过，罚两个月奖金。我是他师傅。也是两个月奖金。我向龙荣提出，这大几千块钱由他报销。这小子不肯，说他也被扣奖金了，而且短期内别想当上站长。求婚仪式也泡汤了。"碰着赤佬了——"他恨恨道。

华莉却兀自纠结我要给他发什么微信。

"你说的，要发微信告诉我。"她看我。

我停顿一下："其实你应该也能猜到的。"

"猜到什么？我不懂。"

"龙荣要跟你求婚——你说，我会跟你说什么？"

"你会跟我说什么？"她反问。

我看出她在装傻。非要我亲口说出来。我偏不。

"不是一句两句，有点长——你等着，哪天我有空，就微信发给你。"

"随便。"

我猜华莉是真生气了。相比之下，我的心情更是牵丝绊藤得多。我就像是一只困兽，在狭小空间里横冲直撞，找不到出路，情绪无处宣泄，面上还不能露出来。当初并没人拿枪逼着我离婚，隐约记得那时龙荣还一直劝我，诸如考虑清楚、别冲动、要冷静——都找不到由头说他趁人之危。他追求华莉也是半年后的事了，甚至还征得了我的同意。在外人看来，我们三个应该属于那种友情爱情都相当到位的关系。如果不是好兄弟，不会放心让他接手前妻；如果不是好聚好散的模范夫妇，也不会像父亲嫁女儿那样为她找下家。总之，这三个人要么是圣人，要么就是十三点，脑子被枪打过。糨糊捣得一团和谐。

没过几天，龙荣请华莉在外滩3号吃了顿西餐。他次日兴冲冲跑来告诉我，华莉答应了。所以说真不能轻易嘲笑别人，龙荣再看不起小江，终究还是用了他那套。米其林餐厅，人均两千朝上，小提琴配鲜花。我估计华莉那样的乡下妹子，在这种氛围下，大脑一片空白，话都没来得及出口，就被稀里糊涂套上戒指了。钱有时就是这么管用。倒不是说华莉有多虚荣，而是更接近于盛情难却。就算事后证明是错的，至少也是在米其林餐厅错的，气得过了。你换人均五十块的火锅店试试？那就清醒多了，不容易犯错。我把这番话对龙荣说。他笑得鱼尾纹根根毕现。他说葛向阳啊葛向阳，你要不要这么促狭啊？

龙荣骨头轻起来，请我和小江还有刘婵吃饭。说让我们正式拜见一下大嫂。别人倒还好，刘婵是刚知情。她古怪地看看我，又看看华莉。她是作为小江的女友出席的，可偏偏又是我的表妹，华莉的前小姑子。我们这乱糟糟的关系，排列再整合都是内部消化。像时下流行的那种水晶泥，鼻涕虫似的，不管怎么折腾，摔在地上砸在桌上，手搓脚踩，看着支离破碎，只要一股脑儿往盒子里一扔，不到十秒钟，立即晶莹剔透完好无缺。丝毫看不出被折腾过。据说玩这个能减压。也是，怎么蹂躏都能独自美丽。很像我此刻的心情。

别人都是成双成对，我像一只大灯泡，照着两双璧人。我竟还笑得最欢，好像最开心最幸福的就是我。龙荣今天做东，他和华莉自带几分主人家的矜持。小江和刘婵则是惯拿揶揄嘲讽秀恩爱的。刘婵一脸不屑，白眼满天飞，就差没把"我鄙视江宇扬"做块牌子挂在胸口了。我几杯酒下肚，先拿她开刀："刘婵你说，你到底对小江哪里不满意？"

刘婵"嘿"的一声："跟我妈学的？"

我说："你妈那是反问你，我这是在请教你——到底对小江有什么不满意？"

小江嘿嘿笑着。龙荣也笑："说吧弟妹，我也想听。"

刘婵看向华莉："阿嫂，男人怎么都这副腔调？"

华莉坐着不动，鼻子出气："——不是有首歌嘛，十个男人七个傻八个呆九个坏。"

我跟上："后面那句你怎么不说？"

华莉没理我。小江凑过来问："后面哪句？"

话音未落，龙荣已唱了起来："十个男人七个傻八个呆九个坏，还有一个人人爱——"

小江"嘿"的一声，笑道："明明还有个人人爱嘛。"

"帮帮忙，九比一的概率，轮得到你吗？你们三个人，应该是一个傻一个呆一个坏。"刘婵问华莉，"阿嫂，你说是吗？"

华莉纠正："不对。他们三个应该是，一个坏、一个又坏又呆、一个又坏又呆又傻。"

刘婵怔了怔，随即笑起来："有道理。不过阿嫂你这属于客气的，他们三个很有可能都是又坏又呆又傻。对吧，歌词就是这意思，除去那个人人爱，剩下九个，里面起码七个是又坏又呆又傻——"

华莉"哈"的一声，不认同："你要这么较真，我告诉你——也有可能是六个又坏又呆又傻，两个又坏又呆，一个又坏又傻，不信我算你给看——"她竟真问服务员要了纸笔，列了横式竖式，又写下123456789……

俩女人在那里埋头计算。排列组合、念念有词。我飞快地看了一眼龙荣，这小子目光竟有些宠溺。再看小江，更是近乎崇拜了，仿佛对面坐着华罗庚，甚至是阿基米德。我忽然心情有所好转。就像歌里唱的，反正男人不是傻子呆瓜就是坏坏，男女之间无非一个愿打一个愿挨，就那么回事。至少此刻，我得以站在一个更超脱的高度，一身轻松。

小江兀自嘀咕："这歌我怎么没听过——"

龙荣告诉他："这是80后听的歌，你们90后不知道。"

小江反击："帮帮忙，你们89年的，再说阿嫂也是90后。"

我忽地插嘴:"你阿嫂是 90 后的年纪,80 后的长相,70 后的气质。"

几人都朝我看。我心里咯噔一下。华莉是"阿嫂"没错,可"阿哥"是龙荣,不是我。我居然调侃人家的未婚妻。还说得无比顺嘴。停顿几秒,华莉对龙荣道:"看吧,我就是因为他这样,才跟他离婚的。"

我猜华莉是想打圆场。但这话说得有些别扭。倒接近于寻晦气。我顺势说了声"对不起",又贼忒兮兮地朝龙荣笑笑。龙荣也笑了笑。本来也就到此为止了,偏偏华莉竟又说下去:"葛向阳你好像对我挺有意见的。"

我忙道:"没有。"

她"哼"的一声:"也不知道当初怎么找的你。"

"恭喜你悬崖勒马,回头是岸。"我朝龙荣耸耸肩,笑笑。

华莉停顿一下:"葛向阳你觉得这样有意思吗?"

我不知说什么,只好又笑笑。

华莉一杯酒朝我头上浇来时,我正夹起一片羊肉放到锅里涮。人均五十块的火锅店。人果然清醒得多。谁都能看出气氛不像表面那么轻松。就连我那个马大哈表妹,还有那个不知人间疾苦的富二代小江,到后来也是自顾自吃菜。相比之下,表现最从容的,反倒是龙荣。他一手揽着华莉的腰,一手勾着我的脖子,反复强调"我们都要好好的"——其实也是局促了。就像迫不及待地贴块膏药到伤口上,也没用碘伏消个毒,就那么兜头兜脸,把膏药当毛巾,竟像是扑火了。华莉兀自不罢休,竟还扭头问我:"那个平衡表真是你画的?"

我说:"是啊。一共画了五张。龙荣挑了张最好的。"

"一张一顿饭?"她问。

"没错。"我提醒龙荣,"这顿不算啊——"

酒便是这时候浇上来的。浇完,华莉把酒杯重重一放。小江忙不迭地关了电磁炉,生怕她接着把整锅汤浇过来,嘴里说着"冷静啊阿嫂"。刘婵白他一眼,示意他闭嘴。龙荣沉默着把纸巾给我。我胡乱抹了两把。华莉伸手过来,我下意识地一让,以为她要打我。她"嗏"的一声,变掌为爪,飞快地在我脸上抓下几条碎纸屑。

小江忽然说起他的新投资计划。"泉之果意"关张大吉还不到三个月,他又迅速问他妈妈拿了一笔钱,打算买下某个"生态贝壳粉"的专利。据说这小东西放在新装修好的房间里,可以在一周内,把甲醛和苯都降低到忽略不计的浓度,而且成本很低,易于投产,大大优于竹炭和光触媒。龙荣问:"不是说要去你妈银行上班吗?"小江回答:"最后再试一次,不行就真死心了。"他邀我们参股。龙荣和我都不吭声,华莉却说好。她推了龙荣一把:"我觉得可以试试。"龙荣说:"生态贝壳粉,你懂吗?"她道:"不用懂,只要知道能赚钱就行了。"我听着好笑,想说"你都不懂怎么知道能赚钱",总算忍住没出口。再说就真成寻晦气了。龙荣答应了,说投三万。看了看华莉,又加了两万。"五万。"

这就是龙荣比我讨人喜欢的地方。他即便再不爽,面上还是尊敬女性,做出一副很听老婆话的模样。换了我,嘴上不依不饶,吃相难看得要命,可最后多半还是妥协。从这点上,龙荣比我狡猾。想到这，我有些同情地看了一眼华莉。但又转念，他们两个，豺狼配虎豹，都不是善男信女。我竟又有些幸灾乐祸了。我的思绪混乱又矛盾，更多还是内疚。华莉那头是不用说了，离婚虽说不是我的错，但更加不是她的错，按传统那套，女人离婚总归更吃亏些，何亏还独自带着孩子。对龙荣，则是觉得他不容易，换了我就未必做得到。好歹是个帅哥，又混到了副站长，不缺钱也不缺女人。而且葛小伟也不讨厌他。光这点就相当难得了。陪葛小伟搭"乐高"，而且还是那种特别复杂的，一搭就是一下午，不敷衍也不嫌烦，一边搭还一边启发葛小伟，这块为什么放在这儿？你试试下一块搭哪个？有时候华莉不耐烦了，说快点，搭完还要吃饭，还要做作业呢。龙荣反过来劝她，对孩子要有点耐心，你不可以用你的标准来打扰他。华莉告诉我这些时，脸上不无得意。我故意扫她的兴，说男人追你的时候，别说陪你孩子搭积木，就算是帮你倒洗脚水，也不是问题。华莉不搭我的腔。我自己知道这话很小儿科。嘴上我总对龙荣没好气，但内心深处，我无比感激龙荣善待我前妻和儿子。甚至觉得，如果华莉认识龙荣比我早，那她会少走许多弯路——我把跟我结婚比作"走弯路"，很有自嘲精神。

小江说完新的投资计划，又聊起他父亲评院士的一些细节。他父亲原本不想去评的，倒不是清高到那种地步，而是评上院士会增加许多束缚，他父亲本来都答应去一家跨国大企业当顾问了，这下只能作罢。小江应该是担心我会和龙荣打起来，所以不断地挑起新话题，以分散我们的注意力。他还把他父亲最近买的某支股票说了出来。弄得龙荣和我相当兴奋，一个劲地追问:"保证会涨吗?"小江好笑:"要是保证会涨,我干吗还要投贝壳粉?"我们一想也是。小江推了推刘婵,没来由一通马屁:"宝贝,你爸股票就做得比我爸好。我妈说了,你爸一看就特别精明,是那种深谋远虑,有想法的人。"

我冷笑一声。刘婵抢在我前头问:"这真是你妈说的?"小江老实回答:"是从她一段话里截下来的。"刘婵道:"别断章取义,把整段话都说出来。"小江笑笑,没吭声。刘婵眼一瞪:"说!"小江推托:"我忘了。"

我和龙荣笑个不停。所以说小江真是好兄弟,牺牲自己,把气氛重新搞了上去。他甚至替刘婵回答了我之前那个问题:"我知道刘婵对我哪里不满意——女孩都不喜欢死缠烂打的男人,可我实在是没办法啊——像她这么可爱这么优秀的女孩,不死缠烂打,我会很没有安全感。我实在是太爱她了。"

我们沉默了一下,在判断他这是真心话还是唬人。我倾向前者。小江要是想找人玩玩,也不会找刘婵这样的。所以只能归结为真爱,对上眼了。虽然这话听着有些好笑,但我们都没笑。接着,小江给龙荣、华莉敬酒:"阿哥,阿嫂,我祝你们白头到老。"

华莉很官方地回了句:"谢谢,也祝你和刘婵早日修成正果。"

结束后,刘婵送华莉回家。她没喝酒,而且两人住得也近。我们三个男人叫了代驾。瘫坐在后排,呆呆望着司机的后脑勺。我问小江:"你妈妈那句完整的话,是不是这么说的——刘婵爸爸一看就跟她妈妈不一样,她妈妈什么都写在脸上,她爸就精明得多了，是那种深谋远虑，有想法的人——是不是？"

小江"嘿"的一笑："差不多吧。"

"你爸妈是不是不太喜欢刘婵？"我问。

"没有啊。我妈挺喜欢刘婵的。"小江道。

"说真话没关系。我又不会告诉我姑姑和姑父。"

"是真话。我妈还问过我几次，结婚打算办在哪个酒店。说定下来就要早点预订酒席，否则黄道吉日全没了。"

"你妈到底喜欢刘婵什么？"我问。

小江笑起来："你干吗老是问这种问题——我喜欢刘婵什么？我妈喜欢刘婵什么？刘婵对我有什么不满意的……你不怀好意哦，亲。"他笑得很狡黠。

"他希望你和刘婵分手。"龙荣插嘴。

"错，"我纠正，"我希望你和刘婵结婚。"

龙荣不信："你不是最想看到你姑姑落空吗？"

"看刘婵找个自己不喜欢的人结婚，好像也不错。"我在小江肩上拍了拍，"不好意思啊，我这人比较直接。再说了，我表妹不喜欢你，反而证明你是个正常人——她就喜欢不正常的。"

"那喜欢你表妹的呢，正常还是不正常？"龙荣问。

"这跟喜欢的人没关系——比如你喜欢华莉，我也喜欢过华莉。可我俩是一样的人吗？好女人，只要是男人，正常的或是不正常的，都喜欢。"

龙荣怔了怔："第一次听你夸华莉。"

我也怔了怔："——我就是打个比方。"

"夸自己老婆，不丢人。"

"是不丢人，可她现在已经不是我老婆了。"我发出有些涩然的声音，望向天上那轮圆月，仿佛手一伸就能触到。亚光的质地，直视也没关系，很适合盯着它发呆。

龙荣没吭声。我瞟了他一眼，发现他盯着我。他的脸上没表情，看不出是因为喝醉了还是别有内容。我自己也有些醉了。反应慢半拍。不及深思，他一只手探了过来，搭在我肩上，拍了拍。我们中间隔了个小江。没来由的，小江忽然唱起那句"十个男人七个傻八个呆九个坏，还有一个人人爱——"。我和龙荣同时出声喝止他："跑调啦！"

小江说他有预感，今年之内会结婚。而且投资也会很顺利。他看我一眼，咧嘴笑："能赚到350万。"我"嘿"的一声："我梦里天天能赚到350万。"龙荣纠正："是一群人分350万。"我说："我至少分到了150万。"龙荣道："你当年要是拿这150万去投资或是做生意，或许早把你爸的350万赚回来了。可你偏偏把钱存银行，还错过了买房的最佳时机。你表面上是分到了150万，可实际上你起码错过了1000万。"

我被他说得一阵沮丧。龙荣总能精准地踩到我的痛处。不管我承不承认，那笔钱被刘新华拿到，翻了十倍都不止。而我却几乎摅到房价的最高点，才下决心买了套两室一厅，至今还背着贷款。钱到我手里，是糟践了——就像好女人到我手里，也是糟践了。

"分开才是为你好，你还年轻呢，日子还长。祝你幸福。"这话我存在微信里，迟迟没发。到这一步，真正该说些掏心窝的话了。夫妻一场，不能总是嘲来嘲去，言不达意。就算她心里知道，我也应该找机会跟她明说才对。要有仪式感。我拿出手机，看着草稿栏的那行字。清醒的时候下不去手。现在带着几分醉意，时机倒是合适。

我按下发送键。叹口气，身体往后仰去。闭上眼睛。小江的头垂下来，落在我肩膀上。这家伙竟睡着了，还打呼噜。刘婵也打呼噜。这两人天生一对。我无声地笑了笑。

忽听见有人叫我："葛向阳。"是女人的声音。更准确地说，是少女的声音。

"葛向阳，你别难过。在我心里，你永远是最棒的。"她脆生生地道。

我不敢睁眼，怕一睁眼，梦就醒了。我知道，我终究是见不到她的。梦里也不能。这样那样的理由。华莉说得对，其实是我自己怕见到她。既然如此，听听她的声音也是好的。隔了二十来年，她的声音也只是我记忆里的声音罢了。就像梦里，我能看到的，也只是我想看到的。恨我想恨的，爱我想爱的。梦和现实一样，无非是自欺欺人。

"喂，你们谁下车?"也不知过了多久，代驾司机叫道。崇明口音。

我们三个人同时弹了起来。我家到了。我看见手机上——那条微信还在草稿栏，没有发送。酒壮怂人胆，竟也是不能。

"兄弟们，我先下了。"

我正要开车门，手机响了一下，有新消息，是华莉发的："我们的事，我已经跟他说清楚了。他都知道了。戒指也还给他了。"

我一怔。下意识地朝龙荣看去。

龙荣冷冷的表情,忽地挥拳,狠狠砸在我脸上。

我便是这个时候醒的。"啊"的一声,手脚还跟着抖了一下。抽筋似的。睁开眼,小江和龙荣奇怪地看着我。"做噩梦了?"龙荣问。

我摇了摇头。看手机,草稿栏是空的。已经发了。华莉的回复也来了:"谢谢。我会幸福的。也祝你幸福。"

（四）

　　从葛小伟读幼儿园中班起，华莉就为他报了一堆兴趣班。钢琴、英语、阅读、美术、网球……每天都不闲着，双休日更是上午下午排满。我每次打电话过去，他小人家不是在上课，就是在上课或是下课的途中。华莉买了辆二手的奥迪Q5。上班有班车，买车纯粹是为了接送儿子上兴趣班。我替她算过，她每月起码一半的薪水都花在了这上头。据说她还有意让儿子去学高尔夫，正在咨询相关课程。龙荣告诉我这些，应该是希望我去劝劝华莉。我偏不。我做出一副很理解的样子，说可怜天下父母心，等你有了孩子就明白了。我这招有点阴毒。龙荣不上当："葛向阳你不要促狭兮兮。"
　　华莉带着葛小伟搬进龙荣的家。没领证，仅仅是同居。龙荣也住浦东，离华莉家不到两公里。幼儿园差不多就在两家中间。他上班晚，所以早上多半是他送葛小伟去幼儿园。我曾经提出，休息天可以由我去送。龙荣回绝得很客气："不用麻烦了。"我说："不麻烦，以前我也经常送的。"龙荣说："以前是以前，现在不用了。从机场镇到我家，不堵车也要一小时，早高峰来回起码三小时，送送也就一刻钟。性价比太低，没必要。"

　　葛小伟每隔两三天都会跟我通视频。一般是吃饭时候，只有这个点他才比较空，而我也得以看清楚他的脸。现在的小孩虽然物质相对富足，但比起我们小时候，也有他们的苦恼。天生自觉的人毕竟是少数，大部分孩子都被家长拿鞭子在后面盯着，而且找不到明确的努力方向。比如葛小伟问过我几次，学这么多东西是要干吗？我回答，为了让你将来能成为一个成功人士。他问，成功人士是什么。我说，就是吃好的穿好的，住像样的房子，过想过的日子。他不懂，说："我现在不就已经是了吗？"我想想也是，小康家庭的独生子，有几个不是饭来张口衣来伸手？房子有大有小，但也是四季如春。爹妈哪怕再是一副瘪三模样，也要牙缝里省出钱来给他学这学那，连高尔夫也不落下。

　　我想到这，觉得无论如何要说华莉几句，她听不听是她的事，但我作为葛小伟的亲爸，有权利也有义务发表自己的意见。

　　"钱倒还是其次，关键是小朋友太辛苦。"我说。

　　"辛苦什么呀。吃得苦中苦，方为人上人。"

　　"我就喜欢画画，别的都不喜欢。"葛小伟插嘴。他奔到书包旁，抽出一张美术课上的习作，亮给我看。是一只花瓶。从我一个菜鸟的角度看去，觉得颜色配得不错，光线上也用了心。

"哇塞，真棒啊！"我夸张地叫起来，"葛小伟你这么棒，到底像谁啊？"

"像谁？像大头鬼。"华莉"嘿"的一声，叫葛小伟，"把画收起来！吃饭！"

"对小朋友态度好一点。"我说。

"你以前还不如我呢，现在装什么慈父——"华莉一边往葛小伟碗里夹菜，一边把手机转个方向，让我看不到儿子，而是正对着她。她解释这么做是怕小孩分心，吃不好饭。我注意到她化了淡妆。事实上这天她休息。她仿佛看出我的疑惑，告诉我："我种了眉，还漂了个唇。"

种眉我觉得没什么，可漂唇就有些奇怪了。涂个口红又不麻烦。但作为男同志，我不方便发表意见，只是有些市侩地问她"多少钱"。结果金额把我吓了一跳。她看到我的表情，笑起来："干吗呀，又不花你的——"

"不是钱的问题。"我讪讪的。

"就是钱的问题。要是白送，你还会嘀咕吗？高尔夫课要是免费，你会不让葛小伟去吗？"

她歪头看我。我怔了一下："把手机转过去。我要看儿子。"

转了个角度。龙荣的脸陡然出现在屏幕上。我还来不及诧异，就听龙荣说"聚会取消了"，同时瞟了我一眼："吃了饭吗？"

我说："吃了。"竟有些心虚。像是趁人家老公不在，跳窗进来的奸夫。其实视频是华莉拨过来的，说龙荣晚上有聚会。平常也通视频，但时间不会这么长，而且还把葛小伟晾在一边。

龙荣说"你们继续聊",到一旁换衣服。我怔了几秒。龙荣开始逗葛小伟,问他幼儿园一天的情况:"你那个胖胖的扎蝴蝶结的女朋友,今天有没有给你带棒头糖?"葛小伟咯咯笑着:"打死你——"男孩子痴头怪脑起来,就喜欢说"打死你"。龙荣应该是拿出了什么,葛小伟惊呼一声:"呀——"随即是椅子拖开的声音。华莉道:"吃完饭再弄。"我不好意思问华莉,但猜想应该是葛小伟喜欢的玩具。渐渐地,华莉也没心思跟我说话了,注意力全在那边。我只好说:"那就这样吧。再见。"

挂掉视频,我原地愣了一会儿。灰溜溜的感觉。我拿手机给华莉发了条消息:高尔夫的事,你还是再考虑考虑,又不是什么大富大贵的人家,学这个还不如学乒乓球。

想想又撤回了。又不花我的钱,没必要。我决心把自己定位成一个家里的普通亲戚,关系不远不近,说话点到为止,你好我好大家好。虽然多少有些悲凉,但总比闹翻或是捅娄子要好。我私下里问过华莉,龙荣有没有不高兴。她反问:"为什么会不高兴?"我说:"那天在火锅店你装疯卖傻,你当他听不出来吗?别说他了,就连刘婵都问过我了,说我俩是不是还藕断丝连——"华莉笑出声来:"你怎么回答的?"我无语:"这是重点吗?"她收住笑容,告诉我:"放心,龙荣没这么小心眼。"

我回到住所。过一会儿,龙荣也来了。我坐地铁,他开车,所以尽管他比我晚出发,却几乎同时到达。我给他泡了杯咖啡。他问我:"有酒吗?"我说:"你不是开车了吗?"他说:"可以叫代驾。"我给他拿了罐啤酒。他问我:"你不喝?"

"我明天还要上班。不像你。"我说。

"对我的班头摸得很清楚嘛。"他喝了口啤酒,朝我笑,"朋友,动啥坏脑筋?"

"有话就说,有屁快放。"我猜他有话要说。

果然他单刀直入:"——你对我老婆还没死心?"

我"哈"的一声:"领了证吗?还老婆。"

"这跟领不领证没关系。老婆就是老婆。"

"是你不肯领,还是华莉不肯?"

"这是我们共同商量的结果。"他回答得四平八稳。

我嗤笑:"——为了讨好我儿子,让你破费了。天天买这买那的。"

他道:"怎么叫破费呢,我喜欢小伟。"

我又笑了笑。言下之意是"少来这套"。

他看我一眼:"既然你这么不爽,当初干吗撮合我们?"

我说:"——我没有不爽。"

"那天,就是我打算求婚的那天——在平衡室门口,你想跟她说什么?"他忽道。

我停顿一下:"你不是早就猜到了嘛。"

他道:"想拆散我们是不是?——那你还说你没有不爽?"

我理了一下思路。事实上那天我真没打算做什么,最多是想提前知会华莉一声,让龙荣的惊喜扑个空。小促狭而已。但被他这一问,简单的情绪陡然变得复杂,倒似有什么蠢蠢欲动,不吐不快。就像一块皮肤本来不痒,平白被搔了几下,顿时就痒了起来。

我说:"我还是那句话——对华莉母子好一点。"

"不用你关照。"他喝了口啤酒。

"你要是心里有什么疙瘩，冲着我来就行了，别把气撒在他俩身上。"

话一出口，我心里咯噔一下——说这个干吗，他又没对华莉怎么样。但龙荣适时地跟上："——你看见华莉身上的伤了？"

我沉下脸："没错。刚才通视频的时候，我看见了，下巴，还有头颈那里。"

"女人就是嘴快。"他"嘿"的一声，"其实也没什么，就是拌了两句嘴，没忍住，正手反手抽了两下。没事，涂点药就好了。"

"打女人？"

"不打不行。三天不打，上房揭瓦。"

我隐忍地抿了抿嘴："——她还说，你给葛小伟买这买那，是打算把他惯坏，就是那种，"我忽然冒出个时髦的名词："——捧杀！对，就是捧着他顺着他，他要什么就给他什么，让他变得不讲道理、很自私，眼里只有自己没有别人，将来踏上社会，不是强盗就是变态，最后自绝于社会自绝于人民。"我问他："你就是这么打算的，没错吧？"

"你都看出来了，还问我干吗？"他笑笑，把喝空的啤酒罐捏扁。

我看向天花板。那架老式的吊扇，叶片都生锈了，积满灰尘——我知道它很快就会掉下来。没有吊灯，吊扇也一样。能砸死人就行。龙荣的脑袋就在吊扇下面。

他说话愈发阴狠："华莉现在是我老婆了，我想打就打想骂就骂,你管不着。至于那个拖油瓶,你要是舍不得,就领回去啊,我本来就不想当这个便宜老爹,我才三十出头哎,我还年轻呢,国家都放开三胎了,我干吗要白白地替人家养儿子,靠,我脑子进水啦,被枪打过啦……"他兀自聒噪个不停。

所以说梦境总是非黑即白。坏人总是一脸猥琐,满口恶言。其实完全没必要这样。让他好好说话,一样也能说明问题。可梦境有时跟文艺作品差不多,需要突出人物个性,不能温吞水,要爱憎分明——否则吊扇怎么会砸在他头上?只有把话说僵到一定程度,情绪达到高潮,才可能有意外发生。

华莉突然出现。当然是我的安排。她慌慌张张地进来:"你来干吗?"她问龙荣。

龙荣眼一瞪:"男人说话,女人滚一边去!"

华莉又转向我:"葛向阳你不要跟他一般见识。他心里这股邪火压着也不是一天两天了,让他发泄一下就没事了。"

我气愤地说:"他居然打你,还要捧杀葛小伟。"

"谁让我自己眼睛瞎掉呢,放着你这么好的人不懂得珍惜,结果跟了这么个混蛋。"华莉叹口气,抹了一把眼泪。我心一软,劝她:"这也不是你的错。"伸手过去,抽了张纸巾,替她擦眼泪。

龙荣叫起来:"哎哎,我还在呢。靠!"

"你很快就要不在了。"我没头没脑的一句。

话音刚落,龙荣捂着肚子倒下去,神情痛苦。他看向那个捏扁的啤酒罐:"酒、酒里有毒——"砰的一声,倒在地上。七窍流血。

我怔住。华莉告诉我:"是砒霜。"

"砒霜?"

"对啊,不是你给我的嘛,让我先溶在水里,再用注射器注进易拉罐。"

"华莉你——"我还没说完,便被她打断。她一挑眉,做了个妩媚的表情:"叫我金莲。"

"金莲?"我更愕然了。

"眉都种了,唇也漂了。还不是金莲?"她又一个媚眼抛过来。

龙荣没死透,挣扎两下,吃力地举起一根手指,对着我:"妈个×,你看看你这张面孔,像西门庆吗?"

我觉得,就算我是西门庆,龙荣也不该是武大郎。武大郎和金莲好歹是领过证的。我倒是跟金莲女士领过证,但被毒死的是龙荣却不是我。总之乱七八糟的关系。只有梦里才消受得了。梦里不用逻辑,只要发泄就行了。我承认,潜意识里我很希望龙荣是个彻头彻尾的恶棍,满口脏话、打女人、捧杀我儿子——当然我绝不忍心看华莉母子吃苦头,但如果他真这么做了,我情感上反而能理得顺些。最怕的就是,讨厌的人不够坏,连个替天行道的理由都没有,窝塞得要命。所以梦里都不好意思把事做绝,酝酿了半天的吊扇始终掉不下来,最终还要靠华莉出场。潘金莲毒杀武大郎,把责任往女人身上推——真不要脸。还有,我居然对女同志种眉、漂唇都会耿耿于怀,也是天晓得。

半夜被尿憋醒。我上了个厕所,回来看手机。华莉新发了条朋友圈,应该是三人晚饭后出去散步,龙荣牵着葛小伟走在前面,她在后面拍了一段视频,乌漆墨黑,只听得见葛小伟咯咯的傻笑声。后面配段文字:岁月静好,应该就是这样吧。

"静好个屁!"我咕哝一句。躺下,被子兜头一蒙。随即又爬起来,在那条朋友圈后面点个了赞,恨恨地睡了。

我开始留心儿童美术方面的特长培养。通信录翻了一圈,有个老邻居的儿子,姓宋,在美院当老师,平常基本没联系的,我厚着脸皮叨扰,把葛小伟的情况跟他简单说了。对方表示,可以先从素描开始,学习形体、比例、明暗、空间感那种。我说,我老婆给儿子学的是创意美术。手机里挑了几幅花花绿绿的画发过去。对方笑了,说这种学学也没坏处,小朋友开心就好。

上班时遇到华莉,我把专业人士的意见对她说了。她一脸不屑:"我又没打算让儿子当毕加索,大概知道怎么回事就行。"

"我懂,你也没打算让儿子当老虎伍兹,大概知道高尔夫怎么回事就行。"

她看我:"啥意思啦?"

我说:"没啥意思,就是表达一点不同意见。你给他报那么多兴趣班,别弄到最后,对什么都没兴趣了。儿子喜欢画画,你应该朝这方面多培养。我一个小学同学的表妹,小时候又是学小提琴又是学架子鼓又是学琵琶,十七八种乐器都学了一遍,现在全忘了,连唱歌都五音不全——关键还是要自己喜欢,否则就是浪费时间浪费金钱。"

她撇嘴:"现在不像以前,你看哪个孩子不是学这学那的?

你不给他多试几样，怎么晓得他的天赋到底在哪里？——时间不够？嘿，时间就像海绵里的水，挤一挤就有了。至于钱，你别担心，我会想办法的。再说还有龙荣呢。"

我停顿一下："随便你吧。不过我还是建议把那个创意美术换成素描。反正对你也没影响，照样是一周两次。价格也差不多。"

华莉同意了。

为了凸显这次换课事件的隆重，我特意与葛小伟面对面谈了一次。我问他："你很喜欢画画，对不对？"他点头："对。"我说："既然喜欢，那就好好学，认认真真地学。爸爸对你有信心，你一定会画得越来越棒。"

小家伙坐在甜品店里，吃做成小船模样的冰淇淋。嘴角一圈巧克力酱。我拿纸巾给他擦拭。触及他细嫩的肌肤，不知怎的，眼泪差点掉下来，佯装低头看手机。葛小伟说："爸爸，我想玩会儿游戏。"我迟疑着，把手机给他。前几天我还批评华莉不该老是让葛小伟玩手机。现在却一脸满足地看儿子在那里娴熟地玩"消消乐"。还谄媚地问他"要不要再吃一个冰淇淋"。我看表，离约定把儿子送回去的时间还剩下20分钟。商场就在龙荣家对面，走快点10分钟应该足够了。如果我抱着葛小伟走，那还可以再快点，8分钟。我奔去柜台，又买了个冰淇淋回来。把手机收了，对他说："少玩这个，伤眼睛。"他看着我，不太情愿地点了点头。

我回忆离婚前，我对葛小伟应该不会这么客气。当然也不太凶。就像大多数的年轻父亲那样，高兴起来玩两下，没劲了就随他去。男人在这方面确实不太有责任感。离婚是道分水岭。以前真没觉得葛小伟这么可爱。眼睛眉毛鼻子嘴巴，无一处不是美妙到了极点。连放个屁都悦耳无比，能跟着他一起傻乐半天。

20分钟后，我准时把葛小伟送回去。开门的是龙荣。他对我说声"谢谢"，又说"辛苦你了"。我不易察觉地皱了皱眉。他问我："要进来坐会儿吗？"我摇头："不了。"把新买的一套画具递过去。龙荣没作声，看了一眼华莉。华莉道："葛向阳你买这个干吗？"

我说："给儿子画素描用的。"

"龙荣买过了，"她说，"跟你这套一个牌子，也是素描用的。"

我愣了愣，兀自不死心："——我这套是正品，专柜买的。"

华莉斜了我一眼。意思是"你这人小儿科吧"。

"知道，"龙荣回答，"你这套是虎年礼盒款，专供国内的。我是托人从欧洲带的，普通包装，里面东西是一样的，铅笔、炭笔、木炭条……比国内专柜买稍微便宜点。"他笑笑，在我肩上拍了拍："——破费了呵兄弟。"

我悻悻地捧着画具坐地铁回去。礼盒上那个红红的虎头，喜庆又可笑。我有些懊恼，不该拿回来的。葛小伟将来总归用得上。又不是吃的，会过期变质。而且从礼节上看，我是客人，客人不管送什么礼物，主人家都该充满感激地收下。这两人忒不懂事。华莉居然还问我发票在不在。我赌气说"丢了"。龙荣说："没有发票也能退，把支付宝凭证给他们看就可以了。"华莉加上一句:"实在不行你送人也行,现在到处都是学画画的小孩。"我板着脸:"我这是新年款,过了今年就送不出去了,不像龙荣那套,三五年后照样能送人。"

最后当然谁都没理我。葛小伟没心没肺地说了声"爸爸再见",就被华莉推着去弹钢琴了。这小子吃冰淇淋的时候,完全没提龙荣已经给他买过一套,还不停地说"好看"。把我弄得很被动。男孩子就是这么戆头戆脑。不过也跟时代有关。我小时候应该不这样。会看山水是穷人家孩子的必修课。其实我父母的脾气性格还算不错,至少不像我和华莉整天怼来怼去。但境遇不能跟现在比。他们从崇明农场回来,拖了好几年才结婚,因为没钱。三十好几才有的我。我出生后的一两年里,我们与爷爷奶奶、叔叔挤在鸽子笼大的亭子间。那时葛胜还单身,街道居委会给他安排了一个看自行车棚的工作,专门值夜班。其实就是睡一觉。值班室有床和被子,夏天有风扇,冬天有油汀,算是条件不错了。既照顾了残疾人,也可以缓解我们家的住房难。我是完全没印象了,我妈还时常念叨,说那时多么艰苦,统共十平方米不到,除了一张床,再摆张折叠桌,走路也难。吃完饭便收起来,晚上打地铺,脚也伸不直。马桶在床角,拉个帘子略做遮挡。真正是一点私密也没有。

我自己盘算,那时是九十年代初,总体在走上坡路,似乎不至于如此逼仄。我妈回答:"就算是现在,也照样有人睡天桥底下。"——道理是没错,但一家子上海户口,都有工作,就算厂里效益差些,无论如何也还好。我妈的解释是,我爷爷是饭桶,除了我爸,另外两个孩子也统统是饭桶。"底子差,又没奔头,神仙也救不了。"那时候葛慧和刘新华还在恋爱,没到谈婚论嫁的地步。而我爸也刚从崇明回来,连个自己的窝都没有。那是最艰苦的一段。1995年我爸聘上中级职称,没几年又分了房子。家里宽裕了不少。刘新华在圆珠笔厂上班,效益是越来越差,但他买认购证赚了一笔钱,如果不是葛慧人来疯发作,去澳门赌博一夜间输个精光,也许刘新华发迹还可以再早些。我奶奶常说,我家能走到今天这步,是靠了我爸和我姑父。我尽管听了很不舒服,但不能跟老人计较。我妈有时也会把我爸和刘新华放在一起评论:"你爸是读书人,你姑父是聪明人。"我说:"读书人未必不聪明,聪明人未必是好人。"于是我妈看我一眼,语重心长地劝我:"葛向阳你心胸可以再开阔一点。你是我儿子,我这么说不是为别人,是为你自己好。"

几天后,我又找了个借口把葛小伟接出来。打开一幅山水画,给他看。葛小伟不明白。我告诉他:"这是你太爷爷画的。"拿着他的小手点到落款处:"——葛辉民,就是爸爸的爷爷。你的太爷爷。"葛小伟很配合地叫起来:"哇,这么厉害啊!"

其实我爷爷这点水平,业余里的业余,也就只能骗骗小孩。关键是那份心性。我告诉葛小伟,十平方米的亭子间,就跟现在厕所差不多大,到了晚上连灯也舍不得开,搬张小椅子当桌子,眯着眼跪在那里画。画几个小时,眼睛都成斗鸡了。这么艰苦的条件,太爷爷坚持不懈,每天都画到半夜才睡。这跟工作有关吗?无关。是为了卖钱吗?当然也不是。葛小伟问:"那他是为了什么?"我故意停顿一下,以表示接下去说的话郑重无比——"为了理想。人活着,不能没有理想。就算吃不饱穿不暖,也不能放弃理想。没有理想的人,就算日子过得再好,那也不值得羡慕。"

给一个刚满五周岁的孩子喂鸡汤,我觉得挺滑稽。但面上严肃无比。让龙荣那厮去花钱如流水吧,买这买那,不是自己的孩子,他也只能这么干。我是亲爹,就要有亲爹的格局。物质是其次,关键是形而上的东西。儿子能否听懂也在其次。调子起得高些,后面再往下沉也是有限。我看着葛小伟。葛小伟在那里抓耳挠腮,搞不懂亲爹今天啥路道。就像二十年前的我。我爸把陀思妥耶夫斯基的《罪与罚》交给我,厚厚一本。我说:"看不懂。"我爸说:"看不懂才要看。否则你天天看《故事会》和《知音》,将来跟你姑姑一样,小市民——'取法乎上,仅得其中',你把目标定得高一点,弄不好也就是个中不溜秋。你要连个目标都没有,最后就像坐滑梯,一下子笃底了。"

据说爷爷当年也对我爸说过相似的话。我爷爷性格比我爸更温和些,运气也差,用我妈的话说就是"饭桶"。但如果没有我爷爷,我爸说不定也就只能当一辈子工人。我爷爷肯定没想过他儿子后来随便一个创意就可以卖 350 万。他之所以会画画,无非是出于对窘境的短暂跳脱,苦中作乐或是自我催眠。仅此而已。但到了我父亲那里,便将这种心绪落到了实处。要敢于做梦,要野豁豁。否则人生只能是一潭死水。据说我父亲调去当技术员时,家里人都有过疑虑。包括我爷爷。他们倒不是觉得技术员不好,而是在面对一个更宽广的陌生领域时,会本能地产生恐惧。毕竟往上数几代,都是抖抖缩缩过日子的。冒险也是要底气的。我父亲没理他们,径直去了。天赋加努力,让他在短时间内成为厂里最拔尖的技术员。几项专利，为濒临倒闭的纺织厂带来前所未有的效益。春节时，厂长甚至来我家拜年，激动地握着我爸的手，"葛工——"当时我在读小学，闻言差点笑出来。葛工偷偷朝我挤了挤眼，一只手绕到背后，做了个胜利的手势。

不管怎样，我爷爷喜欢画画，葛小伟也喜欢画画，这点非常好。现成的励志对象。很应景。万一葛小伟喜欢的是打高尔夫，那就麻烦多了。

"再拿爸爸画平衡表来说吧，也是一样的道理，"我又搬出自己，"画平衡表是为了得到最佳的重心位置，让飞机在天上飞得又快又稳。但如果光为了重心，工作本身就会少了许多乐趣。换句话说，人工作是为了赚钱吃饭，这点没错，但如果工作就光是为了赚钱吃饭，那不是太没意思了？——所以爸爸在画平衡表的时候，没把它当成是工作，而是一种享受。我很享受这个过程，它带给我的乐趣，远远超过了工作本身。对我来说，工作不仅仅是简单的工作，而且是一种精神上的升华。你明白吗？"

葛小伟看着我，似懂非懂地点头。走题有时也能营造出一种影影绰绰的意味。我努力做到形散而神不散。鸡汤升华到了佛跳墙。我担心葛小伟会吃不消。虚不受补。但也没关系。从他的眼神里，我断定他被我震住了。这点很重要。要说服一个人，先要震住他。让他一头雾水，不敢乱说乱动。于是我语气更加柔和："乖囡啊，爸爸就只有你一个儿子。你说，爸爸不喜欢你，还会喜欢谁？"

这是父母教育子女经常会说的话。通常前面说了过分（奇怪或是凶恶）的话，后面就会拿这句来缓和。小江说他也有这方面的经验。

"小时候我妈也老说这句——我不喜欢你，还会喜欢谁？可问题是，'喜欢'不见得都是对的，也要看怎么喜欢。长辈有时候就是这么主观，我觉得他们其实是没自信，拿这种话掩饰他们内心的虚弱。"小江说，"新闻里还报道过，有大冬天凌晨把儿子从被窝揪起来去跑步的爹妈，只准穿一件薄衣服，说起来也是喜欢，是为了锻炼身体。真不知道这是科学还是偏执。还有一不趁心就把孩子吊起来打，老法说是爱之深责之切，真是可笑。"

"还有买这买那，唯恐宠不坏孩子的，"我有意无意地瞟了一眼龙荣，"说是喜欢，其实就是捧杀。"

龙荣没察觉："三个大男人讨论这种话题，喜欢不喜欢的，腻心吧？"

我问小江："你被你爸妈吊起来打过，还是大冬天揪起来去跑步？"

小江笑道："我是被捧杀的那个。"

我也笑。龙荣似乎有点明白过来，瞪我一眼："朋友有意思吧？"

"龙荣不一样，因为不是亲爹。大冬天揪起来跑步和吊起来打那种，都是亲爹才干得出来的。"小江替龙荣说话，也是替我排解，"你将来再找一个女人，如果他有孩子，你多半也只能这样。予求予取。"

"我不找。"我说。

"是不找女人，还是不找有孩子的女人？"小江追问。

我发现这小子讲话促狭兮兮。所以说90后到底狡猾，我们80后还是忠厚。我问他："贝壳粉赚钱了没有？"他脸上肌肉抽了一下："才刚开始——"我安慰他："亏了也没关系，反正也不是第一次。虱多不痒，债多不愁。"

"不能亏，"龙荣抢着说，"我还投了五万呢。"

我说："我不是也投了两万？不过说实话，从一开始就没打算拿回来——你们将来结婚我就不给红包了，用这笔钱抵。"

"想得美！"小江从碟子里拿起两颗开心果，往我和龙荣头上一人砸了一颗。

笑声中，我忽然说起那个三十九岁的空姐。

"她有男朋友了吗？"我问龙荣。

龙荣飞快地与小江交换了一个眼神。"——干吗问这个？"

"这女的长得不错。她要是也有意思，那就试试呗。"我说。

"不是嫌人家年纪大吗？"龙荣问。

"看着还好。再说讲起来总归是空姐，不委屈。"我笑笑。

龙荣点头："好，我去问问她。"

沉默片刻。接着，小江跟我打听刘婵之前那个钢管舞教练，还有导师。

我一怔："你不是都知道吗？"

"知道是知道，但细节不太了解。想听你再说说。"小江道。

龙荣好笑："你要了解得那么清楚干吗？冲过去打人吗？"

这个月，小江已经是第三次提到钢管舞教练和导师。前两次是佯装无意提起，我没搭腔。这次比较直接，说想听细节。其实细节在他拉稀那次，已经说得够多了。再听就成变态了。我知道他的心思。是想让我带话给葛慧，意思他也不是铁板一块，让那边着急上火，逼着刘婵快点把婚事定了。富二代偶尔也会耍心眼。我才不上当——主要是不想让葛慧得逞，让刘新华多个院士亲家。凡是敌人拥护的，就要反对。这是原则。当然也有为刘婵考虑的因素。毕竟是从小一起长大的表妹，她拖着不定，必然有她的理由。男欢女爱是天底下最没道理可讲的事。鞋合不合适，只有脚知道。我又何必枉做小人。

刘婵博士毕业后，最近在投简历找工作。我问她："有方向没？"她说："不急，找不到最合适的，宁可拖着，也不将就。"我怀疑她说的不止是工作。

其实这样也挺好。如果刘婵跟她妈一样市侩，或是像她爸一样老奸巨猾，也许我会连她一起恨进去（虽然我曾这么打算过）。她特立独行的样子，会让我暂时忘了她是那两个人的女儿，而只把她当作是我妹妹。虽然用世俗的眼光来看，我很不理解她为什么嫌弃小江，但从亲情的角度，我却坚持认为，小江配不上刘婵。

一个月后是我奶奶生日。葛慧在饭店摆了两桌。关照刘婵把小江叫来。我也带来了空姐。空姐姓邱，单名一个"莹"字。葛耀祖一听便忍不住笑："蚯蚓——"

我斜他一眼。吴爱花伸手过去，在儿子身后捏了一把，示意他识相点。葛慧也一直关注着邱莹。她轻描淡写一句"葛向阳你要是有女朋友，也可以带过来"，却没想到我真带了一个。

而且很漂亮。年龄虽然不轻了，但漂亮足以盖过一切。相比之下，小江反倒成了配角。这点让葛慧很不满意。奶奶今年八十四岁，是小生日，放在往年也只是吃碗大排面，不会搞得这么隆重——主要还是找个由头把小江叫来。葛慧只有时不时地看到小江（活的），才会觉得踏实。

"飞什么航线？"葛胜问。

"伦敦。"邱莹回答。

"英航嘛。"我解释。

"效益好吗？"奶奶问。老派人问工资，都说"效益"。

"马马虎虎。"邱莹道。

"反正比我多。"我补充。

邱莹朝我嫣然一笑。我回了个亲切又不失绅士的微笑。

"今年多大啊？"奶奶继续问。

我"哑"的一声。邱莹已回答了："我83年的。"

奶奶扳手指算岁数。我妈眉头一皱，还不及开口，葛慧抢在前头说："哟，比你大六岁嘛。六冲。"

"还是倒过来的六冲。"葛胜补上。

"不管正过去还是倒过来，反正我是不相信的。"我为邱莹夹了一筷鱼。

"你要是不说，也看不出差六岁，"吴爱花道，"两人看着挺相配的。"

"谢谢。"我道。

酒过三巡，我和小江到外面抽烟。本来家里没这个习惯。就算是刘新华，也很少吃到一半出去抽烟。主要是沾了小江的光。我说小江："你就算提出爬到桌上跳脱衣舞，葛慧也会同意的。"

小江笑笑，问我："——干吗把空姐带过来？"

我说："让女朋友参加家宴，有问题吗？你不是也来了嘛。"

"你们才认识一个月不到。"他道。

"时间不能代表一切，感觉才重要。"

小江又笑笑："华莉跟龙荣同居了，你想找个女朋友定下来，有个名分，免得大家见面尴尬——我懂的。"

他说的基本接近事实。但90后跟80后的区别就在于，80后会把鸡鸡狗狗的事实描述得更加诗意。我说："我是个很珍惜朋友的人。而且我也很爱我的儿子。我既不希望我儿子伤心，也不希望朋友难做。我是个爱好和平的人。让每个人都开心，是我最大的愿望。"

后来小江把这句话转述给龙荣。龙荣笑得前仰后合，评价"人要是没有自知之明，那就毫无办法了"。我直接问他："那你觉得我是因为什么？"他说："因为邱莹漂亮，可以让你在亲戚面前扎台型。没别的理由。"我说："龙荣你越来越讨厌了。"他笑道："说实话都讨人厌。谎言才让人愉快。"我点头："理解。跟华莉待久了都这样，明明是各色，还自以为很有个性。以前我也这样。"他脸一沉。我笑起来，大大咧咧地拍了一下他的肩："看吧，说实话就是这么讨人厌——不许生气啊，生气是猪猡。"

总体而言，那天邱莹的表现很不错，比我想象中还要好。临去之前我给她打预防针，说我家的人都嘴碎，你这只耳朵进那只耳朵出就行了。她表示完全无所谓。结束后还对我说"你家人其实挺有趣的"。我回想当年华莉上门的场景，两人最大的差别就在于，华莉虽也是不慌不忙，但形势上更接近于见招拆招，比较被动。邱莹则更自如一些，说话行事让人惬意。比如葛慧看到她腕上的卡地亚手镯："哟，新款啊——是正品还是高仿？"在场的人都有些尴尬。邱莹接过话头："高仿。"随即跺脚："哎呀糟糕，这话不能当着葛向阳的面说，否则他下次也给我买高仿了。"众人都笑。气氛竟是出奇的融洽。连我妈妈和奶奶也不计较邱莹的年纪了，脸上满是"这人不错"的神情。

　　当然，拿华莉和她相比，本身就不公平。毕竟当年华莉才二十五岁，阅历差了一截，而且她是以结婚为目的，来接受长辈们的考察，心态上难免患得患失，影响发挥。邱莹不同。从我的角度看，她更像是来参加某个派对。穿好看的衣服，戴好看的首饰，让大家（尤其是男性）的目光都离不开她。家宴是她的舞台。对她而言，我应该是个比较独特的异性类型，以前很少接触。所以她抱着好奇的态度与我交往，并尝试接近我的家庭。说实话我也没指望她会跟我来真的。龙荣说得没错——因为她漂亮。漂亮女人不用动，光是静静坐在那里，就已经是加分项了。何况她还八面玲珑性格讨喜。我怎么都不吃亏。

　　我送邱莹回去。开她的车。到她家后，她提出让我把车开回去："我门口就是机场大巴，上班很方便。"我笑笑："再方便也方便不过我。我就住机场镇。"她便也笑笑："好吧。到家给我电话。"我停了停："——不请我进去坐坐？"

　　这不是我的风格。因为不抱希望，所以才这么放松。大不了吃耳光,然后一拍两散。

她家很大。装修得也很讲究。跟我想象中差不多。她问我喝什么。我说,随便。她便拿了瓶洋酒过来。我说:"那只手镯不是高仿,对吗?"

"没错,不是高仿,是低仿。"她佻皮地一笑。

"你喜欢我吗?"我直截了当。

"喜欢。"她道。

"我不信。"

"那你要怎么才相信?把心掏出来给你看看?"她笑得一脸妩媚,凑近我,"——要不要我现在就去拿刀?"

我大声咳了两记,又使劲地眨了眨眼。我从一本书里看到的,说这样可以快速从梦里醒来。她好奇道:"你喉咙不舒服?"我摇头:"没有。"她又道:"你还朝我抛媚眼。"

我只好笑笑:"——刀在哪里?"

她笑得愈发妩媚:"葛向阳,你真可爱。"随即一把搂住我。我还不及反应,她便吻上我的唇。我一阵眩晕。那瞬想的是,妈的,管他是不是做梦呢,老子无所谓。

第二天早上,睁开眼便看到邱莹的脸,离我不到五厘米。她还没醒。我细细端详她。卸妆后的皮肤依然白皙,但脸颊处的毛细血管很明显,还有几颗雀斑,睫毛很长。她微微蹙着眉,嘴巴向下扁着——相比平时,她的睡相竟似有些愁苦。

我伸出手,想把她额头的两绺长发朝后拨去。她忽地睁开眼。我吓了一跳,手缩回去。她问我:"你在干吗?"我说:"我在看你。"她笑笑:"我好看吗?"

"你这是明知故问。"我小小地耍了个花枪。

上班时,华莉问我:"你跟空姐上床了?"

我怔了怔:"龙荣告诉你的?"

"你不就是希望他告诉我嘛。"她截住我的话头,"别赖!赖也没用。你们男人就是这副死腔。"

我耸耸肩。本来也没打算赖。

她斜我一眼:"不错啊,找了个空姐。"

我说:"你也不错啊。找了个副站长。"

沉默几秒。我问起葛小伟的素描课。她说还不错:"老师夸他挺有天分。"我不无得意:"遗传我爷爷的。"她"嘿"的一声:"那你怎么没遗传到?"我说:"画平衡表也是画画,殊途同归。"她停顿一下,又说到空姐:"——你会和她结婚吗?"

龙荣和小江也问过这个问题。还有家里几个长辈。我只是笑笑。答案是显而易见的,但没必要说出来。有些事大家心照不宣,说出来就没意思了。也许他们是想看我自惭形秽,再听我说些泄气的话。我倒是觉得,碰到个势均力敌的,还有可能泄气,真要是差得太远,反而豁达了。在机场上班这些年,男人们挤在一起聊天,"空姐"是高频词,每天上下飞机几百趟,空姐是最常见的。心理上有种微妙的距离感,既近又远。找个空姐当女朋友,最后成不成那不重要,关键是过程。上海话叫"嗒过味道了"。那就行了。

当然还有另一层意思。跟华莉那段婚姻,是抱着"过日子"的想法去的。现在就没必要了。不同的阶段要尝试不同的风格,借此调整人生的节奏。经历过容貌平平、脚踩大地的华莉,我现在更倾向于找一个漂亮的不切实际的女人。年纪大一点更好，能显得更不切实际。因为那个突如其来的吻，我第一次没分清梦境和现实，眼前发黑，脑袋嗡嗡作响，像被人打了一拳。以至于半天才进入状态。自觉勉强过及格线，怀着惴惴不安的心情，生怕被她嫌弃。结果她笑眯眯地对我说："挺不错的，葛向阳。"

那天她还给我做了早餐。我躺在床上，仔细分辨那句"挺不错的"到底是真话还是客套。就像葛小伟画得再烂，我也会鼓励他"画得不错"——我担心是这样。缩在被窝里患得患失，一抬头，看见床头柜上摆着一沓钞票。我惊得坐起来，脑袋又是一阵嗡嗡作响。她走过来："这点钱够不够？"瞥见我的神情："——不够你就说。"

我怔在那里。下意识地，使劲眨了眨眼睛。这次应该是梦，不会错了。现实中过于一身正气，梦里才会被人嫖。只能这么解释。

"你又朝我抛媚眼。"她笑。

"一个媚眼100块，你再往上加点。"我很想这么说。但梦里也不能太没操守。

"那个牌子的画具是不错，你想好选哪种了吗？"她又道。

我又怔了半晌，才记起昨晚好像跟她说过葛小伟学画画的事。聊到那个被退回的新年礼盒。她劝我再买一套高阶版的，这样就不会和龙荣买重了。我们后来好像还上官网查了一会儿，价格很辣手。我说："太贵了，买不起。"她说："那我送一套给你儿子当礼物。"那时洋酒已喝得差不多了。脑子有点管不住嘴。我大喇喇地答应了："好，要现金。"

窘是窘的，但也还好。反正本来就不抱希望。0后面加再多0，结果都是一样。

早餐是蒸玉米和牛肝菌炒鸡蛋，还有鲜榨的香蕉牛油果汁。空姐厨艺不错。她问我："头疼不疼？"我说还好，又问她："我昨晚喝了很多吗？"她笑笑："不算多。"我看到旁边那个空酒瓶，怔了怔："一瓶都是我喝的？"

"本来就只有半瓶。"她道。

我把事情告诉龙荣和小江。尽量回避其中不够从容的部分，突出水到渠成的效果。我以为两人会很惊讶，但他们一副见怪不怪的模样："肯定的呀，你们又不是什么少男少女，这把年纪谈恋爱，肯定直奔主题，简单粗暴。"

小江说："要不然你们还想怎样？牵个手半年，接个吻再过三年，等到上床，都可以报名参加夕阳红老年俱乐部了。"龙荣跟着笑："就是。"

"是不是感觉不错？"小江问我。

我还没回答，龙荣抢着道："这还用说？天天吃粉丝的朋友，突然间来了一碗鱼翅。你说是什么感觉？"

"也有可能不适应，吃了拉肚子。"小江嘿嘿笑道。

"由俭入奢易。"龙荣一本正经地问我，"——你自己说，鱼翅好吃吗？"

其实我大可以挑剔他这话说得不妥，等于是把华莉比作粉丝。但那样就破坏气氛了。混得好的人应该大气些，就像我妈说的，"心胸开阔些"。即便是为了彰显我春风得意，我也要尽量做到与人为善。我没理会龙荣，而是有些感慨地说："我们三个，都要好好的。好好恋爱，好好生活。"

小江嘲笑我找了个空姐，俨然一副精神领袖的模样，连说话腔调都不一样了。他没喝酒，结束后开车送我们。送完龙荣，我提出自己坐地铁回去。小江家住虹桥，我不好意思让他横穿整个上海："——你地铁站放我下来就行。"

小江却说想到机场镇看看。"还没去过你新租的房子呢。"

"这套还不如之前那套，又破又小。再说，你看现在几点了？"我把表伸到他眼前。

"我明天又不用上班。"他一脚油门，上了高架。纨绔子弟就是任性。

我猜测多半又是关于刘婵——果然没错。半小时后，小江坐在我那张三尺半的床上，声音低沉地告诉我："——我打算放弃了。"

我怔住。虽然早料到会有这么一天，但还是意外。

"这世上痴情男人又少了一个。"我开了个不伦不类的玩笑。其实是不知说什么好。长远来看，也许不是坏事。我和华莉当初看着那么相配，最终也没走到一起。更何况他们从认识到现在就没消停过。我时常觉得，小江那种也未必就是爱情。纯粹到极致的东西，多少也有些骇人。毫无理由的莫名的爱，像是自己给自己挖坑，一边挖还一边唱歌："十个男人七个傻八个呆九个坏……"我想到这里，忍不住又笑笑。

我问："需要我为你做什么吗？比如，帮你跟我姑姑、姑父打个招呼？"

他说不用。"比起分手,打个招呼还不容易吗?"

我点头。问他:"为什么突然想放弃了?"

他停了停:"——那个贝壳粉,又失败了。"

我诧异:"就为这个?"

"压倒骆驼的最后一根稻草。"他叹口气。

小江说刘婵与她导师还一直有联系。导师已经跟女友彻底分手了,正在办辞职。他在国内生物工程这块是领军人才,美国好几家大学都抢着要他。"换了我是女人,也想跟他。"小江说他父亲也是差不多类型的人。因为有名有利有学问,所以很讨女人喜欢。在跟小江母亲结婚前,他有过两段婚史。"当然了,我妈也不是什么黄花闺女,我是她和前任丈夫生的。她嫁给我现在这个爸爸的时候,我还不到两岁。"

印象里小江很少这么忧伤地说话。弄得我都不知道该怎么反应。安慰不是,不安慰也不是。只好静静听着。他忽道:"还记得我们那次聊天吗?"

"哪次?"我问。

"就那次,说大冬天把孩子揪起来跑步,还有吊起来打。"

"哦哦。"我想起来了。

"那次我说,我是被捧杀的那个——其实是瞎编的。"

我看向他。

"我还劝龙荣,说大冬天被揪起来跑步和吊起来打,都是亲爹才干得出来的。他不是亲爹,只能捧杀你儿子,没别的办法,"小江说到这里笑笑,看自己脚尖,"——可我爸不是这样。他是个比较另类的后爹。"

我停顿一下:"大冬天把你揪起来跑步,吊起来打?"

"你猜。"他兀自笑。

我又停了停:"——贝壳粉怎么回事?"

"专利是假的。那个工作室也是假的。已经报警了。"

"一共投了多少?"

"350万。"

我吃惊:"你脑子没病吧,一个破专利卖350万,你也敢豁上?"

"你爸那个专利,不也卖了350万?"他道。

"我爸是正规工厂的工程师,业界小有名气。能比吗?"

小江悻悻地,挪了一下屁股。我没再说下去。90后也是奔三的人了。不是小孩。我问他:"跟刘婵说了吗?"

"正在酝酿怎么开口。"他道。

这时他手机响了。他站起来,走到一边接电话。能听出电话那头是个女声。小江应该是不想让我听见,还用手微微捂着嘴。但房间太小,再躲也就是十平方米。我听见他说"待会儿再说",那头不知问了句什么,他回答"没错"。

他挂了电话。我忽问:"是邱莹?"

他一怔,猝不及防:"你——"

"她的声音我能听出来。"

"啊?"

"我奶奶生日那天,你们不是挺聊得来嘛,还加了微信——你们后来还一起吃过饭,你还送过她礼物,一只爱马仕的拎包——是不是?"

他愈发惊讶："你怎么——"

"她比你大了一轮还不止。你妈能同意吗？"我道。

小江停顿一下："——你表妹，我妈也从头到尾没同意过。"

"龙荣抢我老婆，你抢我女朋友。你们俩真够可以的。"我笑笑。

"龙荣抢的是你前妻。至于邱莹，你自己也没把她当成女朋友，是不是？就算你跟她上了床，可你心里总觉得不是真的，像在做梦——是不是？"

我瞪着他。小江说下去："如果不是，怎么会到现在都没察觉这是一个梦？你没有跺脚，也没有眨眼，没有丝毫怀疑——你潜意识里就是认为邱莹会勾引我——漂亮女人贪钱，富二代好色，你觉得这再正常不过了。你的梦充分暴露了你的浅薄和市侩。葛向阳，就算你面上再装得春风得意、优越感十足。可实际上，你根本毫无自信。"

我醒来时，车子刚下高架，在等红灯。小江奇怪地看我："你很困吗？就这么点时间，居然也会睡着。"

半小时后，他坐在我那张三尺半的床上。欲言又止。

我看着他："你想说什么？"

他踟蹰半晌，告诉我："——我打算放弃了。"

我怔住。他以为我惊诧的神情完全出于消息本身。

"——你外面有女人了？"我脱口而出。

如果没有之前那个梦，我应该不会问得这么直接。虽然这理由也很入情入理。我想起中学时候玩过一阵射击游戏，三条命，死了就从头开始。上次玩过的那部分会进行得特别快，因为玩过，所以熟门熟路、心中有数——现在就是这感觉。我几乎是直奔主题。省去了梦里贝壳粉那些，还有大冬天揪起来跑步什么的。那些铺垫是定状补，现在只谈主谓宾。很多情况下，梦境要比现实更诗意，娓娓道来，就像之前老史那段，梦里绕个大圈，国际平衡大赛，签名售书队伍从 T1 排到 T2……结果到了现实里，没有铺垫，上来就是一通骂，把老史彻底骂傻了。这或者可以解释为——梦给了现实某种暗示。就像玩过一次的游戏，从头开始，虽然路径相同，心态却完全不同。速度加快，胆子也会变大。

"你脑子坏了。"小江扔下一句。

再见到邱莹，是一个月后。她在伦敦免税店购物时，与某病例有接触，被隔离观察 14 天，回到上海又隔离了 14 天。这期间我们一直微信联系。她说她想给我买件巴宝莉的衬衫，那边年初有大促销。我挺内疚，觉得是因为我，她才被关了起来。但她安慰我，说这样也挺好，可以趁机休息一阵。"飞来飞去太累了，老得快。"

她躺在宾馆的床上，与我通视频。上海是晚上九点，那边是下午。

我注意到屏幕上的她气色不错，好像化了妆。但女同志的事说不定。或许她也去植了眉、漂了唇。我说："你才不老呢，你比同龄人最起码年轻十岁。"

"那岂不是看上去比你还年轻？"她笑。

"这是肯定的。我比同龄人要老十岁。一来二去，你等于看上去比我年轻十四岁。"

"讨厌，我数学不好，算不过来。"她撒娇的口吻，听得我心里一荡。

隔着屏幕，她看了我一会儿。忽道："葛向阳你说——是我好看，还是崔樱好看？"

我惊得差点把手机扔掉。又来了。我竟连眨眼和跺脚都来不及。

她瞥见我的神情："——是你告诉我的呀。"

她说那晚我喝下最后一口洋酒，说了许多中学时候的事。

我飞快地回忆着。如果是那个时间段，的确有可能带出崔樱。但不知具体说到哪个程度。"我是怎么说的？"我只好笨笨地问。

"你说，你喜欢崔樱。"她道。

这话倒没什么。人人都知道我喜欢崔樱。

"你说，崔樱很漂亮。"她又道。

这也是实话。问题不大。

"你说，你一直在找崔樱。"她看着我，缓缓道。

我不作声。

"信息时代，如果真想找一个人，有名有姓知根知底的——应该不会找不到吧？"

我停了停，回答："没错。"

"她，不在了？"邱莹小心翼翼地，看我。

依稀记得，华莉也问过我这句。当时我淡淡一笑，不置可否。华莉的语气类似于"原来你也蛮痴情的嘛"，跟平时揶揄没什么区别。她应该是不想触痛我，才故意不安慰我。我估计龙荣他们应该也早猜到了，只是嘴上不说。甚至还配合着我的语焉不详。不追问，也不回避。日子久了，我也习惯了自欺欺人。甚至还时不时地拿崔樱出来说事——梦醒或不醒，影子都在那里。影子也会乔装改扮。就像350万，银子、美元或是大洋，换个模样，千金散去还复来。影子披着思念的外衣，随风遁形。有了年头更是狡猾，老油条似的。

"你们从小就认识？"邱莹问。

我点头："她爸爸和我爸爸，是老同事。"

邱莹看了我一会儿："那晚你还说——觉得我不像过日子的人。"

我只好笑笑。这话对漂亮女人来说，应该不算很严重的冒犯吧。不接地气未必就是坏事。我佻皮地说了句："神仙姐姐都不像过日子的人。"

"你为什么会离婚？"她忽道。

我被问得一怔。事实上，这个问题我想过许多次。也与华莉交流过。但答案比梦里的影子还要狡猾，总是一遍又一遍地溜了去。仿佛眼睛一眨，我们就离婚了。时光再细密，也是有针脚的。或许答案便是从那些时空接缝处漏了出去，自己也没察觉的。

"我听得出来，你还是很牵挂他们。你前妻，还有你儿子。那副画具，你前后最起码说了三遍。你耿耿于怀。你说龙荣抢了你老婆，还抢了你儿子。"

我只好又笑笑。喝醉了容易激动。其实说"抢"不合适。但耿耿于怀是肯定的。不止一个人教育过我——葛向阳，你心胸可以再开阔些。很多事不是你的错，但也未必是别人的错——这话说了等于没说。只是提供了一种为人处世的可能性。但也只是可能性而已。心胸不是说开阔就能开阔。至于是谁的错，更加难以界定。人生变数太多，瞬息万变，没有常量，没有恒定的参照物，就永远无法从客观的角度去甄别。

美人当下（虽然隔着手机屏幕），我居然在想这些，实在煞风景。我不自觉地跺了跺脚，又眨了眨眼。她看见了："你为什么老是朝我抛媚眼？"

因为我自卑。我无法相信自己会和一个大美女侃侃而谈，气氛融洽。相反，却对之前关于小江的那个梦深信不疑，误以为是真实情境。我借梦里小江的口来嘲讽自己，一地鸡毛小家子气——我的神情应该有些尴尬，惹得屏幕那边又是一阵娇笑："葛向阳——"

邱莹的笑声，渐渐隐下去，又仿佛是离得近了，就在我耳边。她叫我："葛向阳！"声音有些急促。陡然变得尖锐。

我霍地睁开眼，看见华莉的脸，距我不过两寸。

我惊得一颤。

"还睡！——不上班了？"她大声数落。

我停在那里，兀自没回过神来。四肢有些酸痛。本能地伸了个懒腰。转向一边，赫然看见墙壁上两个小字：你好。——字是用水彩笔写的，与床呈 30 度角。

"你写的？"华莉质问的口气。

我张大嘴巴，却一个字也说不出来，像被点穴似的。其实我想说的是——如果真是我写的，也不至于一点印象没有吧？

虽说人脑结构是个谜，但要迷糊到在雪白的墙壁上涂鸦，那也忒不可思议。这套800万不到的房子，我妈省吃俭用一辈子，首付里有那该死的150万。每月房贷五千多。因为是二手房，叫了立邦刷新。我亲自挑的颜色，卧室是淡青色。前后刷了四五遍，服务不错，效果也好。当然价格很不便宜。平常我连个手印子都舍不得按上去……

我想到什么，浑身一震，霍地拿过手机——日期显示"2019年2月27日"。手一抖，差点把手机摔在地上。

葛小伟被华莉从床上拖起来，两岁半的葛小伟，奶声奶气地叫我"爸爸"。华莉一边给他穿衣服，一边看我："你这是什么表情？又做梦了？——又是350万？"

我想说不是。嘴巴不听使唤。华莉说下去："明天下午三点，民政局见。没问题吧？"

我环顾四周。没错，是我家。我渐渐想起来了，昨晚似乎和华莉聊到很晚。聊离婚的细节。再干巴的夫妻，走到这一步，总有许多事要聊。好像还喝了点酒。所以睡得有点沉，梦也很长，非常非常长——横跨几年时间，夹杂着各种人和事。过去与将来，妥协与不甘。还有那些恼人的梦中梦，进进出出，像《一千零一夜》，故事里还有故事，一层一层，套圈似的——我几乎便要分辨不出，到底哪个才是真实场景。

好在很快厘清了——我，一个正准备和妻子离婚的男人，心情复杂，一言难尽。因为那个冗长得几乎诡异的梦，变得更复杂了。思路会混淆。还有各种衍生的情感。枝枝蔓蔓，真真假假。就像给一本厚厚的书划重点，拎出主线。这很不容易。

头依然有点晕——我盯着葛小伟看。他也看着我。父子之间短暂的对视。华莉又问了一遍:"听到没有?明天下午三点,民政局。"

"干吗?"

"你说干吗——办离婚呀。"她撇嘴。

我沉默了几秒,回答她:"我不想去。"

她愣了一下:"什么?"

"我说,我不想去。"我朝她看,肯定的口气,"——我,不想离婚。"

（五）

几天后，我和龙荣、小江约了喝酒。龙荣问我："为什么又不离婚了？"我想了想，回答："找不出离婚的理由。"

"上礼拜你还说非离婚不可，否则人要废了。"龙荣问小江，"你不是也听见了？"

"没错，"小江点头，"——他觉得华莉不漂亮。"

"胡说八道。我认识华莉到现在，她就没漂亮过。"我道，"——这不是主要原因。"

"那主要原因是什么？性格？作风？德行？"小江笑起来。

"你才德行！"我甩了句京片子，"——想来想去，离婚也未必就能解决问题。一动不如一静，我打算再观望一下。"

小江去了厕所。龙荣又问我一遍："真的不离了？"

"我知道，你喜欢我老婆。"我很想这么说。但只是笑笑。虽然我俩多少有些心照不宣。在我打算离婚的那些日子里，龙荣恪守着"劝和不劝离"的中国式道德,再三向我列举华莉的各种好处,识大体、顾大局、勤劳、节俭、善良、懂事,是个好女人……通常人们的逻辑是,只要没有触犯法律,就是个好人,就有值得继续过下去的理由。我向他解释,不见得非到杀人放火那种地步,才能提分手。男女之间,没感觉了就是没感觉,就算她是天仙也没用。那阵子我是真的挺坚决。总觉得挺没劲,但具体哪里没劲,也说不上来。所以容易被人误会,以为我是嫌华莉不漂亮。我应该冲小江一句,就算华莉再难看,比起刘婵还是略胜一筹。当然这话也不能说,没必要寻人家晦气。龙荣翻来覆去地劝我,考虑清楚,别做让自己后悔的事。说得多了,便能听出他口气里边边角角的余音。有些东西是掩饰不住的,说着说着就会露出来,就像假话里总有一部分是真话。当然那时我没多想。华莉不是会让男人魂牵梦绕的类型。梦里龙荣把话挑明也是离婚后的事。所以客观地说,龙荣并没到觊觎人家老婆的地步。

我兀自想着那个梦。心有余悸,连儿子都被他抢了去——五岁的葛小伟,梦里竟还是两岁半的长相,无非个子高些。说话倒是老茄(沪语,指老练),一出口又像十岁了。所以说梦里细节还是忒粗糙,禁不起推敲。

"你,喜欢小孩吗?"我脱口而出。

龙荣一怔:"喜欢啊。我要有小孩,肯定喜欢。"

"不是你的呢?"我瞥见他诧异的眼神,跟上一句,"——大马路上那些蹦蹦跳跳的小孩,不是也蛮可爱的嘛。"

"还好吧。"他有些摸不着边际。

华莉找我谈了一次,她觉得我在戏弄她。

"葛向阳你要是觉得经济方面吃亏了,我可以再补偿你一点。但请你不要浪费我的时间。说好再见亦是朋友,好聚好散,你这样临门一脚拖拖拉拉,只会弄得两败俱伤。一点意思也没有——除了葛小伟,其他事情只要你开得出口,我们都好商量。"她强调,"爽气一点,离婚不是你先提出来的嘛!"

说实话我早忘了离婚到底是谁先提出的,好像眼睛一眨,我们就已经在商量细节了。平衡员的素养,使得整个过程冷静而严谨。我们像开装机单那样,把所有资料摆上桌面,斟酌后再一一分配。力争每项处理结果都在合理范围内。好让我们保有尊严地分手。

我向她解释,不离婚不是为了戏弄她。

"怎么说呢,"我整理着措辞,"——我是觉得,离婚不见得会比现在更好。"

"你怎么知道?"她嘲讽地说,"现在已经是零分了,难不成离婚还能是负数?"

这就是华莉的风格。一句话说到你吐血,很伤人。而且她还是我的领导。老板亲自点将,总调最年轻的值班长,春风得意圣眷正浓。作为领导,她可以对我吆五喝六;作为妻子,她更是有权对我任性。于情于理我只有默默承受。我停顿片刻:"离了婚,也许你就知道我的好了。我也一样,会看你越来越顺眼。"

我略带哀怨的语气,听得她更迷糊了:"——葛向阳你到底怎么回事?"

我苦笑一下，这事确实不太好解释。

"过一阵吧。要是你坚持，那再离也不迟。"

为了表示对她的尊重，我同意先分居。在机场镇上租了套小房子，没几天便搬了过去。华莉疑惑地问我："葛向阳你是不是生病了？"

我让她别瞎猜："我没得绝症——就是觉得，只要不离婚，分开一阵也好。大家先冷静冷静，免得将来后悔。"

这话实在有些莫名其妙。但不管怎样，冷静总是没错的。不离，也不凑合。分居是缓兵之计。不可能因为一个梦，就打乱本来的规划，但要说完全不受影响，似乎也不可能。黄粱梦醒，卢生都大彻大悟了。好在我是画平衡的，人生如梦，也如平衡表。每一步彼此牵制互为因果。小心归小心，也不能动作太大矫枉过正，否则坏了整体布局，后面再调整，性价比就低了。总之，不可不信，也不可全信。我打算把梦境当做箴言。这样比较客观。

分居的事，我关照华莉先瞒着双方父母。至于葛小伟，男孩开口晚，这个年纪还只是一个字一个字地往外蹦。并不担心他泄密。我带葛小伟去过一次机场镇的房子。这小子居然很感兴趣，污迹斑斑的墙上贴着一幅脏兮兮的年画，应该是前房客留下的。光屁股小孩穿个肚兜，脸上两坨高原红，手里再拿条大鲤鱼，年年有余。他看得咯咯直笑。我想起梦里的情景，立刻拿来纸和笔，让他也画一个。结果他画了个大饼，上面洒两粒芝麻，说这是娃娃的头，这是娃娃的眼睛。我鼓励他说："不错！"接着带他去看动画电影《大头儿子和小头爸爸》。他捧着爆米花桶,两眼直勾勾。倒春寒,影院里暖气开得太猛,温差一大,小赤佬清水鼻涕立刻便流了出来。我抽出纸巾,"哼!"指导他擤鼻涕,一边一揿,"哼——"两坨温热的液体透过纸巾,落在我手上。我又抽出一张纸巾,一边摇头一边继续擤,"哼!哼哼清爽!"结结实实的父爱,没头没脑地倒过去。枪林弹雨一般将他包围。他看电影,我全程看他。红通通的鼻头,油光锃亮——我也不禁鼻头一酸,那瞬竟有种失而复得的激动。

从值机调来一个姓董的女孩,二十四五岁。老史让我来带。我照例扔给小董一堆资料:"先自己看,不懂问我。"小董看得并不十分认真,通常是坐一会儿便站起来,这边转转那边晃晃。她底细摆在那里,公司高层的亲戚,平衡室只是走过场,最后还是要调去机关的。众人便都不与她计较,说说笑笑,偶尔让她送个舱单跑个腿。我也懒得管她。倒是老史看不过去,把我数落一顿,说就算走过场,面上也不能太差。

"葛向阳你不是向来很顶真的嘛,怎么,换了个皇亲国戚就改变风格了?"他道。

我知道他的促狭心思。值机过来三个新人,他单单安排小董给我。我要是公事公办,那自然有苦头吃;我要是眼开眼闭,他便有理由说我市侩。两头不是人。

他以为我听了会生气,我却立刻道歉:"这事是我不对。这样吧——经理你说怎么办,我就怎么办。"

老史一怔。跟他预想的反应相差有点大。"啥意思?"

"听领导的,"我道,"领导说了算。"

他以为我在嘲他,眉头一皱:"葛向阳你——"话音未落,我径直拿过他的茶杯,到旁边饮水机加了水,递给他。他慢半拍,接过。

"经理,"我压低声音,"下次还是别让我带徒弟了。一把年纪了,想轻松点。"

他"哑"的一声。我加上一句:"拜托了经理。"

连着两声"经理",他有点不太习惯。屁股在椅子上挪了几挪,嘴巴抿了又抿,手不知放哪里,只好端起杯子喝了口水。余光兀自瞟我。平常我都是叫他"老史",甚至公开骂过他"一泡污"("史"通"屎",沪语,一坨屎)。

我差不多花了几周工夫,才让他相信我是真心向他示好。平衡室最恃才傲物的葛向阳一旦随和起来,也让人吃不消。如今连实习生都不太会陪师傅吃饭了,我却连着几天,一到饭点便去敲老史的门——"经理,阿要吃饭哦?"我们在候机楼餐厅和平衡室之间来来回回。一开始确实有些别扭。两人手插裤袋,神情茫然,眼神涣散。走出万念俱空的步伐。仿佛不是吃饭,而是约好了一起去自杀。

排队取餐是各管各,各刷各的饭卡。好几次我先取完餐,已坐下了,老史径直往前走,只当没看见我。我手一招,大声叫他:"经理,这里!"他只得悻悻地过来,餐盘重重一放,坐下。我抽了张纸巾过去,擦他额头沾着的饭粒。他头一缩,本能反应,只当我要动手。我好笑,又有些内疚,想居然把人吓成这样。又没什么深仇大恨。

"到底啥路道啦?"他终于忍不住。

我咧嘴,挤出个笑脸:"——中师的事,麻烦帮帮忙。"

他一怔。职称评定上周开始启动。找他帮忙的人不是没有。但换作我,就有些奇怪了。他"嘿"的一声:"帮什么忙?——你不是很牛嘛。"

"再牛也牛不过经理。关键时刻还要靠经理。"我赔笑。

他斜我一眼。"——这套是华莉教你的?"

我摇头:"跟她没关系。"

"怎么,她嫌弃你?"老史笑得有些阴险,"怪不得前段时间你们俩那副腔调,一下子又没事了——是不是达成共识了?聘上中师,她就继续跟你过?"

"所以啊,经理帮帮忙,"我见他起身要拿醋,忙起身替他拿了,倒了几滴在小碟子里,殷勤地推过去,"——就当为了我后半辈子的太平。你既是我领导,又是我同门师兄——这种事我不求你,还能求谁?"

我发现,人一旦拿定主意,说些不要脸的话也没那么难。尤其开头两句出去了,后面更是顺畅,张嘴就来。老史一旦知道我的来意,便也从容许多。这瘪三居然让我去找龙荣,搞定前几天英航一份投诉——那天是小董送的舱单,把英航和荷兰航送反了,亏得在起飞前发现。荷兰航影响不大,英航却晚了十分钟推出。投诉信直接送到总调。老史本来也不十分担心,便是碍着小董,上头也不会真怎么样。但我是小董的师傅,借此机会摆我一道,似乎也不错。便顺水推舟,由着投诉信转到老板手里。偏偏最近公司在抓航班安全,这事撞在枪口上,被提到一个很严重的高度。老史这才慌了,怕受牵连,匆忙去求英航撤销投诉。没人睬他——他便拿这事要挟我。

龙荣找了胖站长,把事情撸掉了。我向他表示感谢。他问我:"老史真会让你聘上中师吗?"我耸耸肩:"——这要凭他良心了。"

他停顿片刻:"——看得出来,你是真心想跟华莉好好过日子。"

不待我开口,他又道:"挺好的。替你高兴。"

我想说"我本来也没打算不好好过日子",但这话说起来就冗长了,没必要扯远。再说"好好过日子"是见仁见智的事,没标准答案。许多夫妻就是这么离婚的,跟好坏关系不大。当然必须承认,一场梦过后,我开始向华莉、龙荣他们的标准倾斜。或许也包括老史。惊悚归惊悚,至少他很快便理解了我的转变。一个被老婆嫌弃的、有吃软饭倾向的死腔男人,打算洗心革面,改掉身上的臭毛病,担起一家之主的重任。职称问题是首先要解决的——聘上中师,一个月多两千块,算上工龄叠加和年终奖,每年多个四五万,不在话下——我想起梦里那套被烧焦的小房子,不寒而栗。所以现在我坚决不允许邻居在楼道里给电动车充电,也尽量租了镇上最合规的房子。没有违章搭建,没有群租乱象。我甚至在天花板装了个烟雾报警器,不会自动喷水,但烟雾达到一定浓度会发出警报声——不能让出过的洋相再来一遍。这是最起码的,对梦的尊重。

小董请大家喝咖啡,讲明"你们是沾了我师傅的光",并额外多给了我一块芝士蛋糕,亲自捧到我面前:"师傅谢谢哦——"我知道她本来也没把这事放在心上,只是凑趣罢了。我总觉得,门槛精到人人都看得出来,其实并不算高明。她那个副总舅舅应该教过她，愈是飞得高，底子愈是要打得厚，你愈是看不起那些底下的人，面上反而愈是要跟他们打成一片——小姑娘学了个三五成，到底还是生硬。来了大半个月，连装机单都没囫囵开过一张，心思不在上头。敷衍都不愿意，倒把精力都花在讨好卖乖上了。也对，将来去了机关，哪里还用画平衡表。人情世故、眉高眼低倒是少不了的。

"客气了。"我接过蛋糕。

小董拖了把椅子过来，坐在我旁边，托着下巴："师傅，味道好吗？"

"蛮好。"我说，"这蛋糕很贵吧？"

她咯咯笑起来："只要师傅喜欢，再贵都没事——师傅呀，一日为师终身为父。"

马屁拍得有些吓唑唑。我回个笑脸。

她问我："你是怎么搞定那个投诉的？"

我简单说了。

她又问："你跟英航那个副站长很熟？"

"还行。大学同学。"

"跟你一届？"

"嗯。"

"听说他以前当过明星？"

"是在娱乐圈待过。算不算明星我就不知道了。"

"他人好像不错？"

"还行。"

"性格也挺活泼的——他朋友应该挺多吧？"

"应该吧。"

我猜她是想问龙荣有没有女朋友,铺垫有点长。出于礼貌,我也只能装糊涂。她又兜了一阵,提出让我把龙荣的微信推给她:"我想亲自谢谢他。"

我给她了。说实话我挺愿意帮他们俩搭线。美女主动加微信,龙荣应该也不会反感。我故意把这事告诉华莉。华莉"嘿"的一声:"葛向阳你现在也学会与人为善了。"

"我本来就是个很善良的人。"我道。

"'善良'和'与人为善',是两码事。况且你到底善不善良,也只有天晓得了。"她撇嘴。

"我哪里做得不好,你说。"我停了停,"——能改我就改。"

她看了我一会儿:"葛向阳,其实你没必要这样。一个人想要彻底改变自己,是件很痛苦的事。你这样,我真的觉得挺抱歉的。"

我笑笑。心里莫名地酸了一下。她也停下来。沉默片刻,拿起我床上的衣服,要叠。我说:"放着吧,待会儿我自己叠。"她环顾我的小租屋:"多少钱一个月?"

我告诉她:"三千。"

她吐了吐舌头:"这还要三千?都出外环好几公里了。"

"过年带儿子来玩。这里能放鞭炮。"我开了个玩笑。

"过年——"她把这个词反复说了两遍,却没说下去。

我送她上了公交车。她隔着车窗朝我招手。那瞬竟有些以前恋爱时的景象。约会结束各回各家。依依不舍。结婚后住在一起就没这感觉了。所以,想要滋味多,就必须少吃。但结婚就等于天天吃、顿顿吃。这是个矛盾。分居是暂时少吃了，但最终目的还是为了天天吃、顿顿吃。我心里苦笑了一下。独自走在郊区偏僻的小径上，时不时被路上的小石子硌到，脚高脚低。风比市区大得多。冷倒还好，关键是声势，野地里刮得肆无忌惮。路灯也少。脚下影子稀稀拉拉，不成形。也不知是什么心情，我抬头看向树梢边那轮月亮。我停下，它也停下。我走，它也走，还有风。哪个角度都逃不脱，没头没脑地往领口里钻。

我躺在出租屋的小床上，对着视频网站里的教程，学叠纸飞机。是葛小伟说的，想要叠出飞得最远的纸飞机。我把教程放慢到0.5倍速，分毫不差地跟着学。淘宝上买了手揉纸，据说用来叠飞机最好，但到手才发现还不如普通的A4纸。地上满是报废的纸飞机。包括柜子上、桌上，还有角角落落。我甚至用尺来量那些折痕，想从细微之处找到成功的规律。飞行距离在慢慢拉长，这让我越来越兴奋。终于，小小的房间容不下大大的梦想。我改去楼下。不顾人们愕然的眼光，一遍遍地试飞。纸飞机在半空划出一个漂亮的弧度，接近地面处并不落下，又低空盘旋了十几米。继而一头栽进草丛。我响亮地吹了记口哨。

我拿到中师聘书那天，请大家吃饭。华莉坐在我旁边，还是夫妻模样。小江带来了刘婵。龙荣一个人。我问他："小董怎么没来？"

他道："去你的。"

我和小江都笑了一下。小董和龙荣约会了两次，后一次是去看电影,龙荣说上厕所,结果回来时跑错放映厅,而且也是坐在一个女的旁边,稳稳地看到结束。手机调到静音。小董急得差点打110,知道情况后当即把他拉黑了,连我也跟着倒霉:"师傅你这个同学也太离谱了吧,长得帅有个屁用,傻乎乎的——"小姑娘手指差点就戳到我额头了。我只好解释,他平时不这样。谁知这话更是惹怒了小董:"那就是故意的咯!十三点,不想谈就明说呀,脑子被枪打过了——"自此便再也不送英航的舱单了。

"龙荣你真是故意的?"小江问他。

"我故意?"龙荣没好气,"我要么脑子真被枪打过了!"

"不至于啊,就算放映厅里光线暗,也不至于一场电影看完都没发现坐错了——也没这么木知木觉吧——大哥,难道你是靠卖萌才当上副站长的吗?"小江笑得不行。

龙荣不吭声。懒得解释的神情。华莉推我一把:"小董长得好看吗?"

"不好看能一起去看电影吗?"我笑,"龙荣是好色之徒,你又不是不知道。"

"龙荣这么帅,本来就应该找个好看的。"华莉道。

"龙荣喜欢有个性的。"刘婵蹦出一句。

"你怎么知道?"我问。

刘婵看向小江。小江又看向龙荣:"是你自己说的呀,说缺啥补啥,你长得帅,长相这块已经不缺了,所以想找个有个性、有意思的。我还问你怎么算是有个性、有意思,让你举例说明,你咕里咕里又说不出来。"

"我什么时候说的?我自己都不记得了——"龙荣一脸茫然。

"好看难看是一目了然,有意思就是各人各看了,没标准答案。"我道。

"就是,王八看绿豆,各花入各眼。"小江嬉皮笑脸,朝刘婵飞个媚眼。刘婵回敬了一记白眼。我也看了看身边的华莉。华莉在啃一根鸭翅膀,神情若有所思。

我依稀记得,龙荣曾经当面对华莉表示过好感。当然措辞上没有问题,完全是对朋友妻子的赞美,语气也很自然,不会让人觉得别扭。那时葛小伟才刚出生,家里乱糟糟,我和华莉开始看彼此不顺眼。好在我们都不是喜欢在朋友面前发牢骚的性格。偶尔漏个一两句出来。龙荣提出请我们吃饭,席间大谈他刚结束的一场恋情。女孩是奉贤人,小家碧玉的性情,主意却很多,让龙荣辞职去做生意,并劝他把市区房子卖了,在奉贤买房。账户上超过五千块,就叮嘱他存起来或是买理财。偶尔还会翻他的微信转账记录。龙荣起初觉得女孩是个过日子的人,但渐渐发现,她只是想要控制他。私底下她花钱也没什么规划,还有些邋遢,不会拾掇。所以想来想去,还是决定分手——我不知道龙荣为什么要喋喋不休地说这些,他平常并不是一个不会看山水的人。华莉的不耐烦都写在脸上了。葛小伟在家,由我妈带着,隔三个小时喂一次奶粉,老人带小孩,许多动作都不规范。华莉和我妈都是属于话少心眼多的人,在家尽量避免短兵相接,勉强摒着,出门就格外地不放心,被叫出来吃饭,本就不甘不愿,偏偏说的又是些没要紧的。华莉看我,眼神是"你这同学有完没完"。我也不方便打断，只得听着。龙荣说着说着，忽然冒出一句"华莉真是不错的"。我和华莉一怔。这话也没铺垫，没头没脑。龙荣说下去："华莉才是过日子的女人——"我们闻言看向他。

他道："过日子不会每时每刻都顺顺当当的，那是拍电影。过日子应该是这样——这男的或是这女的浑身上下全是毛病，可没了他（她），日子就过不下去。要是分开，肯定会后悔，后悔一辈子。"

那天他说完这句，我和华莉怔了半响。龙荣在我肩上拍了拍："华莉在女的里排名，肯定比你在男的里要高。"很得体的玩笑话。他是我朋友，言辞间自然要偏向华莉。一顿饭下来，华莉竟也真的气顺了些。回去的路上便说"你是讨着宝了，自己不晓得，人家看得比你清楚"。我顺势说"我是当局者迷"。给龙荣发短信："谢谢啊兄弟，产后抑郁症，弄得我吃不消。"龙荣回了句："我是说真的，华莉这人不错，你要好好珍惜。"

不知从几时起，我和龙荣有了这种默契。我知道他对华莉有好感，他也知道我知情，但没说开。这事若说给旁人听，必是觉得我多心。人家明明是为我好，行事有分寸。当然也不能跟华莉说。那是自寻麻烦。但我觉得，华莉多少应该有些察觉。平衡室跟英航办公室只隔了一条走廊，时常能碰见。我冷眼旁观，华莉对龙荣的态度，比旁人要更客气些，倒有些女人的矜持了，像穿戴整齐见客的模样。同样是朋友，她对小江就不这样，随意得多——所以默契应该不止我和龙荣两个。华莉或许也算一份。

中师的聘书被几人拿去轮流欣赏，嘻嘻哈哈。传到龙荣手里时，被我一把夺回来："又不是西洋镜，有啥好看！"

"——阿哥成熟了。"小江感慨。

我朝他白眼："三十多岁，早就熟透了。再下去就要烂了。"

"拍经理马屁，这么腻心的事都做得出来，说明你真的熟透了。"小江笑道。

"富二代懂个屁。"我道。

"工资能涨多少？"龙荣问我。

我往大里报了个数字。华莉看我一眼，没说话。

"那要是聘上高级经济师呢？"小江问。

"想都别想，"我道，"公司统共也就那么几个高级职称名额。领导们都要打破头呢，还轮得到我？——这辈子就中师到死了。"

"阿嫂或许有戏。"刘婵插嘴。

"阿嫂是领导，"小江笑道，"单位是领导，家里也是。"

华莉"嘿"的一声："瞎讲。"

"葛向阳聘上中师了，祝你们俩一切顺利、越来越好，"龙荣端起酒杯，和我碰了一下。华莉杯里是椰奶。便没动。龙荣朝她笑笑："不碰一个？"

"不喝酒也碰？"华莉这才举起杯。

我忽地有些没劲。在座几人，刘婵是博士，小江是富二代，华莉是我领导，龙荣薪水翻我几个筋斗，偏偏竟是我请客。这情形就像是捡破烂的捡到一个皮夹，兴奋得要请路过的西装朋友吃饭。我心里愈是沮丧，脸上便愈是随和。摆出主人家的模样，劝他们吃菜喝酒。两瓶红酒很快喝完，我又叫了两瓶。华莉朝我瞟了一眼，意思这酒不便宜。我只当没看见。

最后我们一共喝了六瓶红酒。刘婵说胃不舒服，我又点了燕窝当餐后甜品。买单时，我手机凑巧没电了，也是天晓得。华莉买的单。因为两块小毛巾，她跟服务员理论了半天。我始终没吭声。龙荣和小江有些醉了，我一手一个搀起他们，走到外面叫出租。

App 显示前面有 20 多个人在排队。一会儿，小江叫的代驾到了。他说可以送我们。但位子不够。龙荣说："你们先走吧。"

小江坐前排。后排三个，华莉先坐进去，再是刘婵，我坐上去正要关车门，华莉忽道："我有点闷，去坐地铁。"不待我回答，便从另一头下了车。

我们几个都一愣。龙荣见状也一怔，随即道："那，我陪华莉坐地铁吧。"

车子很快上了高架。小江回头看我："你们吵架了？"

"没有。"我说的是实话。来的时候还好好的。

回到家。我妈见我一个人，好奇道："华莉呢？"我说："她碰到个朋友，一起去喝茶了。"我妈哦了一声。我知道她肯定不相信，但也懒得再往下编，又劝她晚上住下来："这么晚了，我不放心。"心里盼着她别答应。我妈想了想："——也好。毛头跟我睡。"

华莉又过了一个多小时才回来。进房间便问："孩子呢？"

"隔壁。跟我妈一起。"我道。

她没吭声。我看出她不太满意。

"你妈没走？"她道。

"都这个点了。"

"小伟夜里找我怎么办？"

"那再抱过来哄哄呗。反正也就一晚上。"

她去洗澡。我和衣躺在床上看书。她洗了半个多小时，出来时见我还醒着，怔了怔："你还不睡？"我说："等你一起睡。"她"嘿"的一声，似是觉得这话很可笑。但我没计较："其实刚才应该我陪你坐地铁，让龙荣上车的——脑子慢半拍，没反应过来。"

她停顿一下："无所谓。"

我看她："你生气了？"

"我没生气——是你自己生气了吧。"

"我没啊，我还以为你生气了。"

"帮帮忙。"她冷笑。

"我是说真的，我是怕你生气——只要你不生气就好。"

"神经病。"她丢下一句，躺下，蒙上被子。

我原地看了她一会儿，自己也觉得自己有些可笑，忍辱负重。脑子里突然蹦出这个词。生活中再悲壮的感觉，究其根本都是一地鸡毛。不知从何说起。

"我知道，你对我不太满意。"半晌，我道。

她在被窝里一动不动。

我说下去："跟我这样的人过日子，谁都不会太满意。不用你说，我自己也清楚。没钱没背景，长相一般，脾气还古怪，不讨人喜欢。你拖到今年才说要跟我离婚，已经很了不起了。"

我要是女的，根本就不会嫁给我这样的人——"半夜三更说这么沮丧的话，竟有种别样的刺激，像被什么驱使着，一路不停："我知道，龙荣比我帅，比我会说话，让人惬意——不管从哪个角度来看，他都比我更适合当老公。可如果——"我考虑该如何表达："——如果真的让你跟他在一起了，你说不定也会有点舍不得我。虽然以你的性格，多半不会明说，但你心里会一直想着我，不管以前看我多不顺眼，分开以后你会自然而然地，想到我的好。我也一样，会舍不得你，舍不得葛小伟——我现在这么说，你肯定觉得我像傻子一样，像在说梦话。没错，就是梦话——如果让你做个梦，梦里你跟我离婚，跟龙荣好了，你顺着这个情节做下去，看事态怎么发展，你就会明白了。有时候梦也不是那么无厘头的，梦也是现实主义，你可以把它看成是一种未来的可能性，没必要完全相信，但拿来做参考还是很有价值的——"

华莉霍地掀开被子，瞪着我。我的话戛然而止。

我承认，这一切是有些匪夷所思。在去民政局办离婚手续的前一天，硬生生按下暂停键。像在阻止一艘快要触礁的船，满舵打死。不让龙荣有把话说开的机会。掐着之前的缺点，一一改正。这情形仿佛是在作弊——提前拿到试卷，会做的、不会做的，统统填上标准答案。差生考高分，有点像是运动员嗑药破纪录。华莉最近就老是把"你是不是吃错药"挂在嘴上。我无法判断她的真实心情，是真的讨厌还是暗自窃喜。当然这要取决于她之前跟我离婚的原因。如果她仅仅是想借此敲打我，表达一下内心的不满，那她应该会欣然于我的改变；但如果她确实对我没感觉了,那这一切反而会让她觉得厌烦。弄不好下一步就是化身金莲,买注射器和砒霜。

很快,我妈便发现了我和华莉分居的事。那晚她跟葛小伟睡,三句两句便套出了真相。葛小伟告诉她,爸爸这阵子都不在家里睡。还说了出租屋里光屁股小孩年画的事。我妈应该也有心理准备。她那么精细的人,房间里走一圈,便能看出七八成了。

她问我:"怎么回事?吵架了?"

我点头:"嗯。"

"吵成这样?"我妈停顿一下,"——她让你搬出去的?"

"不是,"我忙道,"是我主动提出的。"

我妈没再问。我加上一句:"也就是虚晃一枪,很快就会搬回来。"

我胸有成竹的模样,以及与狼狈现状不符的欢快语气(当然是矫枉过正),听得我妈一怔:"——你们,不会是要离婚吧?"

我笑着摇头:"当然不会。"

我妈迟疑着,告诉我:"那晚我起来上厕所,听到她在阳台打电话——半夜三更她打给谁?"

"她一个闺蜜,下礼拜移民去澳洲,两个人关系特别好,聊不完的话。"

"半夜聊?"

"妈你觉得十一二点是半夜,人家夜生活才刚开始。"

其实是龙荣。那晚华莉睡到一半,突然起来,拿着手机往外走。我问她干吗。她说龙荣关照的,到家打个电话报平安。我一时不知说什么。她过了十几分钟才进来。我道:"打这么久?"她说:"那边信号不好,断了几次。"我道:"发微信不行吗?"她道:"人家说了打电话,我有什么办法?"黑暗中我们对峙了一会儿。我说:"睡吧。"

"睡个屁啊,"她忽地发作,"——你睡得着吗?"

"你有什么不满意的,说出来。我能改就改。"我发现我最近老是这么说。

"聘上中师,一年多20来万——谁给你?"她忽道。

我一怔:"饭桌上,豁记胖,大家笑一笑。"

"不是笑,是笑话。"她不待我接口,又说下去,"奔富407,餐厅里毛两千一瓶,光酒就喝了一万多。嘿,你居然还点燕窝——"

"刘婵不是胃疼嘛。"我说。

"白粥最养胃!还有面条、馒头!哪个不比燕窝养胃?你怎么不点佛跳墙?"她声音陡地提高。

我看着她。换在一个月前,这架是吵定了。莫名其妙下车,半夜三更跟男人打电话,还鸡蛋里挑骨头——以前也不是没喝多过,偶尔奢侈一把也没什么。聘上中师是喜事,将来就算侥幸能聘上高师,至少也是二十年后的事了,又不是每个月都请客——我把这些话憋在肚子里,面上不露。想想老史那只猪猡的气,我都生受了。跟自己老婆还有什么好计较的,只当她发嗲。

"睡吧,睡一觉起来就没事了。"我躺下,一抖被子,把火星硬生生捂灭。

两周后是清明。一大家子去嘉定，给我爷爷和我爸扫墓，包了辆考斯特。结束后刘新华做东，在附近找了家餐厅吃饭。包房里坐下，刘新华问男人们："喝什么酒？"

"你请客，你说了算。"葛胜说。

刘新华去车上拿了瓶茅台。葛胜见了，道："不用搞这么大吧，自家人。"

"好酒就是给自家人喝的。"刘新华把酒给服务员，拿过菜单，飞快地点了菜，又问奶奶，"妈，来点红酒好吧？"

"我喝椰奶就行。"奶奶看了我妈一眼，"你喝点。"

"我喝茶。"我妈道，"——华莉喝红酒好了。"

"我也不喝。"华莉道。

葛慧怪刘婵没把小江叫来。刘婵撇嘴："叫他来扫墓？"

"不扫墓，过来吃顿饭也好啊。"葛慧道。

"他又不是没饭吃。"刘婵道，"大老远跑到嘉定，吃你这顿饭？"

葛慧问起小江最近在忙什么："——在做什么生意？"

"亏本生意。"刘婵道。

葛慧"哑"的一声："少瞎讲，做生意哪有一帆风顺的？小江还年轻呢，还在摸门道。"

"摸了八百年了——"刘婵不屑。

"人家做生意是为了赚钱，小江做生意是在花钱。爹妈只当拿钱给他白相，反正将来也是他的。总比出去赌博玩女人要好。"说这话的是葛胜，他喝一口酒，朝葛慧笑笑。

葛慧不敢对这个弟弟发火:"——耀祖最近在忙什么?找到工作没?"

葛耀祖高中毕业没考上大学,读了个野鸡大专,毕业后开过网店,做过房产中介,连外卖也送过几天,都是没长性,一年倒有七八个月是荡着。葛慧这么说,是故意触葛胜霉头。谁知吴爱花接口:"——找到了,在机场。"

众人都一怔,我也一怔。

"机场一个搞绿化的部门。虽然不是正式工,但比外面稳定多了,做一天休一天,福利也蛮好,第一个月就拿了五千多。"吴爱花道,"是华莉介绍的——谢谢啊华莉。"

我朝华莉看去,心想这事我竟不知道。

"华莉路道蛮粗的嘛,还能把人介绍到机场,大单位啊——"葛慧道。

"我也没什么路道,是托了一个朋友。他认识的人比较多。"华莉笑笑。

我猜这朋友或许是龙荣,但没吭声。

"华莉比向阳好。"葛胜一锤定音的口气,"向阳讲起来还是姓葛的,说过不晓得几次了,就是不肯帮忙,你亲堂弟呀——"

"堂弟就是堂弟,还有什么亲不亲的——"我咕哝一句。

"华莉是领导,路子多。倒不见得是向阳不肯帮忙。"吴爱花打圆场,但这话反倒让人别扭。我只当没听见,余光瞥见华莉在低头吃菜,看不见脸上神情。

葛胜让葛耀祖去敬华莉的酒。葛耀祖便也傻乎乎,站起来只敬华莉,把我晾在一边。吴爱花提醒他:"还有阿哥——"葛耀祖直直道:"阿哥又没帮忙。"吴爱花道:"没有阿哥,哪来阿嫂,你这小孩拎不清——"葛耀祖便也与我碰了杯,说得飞快:"谢谢啊阿哥。"

葛耀祖说起儿子新谈的女朋友:"是个空姐。"

大家又是一怔。

"小赤佬别的不行,花小姑娘有一套,进去没几天就搞定个空姐,"葛胜得意洋洋,佝偻的身子也挺直了些,叫儿子,"——照片给大家看看。"

手机传了一圈,又回到葛耀祖手里。刘新华笑笑:"是个美女。"葛慧闻言斜他一眼。刘婵道:"这种女人,葛耀祖吃不住的。"吴爱花不语,葛胜眉毛一竖:"怎么吃不住?"刘婵不像她妈妈,对这小舅舅并不买账,说话直截了当:"葛耀祖你自己说,你吃得住吗?"葛耀祖一愣:"有啥吃得住吃不住的——"刘婵说下去:"反正你年轻,又是男的,玩玩也无所谓。"葛耀祖耸耸肩:"——本来就是。"

"刘婵这方面比较有经验——小江也是男的,又年轻,玩玩也无所谓。继祖,以后跟你姐夫多学习。"葛胜冷笑。

葛慧道:"小江不一样。"

"哪里不一样?"葛胜追问。

葛慧怔了怔:"——双方条件总归要差不多才行。"

葛胜"嘿"的一声:"人家是高级知识分子,你们是暴发户,哪里差不多了?——大家心里都清楚,只是不说出来,顺着你,结果你还真是自我感觉良好。"葛胜酒过三巡,有些上头,说话愈发冲了。吴爱花朝他使眼色,他只当看不见。

葛慧愣了几秒，没忍住："这话该我说才是——到底平常是谁顺着谁啊？你自己心里没数吗？好，我们就算是暴发户，至少还有一点可以自我感觉良好的资本。你凭什么呀？难道就凭你——"话未说完，被刘新华喝住："葛慧！"

"砰！"葛胜把酒杯重重一放。

我看见我奶奶嘴巴动了动，但一个字也没说。我妈也沉默着，但神情要轻松得多。

葛耀祖朝我看了看，神情有点慌。我对他使个眼色，意思是"跟你无关，少说话"。与此同时，华莉"嘿"的一声。很轻，但足够被我听见。我辨出这声"嘿"的意味。下意识地，拿手肘碰她一下。她往旁边移了移。葛小伟朝我俩看了一眼，继续啃他的鸡翅膀。

回去的路上，我和华莉坐最后一排，葛小伟靠窗。奶奶晕车，和我妈坐第一排。随后是葛胜一家。再是刘新华一家。刘新华个子高，座位又逼仄，坐得挺直，头几乎碰到车顶。我正对着他宽大的背脊，像堵着一面墙。

车窗关着。温度不高，但阳光甚好。晒得车厢内暖洋洋，让人想睡觉。华莉几次头落在我肩上，醒来剜我一眼，坐直，稍顷又落下来。一次重重砸到我下巴上。我吃痛，还未出声，她已先皱了眉："坐坐好。"我努嘴，示意她自己看："——我一直坐得很好。"

这时我收到葛耀祖发来的微信：阿哥，最近手头有点紧，借 1000 块钱？

我回复：1000 块钱只够你和空姐吃两顿饭，不挡风。

他又发过来：她喜欢小杨生煎。够吃一个月了。

我笑笑，回过去：很节省嘛，哪个航空公司的空姐？非洲的？

随即转了1000块钱给他。一瞥眼，见华莉在看我。我收好手机，问她："醒了？"

"我本来就没睡着。"她看一眼靠在窗上熟睡的葛小伟，把他头扳过来，搂进怀里，又压低声音，"——你妈今天问我了。"

我一怔："问你什么？"

她撇嘴："你说呢？"

我没吭声。刘新华就在前排，不想被他听见。下意识地，我朝我妈后脑勺看了一眼。我妈也有点轻微谢顶了，头发本来就少，这两年又白了一大片，发质也干，愈发显得根根分明，能看见青灰的头皮。有些苍凉了。相比之下，我奶奶头发是自来卷，浓密，索性全白了，倒有些仙风道骨的意思。车厢里没声音。反衬刚才的争吵，此刻这安静便显得有些怪诞。像却被人突然捂住嘴巴，戛然而止。

葛胜没睡，间或朝车后看一眼，目光扫过我和华莉。我闭上眼睛装睡。

路上很堵。一小时的车程，开了近两个小时还没进市区。葛小伟冷不丁哭起来，说要"下车"。把一车人都吵醒了。我妈说："大概是坐累了。"手摊开，示意他坐到前面来。葛小伟没理，把华莉搂得更紧了。葛慧从包里翻出一袋虾片，问华莉："他可以吃吗？"华莉看葛小伟。葛小伟委委屈屈地接过去。华莉拿湿纸巾给他擦了手，撕开外包装。车厢里一股咸咸香香的味道。

到市区已是下午五点。葛慧抱怨："就不该正清明出来，自己找罪受。"这话又惹了葛胜。原先说好早一个礼拜，是因为葛耀祖感冒，才改了时间。

"小赤佬一个，你们定哪天就哪天，又何必管他！他不来也没事的。"葛胜板着脸。

"一家人总归要整齐划一，步调一致，否则爸爸和阿哥要不开心的。"刘新华笑着看向葛慧，"——都这个时间了，要么晚饭也一起吃掉算了？"

我心里哎哟一声，盼着葛慧别答应。葛小伟要是不在，倒也无所谓，上半场接下半场，闹出人命我也只当看戏。当着孩子面没必要，心理要有阴影的。我这么想着，居然笑出声来。华莉看我一眼，眼神带三分嫌弃。我无所谓。被自己老婆看透，不丢人。

吴爱花抢着道："不用了——"

葛慧犹豫了一下，问我妈："阿嫂觉得呢？"

要是我妈也把皮球推给我奶奶，估计就没后面的事了。可我妈居然点头："都行。"

考斯特直接开到餐厅，吃蒸汽海鲜。包间，居中一个硕大的锅盖。服务员把鱼虾蟹推进去，揿个数字，到时间锅盖自动抬起。蒸汽升腾，每个人的脸在水雾中若隐若现。

晚上改喝啤酒。一边剥海鲜，一边聊天。话题更是细碎许多。中午的酒劲还没过呢，像在破皮的地方再划一刀，呲着气继续。刘新华说现在生意难做，资金链成问题："不像以前，今天打申请，明天贷款就下来了。"

"空手套白狼的时节过了。"葛胜点评。

我想，怎么是空手套白狼呢，明明拿了我爸的100万。

"所以说呀，麻烦得很。"刘新华叹口气。

"你可以找小江爸爸，"葛胜提议，"他有文化有地位，你有手段有扑性，你们俩强强联手，官商勾结。应该有的搞。"

刘新华假装没听懂，拿酒杯与他一碰："来，喝酒。"

"亲家对刘婵挺满意吧？"葛胜问，"没啥不开心吧？"

"那还用说。"吴爱花抢在前头。

"啥时候结婚，应该快了吧？"葛胜又道，"恋爱不能谈太久，否则肯定黄掉。"

葛慧嘴角撇了撇，算是回答。也不好真跟这弟弟计较。老娘还坐着呢。再说琉璃盏跟瓦缸硬碰，吃亏的是自己。便只是不语。瞥见葛胜转瞬两瓶啤酒下肚，又上头了，暗道"要命"，脸上愈发冷冰冰的，不去理他。

葛胜聊起前几日下雨，腿疼得厉害："酸到骨头缝里，一身虚汗，按道理也不搭界，又不是风湿——"他说着，瞥一眼我奶奶。好像我奶奶应该为此而羞愧。奶奶没反应，只是叮嘱华莉"这虾不错，多剥给小伟吃"。葛胜停顿几秒，加上一句："妈，你索性住到我家吧。"

吴爱花和我妈同时怔了怔。

"不用。"奶奶摇头，"年纪大了，不好随便换地方的。"

"老娘搭架子。"葛胜朝葛慧笑笑。

"妈在阿嫂那里住习惯了，不想辛苦你和小吴。"葛慧道。

"自己儿子儿媳有啥辛苦,再说阿嫂都辛苦那么多年了——主要是老娘看到亲生儿子有点抖豁,心虚,"葛胜又笑笑,问我妈,"阿嫂你说呢?"

"妈自己拿主意。"我妈淡淡说了句。

葛胜"嘿"的一声:"妈比爸有福气,爸两脚一蹬,一天福都没享过,阿哥的350万——"话音刚落,所有人都朝他看去。他一怔,忙改口:"——爸的350万,爸自己一分钱没花到,妈替他享福了。"

"你阿哥也没花到,是我跟着享福了。"我妈跟上一句。

大家沉默着。

刘新华不等服务员动手,把蒸好的螃蟹分到众人碗里:"来来,吃。"大家动作机械地剥蟹,吃肉。葛胜的一贯风格——我不舒服,你们一个个也休想舒服。伤敌一千、自损八百的笨办法。葛慧肚子里应该已经骂了无数遍"猪头三"了,但面上还撑着。刘新华是老江湖,只要不掀桌子,随你闹,只当你是空气。奶奶稍微尴尬些。被葛胜牵了一辈子头皮,早几年还在意,每次哭哭笑笑,说些"你让我怎么办,我初一、十五都吃素烧香,保佑把你这病过给我,可菩萨不肯帮我"的废话,现在年纪愈发上去,也没精神了,装聋作哑,吃顿饭两小时,捱一捱也就罢了。通常也闹不起来。就算一把火被葛胜点燃,旁边一圈厚厚实实的湿毛巾,灭得无声无息。我倒是觉得,偶尔也该给葛胜一个突破口,否则早晚变神经病。一拳打在棉花里,还是一堆湿棉花,窝塞黏腻到极点。

吴爱花扔了一块螃蟹给丈夫:"吃!"

刘婵斜一眼葛胜，甩个冷笑。被刘新华看见，咂了一声，示意她少出花头。葛胜已发现了："——哈，刘婵对我有意见。"

"不敢对长辈有意见。"刘婵拖着长音。

"我们家还分什么长辈小辈，又不是书香门第，哪来这么多规矩。再说了，你也不是第一次对长辈有意见——亲爸亲妈你都不放在眼里，我这个舅舅又算什么。"葛胜笑笑。

"瞎讲，我最敬重的就是舅舅。"刘婵依然笃悠悠。

"哦，敬重我什么？"葛胜问。

"身残志坚呀！"

"刘婵！"刘新华斥道。

刘婵像是没听见，径直说下去："舅舅讲起来身体不好，可精力最旺盛。每次声音最响、话最多的那个，总归是你。我觉得吧，索性挑个日子，摆上香案，你太师椅朝南坐好，让外婆、我爸、我妈，还有大舅妈毕恭毕敬站成一行，我们小辈站在后一排，再找个司仪，一磕首，二磕首，三磕首——大家统统给你下跪磕头，这总可以了吧？"

刘新华看向葛慧。葛慧竟也不作声。我奶奶脸上有些愤懑的表情。我妈则纹丝不动，像是没听见。华莉在桌下踢我一脚，也不知是让我说话，还是让我别动。

吴爱花又给葛胜挟了一筷螃蟹："你吃。"

葛胜先是不动，忽地把筷子重重一放："吃个头啊！不晓得海鲜嘌呤多啊，还配啤酒，刚说了腿痛到骨头缝里，还吃——不把人弄死不罢休啊！"

"知道你喜欢吃海鲜才来的，你这人不要拎不清——"吴爱花急道。

"我喜欢？嘿，我喜欢的事多了——我喜欢跑步，我喜欢踢球，我还喜欢爬山！哪桩事趁了我的意了——我喜欢吃海鲜倒是人人晓得，我要是明天说喜欢吃敌敌畏和毒鼠强，是不是马上就给我送两瓶来？"葛胜声音陡地高了八拍，半空中又破了，夹着不知是鼻音还是哭腔。说完一仰头，又是一杯啤酒落肚："——吃死拉倒！"

"你这人——拎不清。"吴爱花兀自重复着这句，也是越说越轻。

吃完饭，考斯特先送奶奶和我妈回去。到了家门口，我妈却不下车，停顿片刻，对我奶奶说："妈，索性你去阿弟家住几天也好。"

车上一阵骚动。窸窸窣窣。

"为啥？"奶奶问。

"阿弟一片孝心，妈你也再想想。"

众人不语。吴爱花跳出来表态："阿嫂是辛苦，要不——"

"我不去。"奶奶说得干脆。

我妈笑笑："阿弟要失望了。"

"失望什么呀——"奶奶以为我妈是客气话，站起来要下车，谁知我妈手一撑，把她挡住。奶奶被逼得一屁股又坐了下去。

"妈跟我一起住了十多年了——我跟向阳爸爸在一起的日子也不过才二十年出头。妈比我本事大，真把我当女儿了，我到不了这个境界。婆婆就是婆婆。还是揩了我老公200万的婆婆。

妈看似一碗水端平，其实是吃人血馒头。吃完嘴也不擦，笑眯眯过日子，还一过就是十几年。"

除了我，每个人都惊呆了。我妈说话总是细声细气，连骂人也像在闲话家常。猝不及防，前一秒还丝毫不露，冷不丁就放大招。当然我是有所察觉的，从她那句"都行"，我就听出一种蓄势待发的力道。

"我知道，妈是怕我闹，所以天天看着我。妈把我当条狗，以为十几年就养得家了，不会闹了。本来我也不想闹，可今天是给向阳爸爸上坟，你们挑的头，把我火勾上来，我也没办法。"我妈说完，又笑笑，"妈我劝你，还是跟阿弟回去算了。话都说到这一步了，也不用瞒瞒藏藏——老实说，你们这一张张面孔，我真是连一秒钟都不想多看。"

车子重新启动。空了我妈那个位子。葛慧坐上去，安慰发怔的奶奶："我早就看出来，这些年她都是做戏——"

葛胜插嘴："就算做戏也不容易了，十几年你做做看？"

葛慧把手里的纸巾揉成一团，径直朝葛胜扔过来，张嘴便骂："你脑子进水啦，我就没见过比你更十三的十三点！你是不是嫌日子过得忒太平——"

姐弟俩吵成一团，也没人劝架。司机在反光镜看一眼，也不语。刘婵刷手机，葛耀祖推她一下，轻声道："你妈和我爸万一打起来怎么办？"

刘婵"嘿"的一声："打110或者120。"

葛小伟睡着了。华莉抱着他，看向窗外。路旁的霓虹灯不断在她脸庞投下光影，夜上海的繁华层层流动，忽明忽暗。

到家已是半夜。先给我妈打了个电话，从声音听不出异样。她说，小伟累了，明天让他睡得晚些，别放托班了。我答应下来。她又问我，华莉说什么了？我说没有。她叹口气："反正我们家的笑话，她也看了这么多年了。"我隔着手机，笑笑。我妈加上一句："你们就算离婚，小伟也要跟你。知道吧？"

我挂断电话。华莉把葛小伟衣服脱了，换上连体的睡衣，扔进小床。看我："你妈说什么了？"

"没什么。"我道，"——我今晚就先不去机场镇了？"

她点头："嗯。"

"我睡沙发。"我道。

"无所谓，你睡床也行。我睡沙发。"

我们俩谦让了一阵。最后决定华莉睡床，我打地铺。家里垫被不多，毯子有的是，结婚时双方长辈买了一堆，红红绿绿。两条铺在地上，身上再盖一条。床单被套都省了。这么睡的好处是，方便聊天。而且一上一下，说话时看不到脸，话题不动声色地延展开，适合说些掏心窝的话。我问她："没被我妈吓坏吧？"

"你妈就算动刀动枪，我也不惊讶。一来她是受害者，有理由发泄，二来你妈从来都不是省油的灯。你自己也清楚。"

"换了我，老早闹开了。我妈比我有修养。"

"一天到晚闹，有什么意思？闹到后面别人也不把你当回事。就应该像你妈这样，平常不闹，要闹就往死里闹——我知道她的想法，你成家了，儿子也有了，她自己身体也稳定了，不像前几年，一半都靠在你奶奶身上。就算为了你奶奶，你姑父也只好乖乖拿钱出来给她看病换肾。你妈做了十几年老妈子，还了你姑父的情，也替你爸尽了孝。"

我不认同："还我姑父的情？"

"你叔叔不是也拿了100万？可他有没有念过你爸妈的好？你姑父做到这地步，已经不容易了。你妈心里也有数——谁欠谁的情，早几年还说得清，越到后面就越是一笔糊涂账。你妈不光比你有修养，还比你拎得清。"

我咀嚼着这话："——就跟画平衡表差不多。"

她"嘿"的一声："你就喜欢扯到这上头。可做人到底不是画平衡表，平衡表最后还能得出个重心指数，看得出好坏。做人没标准答案。"

"也对。"我道。

停顿片刻，我道："如果你觉得跟龙荣在一起，比跟我在一起开心。那离婚也行。"

她没吭声。

"葛小伟你要是舍不得，也可以跟你。"我加上一句。

"葛向阳你少装了，"她声音忽地有些哽咽，"你根本没这么好。"

我在黑暗里苦笑一下。

"你都不知道，我现在感觉有多丢脸。就像事先拿到考卷，答案也给我了——结果还是考了个不及格。"我鼻头没来由地一酸。

她沉默着。

"我这么说，你肯定不懂我是什么意思。我自己知道我有多窝囊。我连我妈也比不上。就像你说的，我妈比我拎得清。要是没有她，我这些年不可能过得这么太平。我妈连敌人都利用上了，我却把自己老婆都过成了敌人——"

"没有这回事。"她立刻纠正。

我笑笑："我知道。我就是打个比方。我没把你当成敌人，我知道你也不会。我的意思是说——其实结婚离婚是件很简单的事，你喜欢我，就结，不喜欢我了，就离。别说我不是什么讨人喜欢的家伙，就算我长成金城武那张面孔，比英国王子还要绅士，比沙特国王还要有钱，你不喜欢那也没办法——再来一千遍一万遍也是这样。跟自己过不去，也等于是跟别人过不去。"

她静静听着。"——我不讨厌你，葛向阳。"

"可你更喜欢龙荣。"我很想这么说。可即便是眼下这么平和的气氛，我也说不出口。

"你喜欢崔樱，可你不照样也娶了我？"

她忽然提到崔樱，让我浑身一颤。我想说这是"两码事"，但潜意识告诉我，问题症结不在于此，而是——她居然提到崔樱。我几乎是条件反射般，大声咳了一记，蹬了蹬脚，又使劲地眨了眨眼。

她说下去："我知道我跟你离婚了以后，我也许会后悔，就像你说的——我会一直想着你，不管以前怎么看你不顺眼，分开以后我会自然而然地，想到你的好。你也一样，会舍不得我，舍不得葛小伟——你是不是这么说的？你说如果让我做个梦，梦里跟你离婚，再跟龙荣好了，我就会慢慢明白了——你说梦也不是那么无厘头的，梦也是现实主义，可以把它看成是一种未来的可能性，没必要完全相信，但拿来做参考还是很有价值的——"

我想，无论如何要等她说完，有个明确的表态才行——否则梦就白做了。当然这种想法很可笑。让梦里的人发声，究其根本还是我自己的某种臆想罢了。她说的每一句，其实都是我想让她说的。像小说里人物的大段独白，背后无非是作者的情绪宣泄——我想清楚这点，便也不再奢求。狠狠地眨了眨眼。

"你为什么老是眨眼？"她问我。

"你在床上，怎么看得见我眨眼？"我反问。

她咯咯笑起来。似是觉得很滑稽，笑声渐渐隐去——

也不知过了多久，我睁开眼。

映入眼帘的，是出租屋斑驳的天花板。窗没关严，窗帘也只拉了一小半，阳光在水泥地板投下一个不规则的图形，随风微微颤着。看手机——2022年7月13日，早上六点半。

——梦。又是梦。冗长的、跳进跳出的梦。几乎便要分不清梦里梦外。

我怔了半晌，才想起那个跨洋视频。似是已经隔了几个世纪。英国那边是半夜。我忙不迭地给邱莹发消息："对不起啊，昨晚睡着了。"

一会儿，她回过来："没关系的。"

我发过去："还没睡？"

她道："为了跟你说早安啊。"

我问她："我昨天什么时候睡着的？"

她道:"就说完那句——神仙姐姐都不像过日子的人。"问我:"你是不是做梦了?"

我"嗯"的一声:"没错,做了个很长很长的梦。"

"那现在呢?梦醒了吗?"

"不确定。也许现在还在梦里——要不,你过来亲我一下试试?"

她发了个大笑的动画表情。

我把手机扔掉,重重地倒在床上,仰天发呆。忽地有些怅然,瞬间被一种巨大的不可名状的情绪所包围,类似于溺水的感觉。密密严严,透不过气,却连呼救的想法也没有。很快抽离出来,却又是空落落的。

手机响了一下。我拿过来看,是华莉。她发了一张照片——人物素描。

"你给儿子找的老师不错,还挺像模像样的。"

我很快辨认出素描原型是龙荣,很传神,连抬头纹和发际那点美人尖都画出来了。这说明葛小伟确实有进步,抓住了人物特征。

"龙荣让我跟你说声谢谢。"她又发了条消息。

"谢个头!"我骂了一声。在表情包里挑了个夸张的笑脸,恨恨地按下发送键。

（六）

邱莹从英国回来，又隔离了十四天。宾馆里她给我打电话，遗憾地说"这样加起来就变成一个月见不到你了"。我出言轻佻、污言秽语："视频聊天不是一样？更加活色生香——"她被我撩得咯咯直笑，在屏幕那头花枝乱颤。我嘴上愈是刮三，心里反而愈是凛然，想，葛向阳你居然也会来这套。

隔离结束，邱莹自然而然加入了我们的小团体。托她的福，我总算不用单吊了。三男三女。而且很明显，外貌上她比另两位女同胞胜出一截。据说刘婵已经发过牢骚了，说"这样搞在一起，会不会有代沟啊"。颜值打不过，就揪着人家的年纪，很无聊。小江把这话转述给我听，笑称："你要真跟邱莹结婚，估计她以后就不出席家宴了——"我一脸得意，但始终惦着小江那天说到一半的话："你跟刘婵到底怎么样了？"

小江说没什么："稍微有点不爽，也不好跟别人说，你是刘婵表哥，又是我朋友，跟你发两句牢骚总可以吧？"

我不知该怎么劝他："你可以跟龙荣说说——他比我会安慰人。"

"说过了。"

"他什么态度？"

小江沉默了一下："——他劝我分手。"

我有点意外。以龙荣的个性，我想象不出他说这番话的样子。

"龙荣说，就算再喜欢，如果打算过一辈子，那也要考虑清楚。尤其对方还不怎么喜欢你。他问我，你图她什么呢，你现在所有意气用事的部分，或者说是自以为很与众不同的部分，其实都特别可笑，时间会证明你是错误的。他建议我再找个漂亮的、性格温柔的，那种大众意义上的适合当老婆的女人——你觉得呢？"小江很认真地问我。

"也不是没道理。"作为表哥，我有点不甘不愿。但作为男人，我基本同意这话。

我借着带葛小伟出去玩，蹭了趟华莉的二手奥迪。她五年前考的驾照，一直没开，也没回过炉，就直接上手了。我问她："怕不怕？"她说："反正我就慢慢开，保证不违反交通规则，后面车再不耐烦，大光灯狂闪，我也只当没看见。"

"心理素质还是你好。"我道。

直到下车，我依然没问她跟龙荣怎么样。找不到由头。直接说好像有点奇怪。过于关心前妻的感情生活，肯定不是一个正派男人的所为。如果她也问我"跟空姐怎么样了"，倒是可以顺势说下去。但我俩谈了一路葛小伟的素描，还有本本族上路的各种风险和考验。气氛亲切又恪守边界。她把我们放在地铁口，说上班要迟到了，否则可以直接送我们去上美术课。我客气地表示没关系："你开慢点，路上小心。"

老邻居的儿子住在郊区某别墅。我跟着葛小伟称呼他"宋老师"。他教葛小伟画画，我在旁边看他墙上挂的那些画，山水画的笔锋，画的却是城市建筑。陆家嘴三件套、外滩万国建筑群、静安寺，还有机场、火车站。这搭配有些奇特，很少见。结束后，宋老师端来茶点，聊了一会儿。我坦承自己是外行，问他："山水画是不是通常画的都是乡村、山川湖海那些?"他说是的："就是想找点新鲜感觉。反正也不图别的，就是画给自己看，一乐。"我凑趣地提出想收藏一幅。他说"随便挑"。我挑了一幅《浦东机场航站楼》，给他微信转了1000块钱。他婉拒几句，收下了。

回去的路上，我心念一动，网上搜了他的名字——吓了一跳，原来宋老师竟是市内颇有名气的画家。一幅画可以稳稳卖到六位数。我纠结了半晌，给他打电话，承认自己有眼不识金镶玉："我按市价给你补上——"他在电话那头笑道："帮帮忙好吧，老邻居了。"我再一想，讲课费其实也是少了，他这个级别，翻个倍都未必够。很是局促，一会儿说"谢谢"，一会儿说"对不起"。他再三宽慰我："没关系，真的没关系。"

华莉笑我傻："他家客厅都是红木家具，你没看出来吗？还有展柜里那些摆饰，都不是便宜货——"我说："那你怎么不提醒我？"她撇嘴："你的邻居哎，我以为你知道。"

我送葛小伟回去,在门口跟她聊了一会儿。她说前天包了虾仁水饺:"带几只回去?"

我还没来得及推辞,她已拿了保鲜袋,装了十来个:"够不够?"我笑笑:"一顿头。"她"嘿"的一声,又加了十来个,外面再套个塑料袋,给我:"这下两顿头了。"

我下意识地看向墙上的钟。华莉告诉我:"龙荣去青浦培训了。"

"什么培训?"

"外航党员培训。"

我笑了一下:"他好像是支部书记?"

"不是支书,是支委。宣传委员,兼纪检员。"

她送我到门口。我冲着葛小伟说"爸爸走了"。小赤佬条件反射地抬头:"爸爸再会。"又去玩他的 iPad。停顿几秒,我问华莉:"最近挺好吧?"

她"嘿"的一声:"这话不是应该在刚见面的时候就问的嘛,怎么,临走了才想起来?"

我又笑笑。我坚信龙荣那些牢骚,诸如"你现在所有意气用事的部分,或者说是自以为很与众不同的部分,其实都特别可笑,时间会证明你是错误的"——不会是空穴来风。他那样面面俱到的一个人,连梦里的"劝和不劝离"都讲究艺术、极富人情味。哪怕是从情敌的角度,我都不好意思抹黑他。所以我有理由怀疑,他和华莉之间应该出了点问题。

"我就是问问,"我强调,"没别的意思。"

华莉倚着门,看自己脚尖:"——待久了,总会有这样那样的事。你和我不也是这样？"

我点头："——龙荣是个好人，这我可以打包票的。"

"天底下好人多了，不是好人就可以过一辈子的。"她撇嘴，"难道你不是好人？"

话题总被她带偏。我便也停下不说。关心过就行了，点到为止。我道声"再见"，快步下了楼。余光瞥见她站在门口没动。

龙荣从青浦回来后，我们几人聚了一次。他带了当地的新鲜草莓。我们当场洗了一盘，就着咖啡大嚼。服务员小妹走过来，问我们还要再加点什么。小江指草莓："我们有这个了。"小妹翻个白眼，正要离开，小江笑着叫住她："再来个下午茶 set。"

"两套？"小妹假装没听清楚。

小江把剩下的草莓给她："帮忙再洗一盘。两套下午茶——外加一杯咖啡，请你喝的。"

小妹抛了个似嗔非嗔的媚眼，她用一根手指挑起装草莓的塑料袋，身段很好地退下。

邱莹问刘婵："他一直都这么可爱吗？"

刘婵回答："他见到女孩就会骨头发轻。"加上一句："三十岁以下的。"

我心里"嘿"的一声。这丫头实在上不得台面。我倒不是怕邱莹生气，而是作为表哥，觉得有点丢脸。

小妹很快把洗干净的草莓端过来。邱莹挑了个大的，送到我嘴里。红色的汁水溢出来，她拿纸巾替我拭去。又问我："喜欢哪种蛋糕?"我手指凌空一点,她拿叉子叉了一块,放进我面前的小碟,然后一口一口喂我——我不用看,都知道旁边四个人是什么表情。华莉说:"葛向阳你想笑就笑,不用憋着。"

我笑:"她在外头给我面子,待会儿回家我就要跪搓衣板。"

"这种花枪耍得一点意思也没有,"小江撇嘴,"不是有句话嘛,秀恩爱死得快。"

"我们没有在秀啊,"邱莹一脸无辜,"——其实我们已经尽量低调了。"

"没错。"我点头。

在几人的白眼中,我和空姐愉快地笑起来。像老夫老妻那样步调一致,又像新婚夫妻一般我行我素。和邱莹交往以来,这是我第一次觉出真正的满足。不仅仅是因为邱莹美貌,而是缘于某种发乎自然的率性。相比之下,我以前那些只能叫"耍性子",现在是另一种境界。

比如现在我可以理直气壮地告诉家里人,我和邱莹打算不结婚,光谈恋爱,"我们是纯粹的爱情"。就算我妈再听得不爽,但看看邱莹,她一时半会儿也说不出什么来。如果换了华莉,估计我妈一个大嘴巴子就上来了:"还爱情,还纯粹,看看你们那两张面孔,像吗?——少给我来这套!"

送走三位女眷,我们三个男人又找了个地方继续喝酒。小江建议我稍微拾掇一下。"阿哥你长得不难看,就是有点——"他斟酌着用词,"——对自己不够上心。"他说每一季至少要有一套拿得出手的衣服,"当然了,"他补充,"你现在这个样子,我真的相信你们是纯粹的爱情。至少她对你肯定是。"

我一时分辨不出这话是贬是褒，但不同意去买衣服。我的理论是，就算让我穿上贝克汉姆的行头，别人也只会认为衣服是偷来的。"50分还争取一下，20分就算了。"

小江和龙荣同时笑了起来："不至于，不至于。"

有底气才敢自嘲。愈是笃定愈是谦卑。我感受到一种前所未有的畅快，仿佛真的换上了贝克汉姆的行头，还有他的头（当然后者更重要）。

邱莹问过我，为什么离婚？

"我觉得，你们关系看上去还不错啊。离了婚还能像你们这样，挺好的。"

"本来也没闹翻，就是——"我想了想，"性格不太搭。"

"那她跟龙荣呢，很搭吗？"她接着问。

我不介意。反而觉得这样挺好，只有彼此毫无芥蒂，光风霁月，才会开这种玩笑。

"好像比我搭一点。你知道的，龙荣是百搭。"我道。

邱莹笑起来："好好说话。"

其实我对龙荣并无敌意。从前就还好，现在更是不会。但适度地对前妻的男友表现出一点小促狭，这样更符合人物逻辑。否则光是邱莹让我解释为什么要把华莉介绍给龙荣，就得费半天口舌。我倒不是怕邱莹纠结，事实上她应该也不会。我只是想让自己表现得更自然些。不必很完美，那样太假，而且邱莹也未必喜欢。就像皇帝去农村吃饭，你上一桌山珍海味，那就傻了。弄点什么自家腌的萝卜泡菜之类的，只怕还讨喜些。不用问，我都能想象邱莹以前那些男朋友是什么样子。跟他们拼相貌、拼财力、拼背景，那是傻子。不该是一个有着丰富经验的平衡员做得出来的事。箱板一路往后配，A位B位C位D位……上下前后左右，一环扣着一环，这里松一松，那里紧一紧，重心大概多少，都在手里握着呢。

我居然还跟邱莹聊起了平衡表。当然不会像教徒弟那样装腔作势，而是快速地，把画平衡的过程跟她描述一遍。她那么聪明，自然能听出我很牛。翻来覆去夸了我好几遍。我很谦虚地摇头："没啥，也就是熟练工。"

她说他以前遇见过我送舱单。"你上飞机谁也不看，直接就往驾驶舱钻——"我记不起曾在飞机上见过她："不会吧，我手里一堆徒弟呢，好几年没送过舱单了。"她说："就是好几年前。那时候我还在经济舱，不怎么来机头。就见过一次。"

我受宠若惊，又有些迷惑。这话倘若在我们头一天见面时说，倒也没啥。放到现在，气氛便有些奇怪。当然我不会幻想她对我念念不忘，那样等于像是皇帝夸"你这萝卜泡菜味道不错，我好像在哪里吃过"，农户傻傻道"皇上，你是不是就为了吃这个，才来我这里的呀"——是自取其辱。退一万步说，哪怕皇帝真是为了这个来的，也不能明说。要装傻，要显得纯朴，让皇帝觉得我憨憨的，逗得他哈哈大笑，后面才有好处。

"我上飞机确实不看空姐。直奔主题，让机长签了字就走。"我道。

"你不看，舱单怎么给乘务长？"她好奇。

"就往旁边一放，乘务长自己会拿。"

"这动作可不规范啊，葛老师。"

"葛老师一直不规范，要不然也不会刚刚才聘上中师。"我叹口气，做个洒泪的动作。

"那是你淡泊名利。"

"一点都不淡泊，名也要利也要，求不到的苦啊，"我道，"我的人生糟就糟在，明明是个俗人，却老是给人一种'这兄弟不大正常'的感觉。好像我的追求跟别人不一样。其实我就是个彻头彻尾的俗人，世俗的那些东西，我没有不喜欢的。"

在华莉面前我绝不会这么说。连开玩笑都不曾有过。这说明潜意识里，我一点也不怕被邱莹看作是"俗人"，或者说，我笃信邱莹不认为我是"俗人"。而华莉不一样，我害怕被她看作是"俗人"，也不敢挑战她对我的观感。

这当口我居然会想起华莉。仿佛就是为了验证"这兄弟不大正常"。俗人才爱美女，我他妈的一点儿也不俗，所以连跟美女开玩笑，都会想起我那干巴的前妻。

我换个话题。把之前那个关于小江的梦告诉她。邱莹笑得花枝乱颤："葛向阳，你、你实在太幽默啦！你简直不是一般的幽默，哈哈哈——"

天晓得，我居然会跟她说这个。说梦见她想追我兄弟。还一本正经，像在说真的。

她笑得眼泪都出来了。我也只好跟着笑。梦里那个爱马仕，她仔细询问我颜色、皮质和款式，还问我"是不是限量版"——所以我有点理解她为啥对我感兴趣了，不管美女丑女，骨子里只要是十三点，表现出来其实都差不多。都会对奇怪的男人、奇怪的笑话没有抵抗力。

"她想跟你结婚？"华莉问我。周日，我接葛小伟去画画。她也提出一起去。路上很堵，车子在延安高架停停走走。

"不结婚，难道是跟我白相相？"我反问。

"那倒也是。你这张面孔，看着也不具备'白相相'的资格。"她撇嘴。

我反击："彼此彼此。你我都长着一张过日子的面孔。阿大不要笑阿二。"

华莉转头问后座的葛小伟："小伟你说——爸爸好看还是妈妈好看？"

我"嘿"的一声："帮帮忙好吧，为难小朋友做啥？"

"妈妈好看。"葛小伟一点也不为难。

华莉得意地瞟我一眼。

我摇头叹道："有啥好开心的，小赤佬这种情商，到社会上要吃亏的。"

"社会需要敢于说真话的人。"

好不容易到了。华莉带葛小伟上去画画，我坐在车里刷手机。一边刷，一边想，早知道就不来了。车是华莉开，人也是她陪。我就像个押车的，纯属多余。

宋老师知道我在楼下，发消息让我也上去坐。我说不用了，车里躺着休息也蛮好。

回去的路上，我对华莉提议，以后还是我一个人带葛小伟来画画："两个人出动，浪费劳动力，没必要。"

"那就我陪他吧，你不用来了。"她道。

我表示反对："你不能剥夺我跟儿子相处的机会，本来已经够少的了。"

她想了想："宋老师让你上去，你为什么说不？"

"都离婚了，没必要还出双入对的。秀什么恩爱。"我望向车窗外。

华莉说要先送我回家，我说不用。车子开到小区门口，见龙荣在前面走。华莉靠边停下。我下了车，叫他："兄弟！"

龙荣见是我，一怔，又见到车里的华莉和小伟，给了小伟一个微笑。

"陪小伟画画啊？"他问我。

"嗯——我走了。你们回去吧。"我顺手给他开了车门。

他没上车："走，我送你到地铁站。"

我和他并肩缓缓而行："跟华莉闹别扭了？"

"没有。"

我不信："那你这副面孔是做啥？"

"吵是没吵，"他缓缓道，"——打了一架。我后背上全是她手抓的一条条印子。"

我吃了一惊："啊？"

他看我一眼，笑起来："你还真信啊？"

我们在附近找了个小茶馆，点了一壶凤凰单纵。吃饭时间，这家伙不回家，邀我喝茶——其实就很能说明问题了。我不说破，由着他跷起小手指，把茶壶抬得老高，泡功夫茶的架势。偏偏壶嘴又对不准，一小半都漏在桌子上。我说："华莉这个人，有时候是有点搭进搭出——拎不清。"

龙荣摇头："我不同意。她绝对不是拎不清的人。"

"工作上是这样,别的方面不见得。"我道。

"嘿,你对她还是不了解。"

我笑笑,没接口。撩拨得差不多了,该当事人自己说下去才对。否则一来二去就没底了。茶都二泡了,话却还在嘴边绕啊绕的,就是不进主题。我知道他是犹豫。在女朋友的前夫面前吐槽,就像我当初把前妻介绍给兄弟,牵丝绊藤,一言难尽,但说还得说。都喝上茶了,还不是喝酒——喝酒是发泄,喝茶是摆事实讲道理,细水长流,文雅得多,所以不能急。

"小伟那个画画老师,是你邻居?"他问。

我一怔,突然意识到什么。脑子里电光石闪,本来一念而过的影子,倏地跳出来——生生忍住了。他瞥见我的神情:"——他家客厅里全是红木家具,对吧?"

"我没注意哎——不过他是小有名气的画家,应该挺有钱。"

"她还说,他家玄关放的那盆兰花,是珍稀品种,十几万一盆。"

"啧啧,所以呀,她可以当领导,眼观六路耳听八方,擅于捕捉细节——还很有见识,连兰花都懂。"我挤出个笑脸。

"她不懂,上网查的。"

"哦——这说明她是个有心人,哈。"我笑容不改。

他看我,眼神有点尴尬。

我不尴尬。这种情况下,谁先尴尬谁先输。我非但不尴尬,还一脸正色。夸奖前妻,尤其还当着她的现男友,无论如何是件很有腔调的事。我愈是表现得大气谦和、海纳百川,龙荣就愈是被动。谁让他抢我老婆呢,抓住机会肯定要促狭的,没办法的事。

"我,不是那个意思。"这家伙突然怂了,低头剥瓜子。

"不是哪个意思?"我向他请教。

"葛向阳你少来。"他"哑"的一声。

我笑笑。

"不会的。"我认真地劝他,"你说她别的毛病我都认——这个不会的。"

"你又不是她老爹。再说就算你真是她老爹,也没法保证。"

"这点信任度还是有的。"

"这跟信不信任没关系。"他忽地叹口气,"——我要离开英航了,华莉跟你说了没?"

我吃惊:"没。"

新加坡站长离开后,龙荣心里笃笃定定。论资历论能力,站长之位好像都逃不脱了。谁知上礼拜,一个印度人从天而降,年纪比他轻,刚从俄罗斯航空跳过来,英语口音重得没人听得懂,上海话倒是会蹦几句,见谁都叫"小瘪三"。龙荣这下是真受刺激了,一个心神不宁,配餐时出了差错,把全素餐写成清真餐,被投诉。印度人不知是真想骂人,还是开玩笑,手指头戳上来,笑嘻嘻便是一句"小瘪三"。龙荣当场翻脸,抓住他的手指就往反方向拗:"娘个×,你一个印度阿三,骂谁小瘪三呢?"说的是上海话,印度人估计也没全听懂。龙荣脾气上来,隔天便交了辞职信。

"华莉怎么说?"我问。

"说什么都来不及了。辞职信都批了。"

我停顿片刻，为他续上茶。

"换个环境也好。反正你有资历，性格又好，年纪也还轻。"

回去的地铁上，我给华莉发消息："对龙荣好一点。男人事业上受挫折，那是真的很伤。你那些驭夫术，收一收，等过阵子再施展。"

华莉回过来："知道。"

我想了想，又加上一句："他没说你半句不是，别找他麻烦。否则以后你跟我发牢骚，我也统统告诉他，让你俩吵翻天。"

华莉回了个白眼的动画表情。

龙荣说我不是华莉的老爹。可我觉得，亲老爹也未必有我到位。我为他俩操碎了心。女婿刚找我吐完槽，便忙不迭去跟女儿校路子。女婿面前说话小心翼翼，女儿这里可以胆子稍大些，但也不能过头，否则女儿犟脾气上来，也是要命的。倘若龙荣不是我兄弟，倒还好些，万事由她去，反正是她自找的。但现在情况不同。我身上竟背负着一种要让他俩白头到老的使命感。也是天晓得。想到这，我便懊恼无比。连做生意都忌讳跟熟人一起呢，更何况还是男女间的事。前妻和兄弟不爽，前夫哥出面安抚。我像是给自己下了套，煞费苦心地把手脚都缚上，还越缚越紧——除非时光倒流，否则这辈子都缠杂不清了。

喝茶时，我跟龙荣说起我那个梦。回到离婚前那个。他吃惊极了。

"我的天啊葛向阳，以前是狗血剧、家庭伦理剧，现在索性变成穿越剧了——做梦做到你这种境界，也不大有的。"

我告诉他，我之所以提这个梦，是想让他明白一个道理——就算时光倒流，铁了心要改变一件事，其实也不是随心所欲的。"有种神奇的力量，或者说是惯性，会跟你一起使劲。改变不了自己，也改变不了别人。"

我猜龙荣应该不会明白。他奇怪地看着我，不知我想表达什么。

我也觉得自己有些跑题，只好把重点部分再强调一遍："比如，我千方百计想让自己变得更可爱，掐着华莉的喜好，来改变自己，以为这下她就不会跟我离婚了，更没有机会跟你好上了，可结果并不是这样……你懂那种感觉吗，一拳打在棉花上，又像是自己踩自己的影子，使不出力，肚肠根都痒了……我的意思就是，梦虽然是梦，可有时候它也是一种现实的可能性。至少我在梦里的时候，没把它当成梦，我是真的很努力地去生活，去经营那个家，想要当一个称职的丈夫和父亲。你都不知道我有多谄媚，为了聘上中师，整天跟在老史屁股后面，恨不得帮他去倒洗脚水……可即便这样，最后我也失败了……梦里的逻辑和细节，也都没有问题，很完整，完整得就跟真的一样……所以我觉得，这个梦给了我一种启示——"

"什么启示？"他问。

我思考了一下："应该是一种做人做事的态度吧。可以努力，但不能强求，强求了也没用——"

"什么意思，"龙荣怀疑地看着我，"你是想让我放弃？"

我叹口气："你这是什么理解能力——我是让你放弃吗？我是让你放轻松！别多心，别杞人忧天，别自寻烦恼。别说华莉不是那种人，就算她真的是，你能改变她吗？帮帮忙，那是华莉哎，我这辈子除了我爸，最买账的就是她了。你自己说——你是不是很尊敬她？"

龙荣苦笑一下："——非常尊敬。"

但他不同意我的说法。"梦毕竟是梦。就像写作文，有题目有要求，怎么写都不会跳出那个框。梦，是主题先行的一篇命题作文。它不是现实，而是你的一种心理暗示。从一开始，你就知道最后结果会是什么——就像你梦里老是在找崔樱，却从来没找到过。是她不让你找吗？错，是你不想见到她！你自己也清楚，对吧？梦就是这么自欺欺人，自说自话——可现实生活不一样。现实生活有无数种可能性。没人能猜得透。"

邻桌的人疑惑地盯着我们看，吃不准我们什么路道。我示意龙荣放低音量。他却兀自不罢休，越说越激动，话题越扯越大。他甚至提到小董，梦里我让她暗恋龙荣，肆无忌惮，可现实中她只是我无数个徒弟之一，不太聪明也不太笨，虽然有背景，但整体还算低调，前不久已经调去机关。龙荣说我的梦境之所以这样，是因为我对他的帅气耿耿于怀，一方面觉得女孩子暗恋他是再自然不过的事，另一方面又把他刻画成一个傻子，绣花枕头一包草，连走错电影放映厅都浑然不觉。"葛向阳你说你无聊吧——"

聪明人开始胡搅蛮缠，就说明他气不顺，故意找茬。我只好面带微笑，不断给他续茶。茶喝多了就要上厕所。再回来，我已经买好单，用老同学兼挚友的口气，劝他："回去吧。再晚华莉要担心了。"

几天后,我在机场碰到龙荣。他说他同时给几家航空公司递了简历,情况貌似不错,其中有一家相对冷门的航空公司,答应他一过去就可以当副站长。看他欢欣鼓舞的模样,我实在不忍心泼他冷水——放着英航的副站长不当,却跑去一个听都没听说过的小公司当副站长,好像还占了天大的便宜。人有时候就这么奇怪,也不知道是跟谁较劲。

更让我诧异的是,华莉居然也没有对此表现出不满。"就像你说的,男人事业受挫是件很伤的事。既然如此,就随他吧。我尊重他的选择。"她平静的语气就像在说——作吧作吧,你开心就好。

周末,我坚持独自带葛小伟去画画。华莉在电话里不置可否,但最后还是一起去了。这次我也上楼了,与华莉各坐一边。看宋老师指导葛小伟画苹果。苹果摆在窗台上,映着夕阳的光线,明暗掺杂,影影绰绰。宋老师很有耐心,语速也很慢,非常适合教小朋友。人还很客气,时不时地朝我们微笑:"要不要吃点什么?"

保姆端来蛋糕和咖啡。我和华莉喝咖啡,葛小伟吃蛋糕。宋老师把这部分时间不算在内,晚了十分钟下课,很大气了。离开时,我特别留意了玄关的那盆兰花,果然很漂亮。

路上,华莉问我:"葛向阳,你在打什么主意?"

我装傻:"什么意思?"

"你自己心里清楚。"她斜睨我,"你那些龌里龌龊的想法,以为我看不出来?"

我不争辩。从我主动提出要上楼坐坐,华莉应该就察觉了。

我留意着她与宋老师之间的蛛丝马迹，好几次与她目光相接。她皱眉瞪我，继而展开反侦察，牢牢盯住我，不让我有进一步的行动。比如，我借口要看儿子照片，拿了她的手机，想翻看她与宋老师的聊天记录。她一把夺去，结结实实一记白眼抛过来："小儿科吧？"

我大大方方地笑了笑。

"你要是觉得我是在促狭你，那我无话可说。只说证明我们五年夫妻白做了，一点默契也没有。"

她回了个"少来这套"的表情。

"你要不是我前妻，葛小伟的亲妈，我都懒得理你。"我动之以情。

"帮帮忙，前妻才要促狭呢，夫妻不成成仇人，离婚时闹得你死我活的，多的是。"

"那是别人，我们不会。你自己说，有几对夫妻离婚还能做到我们这样？你、我、龙荣——我们这种关系说出去，别人都只当听天方夜谭。可是我们做到了。我们非但没闹翻，还亲如家人，一团和气，其乐融融……这相当不容易，是不是？"

她嘲弄地看我一眼。

"葛向阳，你现在就像个蹩脚的语文老师，滥用成语，词藻浮夸，满嘴假大空。"

"我是假大空，还是肺腑之言，你自己心里清楚。"

她沉默了一会儿。

"再怎么样，我也是跟你更亲，毕竟夫妻一场。你要是真打算跟宋老师好，没必要瞒我，我会想办法，把大家的伤害降到最低。"我说。

"宋老师是不错。"她停顿片刻，这么回答。

我心里咯噔一下。

"人不错，还是——别的地方不错？"

她奇怪地看我一眼："葛向阳，我发现你现在非但小儿科，而且还很刮三。"

我怔了怔，顿时明白她会错了意。尴尬一笑："我、我不是那个意思——我是说，你觉得他不错，是因为他人不错，还是因为他——比较有钱？"

我做好准备，被华莉劈头盖脸一顿臭骂。谁知她只是手握方向盘，很平静地看着前方。像是根本没听到我的话。回答也是有时效的。超出时间，便不好意思再追问。

"葛向阳，我们当年离婚，到底是为了什么原因——你说得出来吗？"快到地铁站时，她忽然问我。

直到下了车，我也没说出答案，同她刚才一样。

几天后，是邱莹生日。我在外滩一家西餐厅订了位子。席间，服务生送上鲜花和蛋糕，还有专人拉小提琴。这些都是事先布置好的。那瞬我忽然想到，邱莹多半会觉得老套。她之前的那些生日，应该有很多人这么做过。虽然她表现得双眼泛红含情脉脉，举手投足间甚至还有些小女孩的局促，但我仍把这视作是高情商的一种——以我的工资，人均两千的西餐厅估计这辈子也就这么一次了。往后的生日，倘若我们还没分开，按每年80%递减，三年后就该是小杨生煎或是吉祥馄饨了。到时候她脾气好的话，会跟我一起回忆三年前那顿浪漫的烛光晚餐，就像莫泊桑《项链》里的女主人公，再落魄，也时常会徜徉在那场舞会带给她的片刻荣光中——如果她脾气不好，那毫无疑问，生日这天我会很难熬，成为我每年逃不过去的一个劫数——当然，这种假设还是非常乐观的。最有可能的情况是，以后每年的今日，我一个人借酒浇愁，自嘲当年不知天高地厚，狂掷大半个月的工资，取悦一个怎么看都不像我老婆的美女。

我送她回家。她依然请我上楼坐会儿，喝杯咖啡。我欣然答应。人均两千的烛光晚餐，像是买了VIP门票，名正言顺，比上次有底气多了。

这晚的状态也比上一次好。沉着、笃定、渐入佳境。

接着，喝了点红酒。披上她为我准备的丝绒睡袍，站在阳台上看夜景。邱莹从后面环抱住我，把头埋在我的背上。我轻抚她裸露的光滑的手臂，再次跟她说"生日快乐"。

她感慨："这种感觉真好啊。"

不等我反应，她说下去："——葛，我们结婚好吗？"

我不敢动。怕一动，梦就醒了。她说话时的热气，在我后颈婆娑。腰间也感受到她的体温。但我没有上当。我站得笔直，不停眨眼。像得了角膜炎，或是倒睫什么的。

"我——"我斟酌了一下，笑笑，"这个，说实话有点意外。"

这反应比较真实，也不失礼。

"为什么要意外？"她问。

我又笑笑："这不是明摆着的嘛，说出来就难为情了——我怕你受委屈。"

"为什么？我不觉得委屈啊。"

"你可以大气，但我不能不识相。出于虚荣心，我很享受跟你在一起的每时每刻，但从理智的角度，我跟你在一起的每时每刻，都有种不真实感，像在做梦。现在就是这样——我甚至都不敢把身体转过来，我——"我又停了停，"我配不上你。"

她松开手，把我身体扳过来。我正对着她的眼睛，看到她瞳孔里的我。

"我比你大六岁，学历不高，家境普通。论职位，你是技术型人才，比我档次高得多。论户口，你身份证 310101 开头，是上只角，我是 310117，郊区小地方。你怕我受委屈，我还觉得高攀呢。是我配不上你，我除了长得还行，别的都不如你。而且最主要的一点是，"她放慢语速，以彰显后面的话郑重无比，"——你是个厚道人，让我觉得很安心，想要跟你好好过日子，下半辈子我们都要在一起。"

我在她的瞳孔里一动不动，目光呆滞。

"我不信。"我傻傻蹦出一句。

其实不管我说不说这话，梦都快醒了。可我不甘心，想再听她夸我两句，从各种奇奇怪怪的角度。于是，她真的一股脑儿说了下去——说我字写得比她漂亮，上海话也比她标准，她的松江口音多少有点别扭，还有，她的脚也太大，三十九码，女人长这么大的脚不好买鞋，个头也忒高了点，一米七二，瘦的时候还好，一旦胖了那就是虎背熊腰，年纪上去还容易驼背……醒着的时候没机会，梦里借她的口，灭一灭她的威风，长一长自己的志气。

"葛向阳你是故意的。"临近尾声,她轻笑了一下。

"谁让你平时不主动夸我?——你说我作不作孽?"

她又笑了一下:"能寻到我,你还作孽?"

我夸张地摇头,叹道:"六冲,还是倒过来的。"

她在我额头上砸个毛栗。梦里不觉得痛,但我还是很配合地"啊"了一声。

"葛,"她柔声道,"我知道你的顾虑,但你真的没必要多心,如果我要找有钱人,或是帅哥,一开始我就不会答应跟你见面。我听龙荣说,你是个有趣的人,起初我还在想,你也许是个滑头,就像我以前认识的那些男人一样,自以为很潇洒,其实傻得要命。但我后来才发现,你很善良,也很有趣。葛,你有一个非常有趣的灵魂,不是装出来的,而是真的有趣。我喜欢你的冷面滑稽,喜欢你的帅气而不自知,喜欢你对工作的执着,喜欢你的自嘲和嘲人,也喜欢你在床上笨拙又努力的样子……总之,我非常地喜欢你,你不要觉得我当过空姐,就认定我是一个贪慕虚荣的女人,跟你在一起只是为了白相相。不是的,我是真的想安定下来,找一个结婚的对象,安安稳稳地过日子……你相信我,好不好?我还不到四十岁,身体也很健康,如果顺利,我可以再为你生个小小伟——"

我醒来时,枕头上湿了一片。邱莹惊讶地看着我,以为我做了什么伤心的梦。我没好意思告诉她——其实我只是被自己感动了。最后那番话,一大串排比句,像是琼瑶小说里抄来的,虽然做作,却很有感染力,让气氛瞬间到达高潮。而且最让我激动的是,以前梦里,我总是借别人的嘴来损自己,这次彻底反过来了，变成狠狠地夸自己。这说明我的心境不同了。自信谈不上，但至少，我还是有可取之处的，即使面对美女也毫不气馁。现实中那些患得患失的地方，在梦中重新解读，化腐朽为神奇，醒来时神清气爽，心情大好。比如邱莹的身高，本来是我耿耿于怀的，平时走在她身旁，我总是时刻牢记昂首挺胸，还偷偷下单了两双内增高皮鞋。可在梦里，这竟成了她自我批评的由头。女人太高就是原罪，她自己认识到了，这点很好。还有，她强调自己"还不到四十岁"，这说明她介意年龄。女人再美，年龄一上去，就呈几何倍数往下减分。没办法的事，世俗如此。我不提是客气，但她自己要拎清，否则就是不懂事了——当然这些话归根结底是我的想法，跟邱莹无关。但梦是现实的映照，每一缕气息都来自现实生活，人与人之间那些微妙难言、一笔带过的东西，在梦里就被无限放大了。我会这么想，说明现实中隐约有这个苗头。它至少代表了某种倾向，或是某种可能性。几周前，我还在做小江送她爱马仕的梦呢，可一眨眼，她已经情深意浓，排比句一串串地往外蹦，尤其是那句"帅气而不自知"，颠覆了以往我在外貌上的怯懦，跨入里程碑式的新境界——我没有理由不正视这种改变。

小江说我："阿哥，你发现没有，你的梦以前是魔幻现实主义、批判现实主义，现在变成了自嗨，你好我好大家好——其实蛮无趣的。"

龙荣跟着大笑。

我不介意。这两个家伙习惯了看我的笑话，所以偶尔我的梦呈现出积极的岁月静好的一面，他俩就有点不适应。归根结底,还是人的嫉妒心作祟。

小江的贝壳粉最近找了个专业团队,几轮实验报告出来,据说真的有用,现在人普遍比较讲究,又都怕死,前景应该不差。网上直营店马上就要搞起来了。小江很是得意。350万买的专利,他当初说出这个数字时,我差点惊掉下巴,居然跟梦里一分不差。后来他告诉我,对方本来开500万,他想着我父亲当年那笔专利费,硬生生谈到350万——虽说贵了点,但好歹是高科技,跟以前那些小吃店、果汁店比起来,高了好几个Level,跟父母也有了交代。在糟蹋掉八位数人民币之前,及时止损,总算看到些起色。人没事,没嫖没赌,没进局子,家当也亏得有限,基本不伤筋动骨——这落在一个富二代的父母眼里,无论如何底线是守住了,再往上就属于赚进了。

因此小江请我和龙荣喝酒。苏州河畔新开的一家超五星酒店的大堂吧。没请女眷——刘婵前一天突然宣布,拿到了美国一所大学的Offer。月底就走。家里人彻底傻了,甚至都不知道她是几时递的申请。

葛慧不断打我电话,都被我揿掉了。她让我探探小江的口风。每隔五分钟就打来一次。我偷偷给她发消息:"在找机会开口。"可她不理。我可以想象电话那头火急火燎的模样。她应该是把刘新华的头皮牵了一次又一次,恨恨地说:"看吧看吧,让你抓紧你不肯,我就知道会这样——"而刘婵则在旁边满不在乎地笑。厚厚的眼镜片下,几经折射,她的单眼皮透出几分深邃与狡黠。

其实倒也并非没机会开口。只是我隐隐感到一丝异样,总觉得小江已经知道了这事。临出门前，我反复问了刘婵几遍："到底说了没说？"她说，没有。我将信将疑——说与不说，处理起来就完全是两码事。

"我孃孃很关心你。"当葛慧再次打来电话，我把手机往小江面前一亮，"非让我晚上请你过去吃饭。我说不用了，你最近挺忙。她不听，说朋友送了一筐阳澄湖大闸蟹，只只半斤朝上，让你去尝尝——"

小江爽快地答应了："好啊。"

我在车上给葛慧发消息：人我给你带来了，你亲自审。别忘了再买几只大闸蟹。

葛慧回了个 OK 的手势。一会儿，刘婵给我发消息：你不怕我把房子拆掉，就带他来呀。我笑笑，瞥见小江盯着我。我道："你是不是又跟刘婵吵架了？"扬了扬手机，开玩笑的口气："她说你要是敢去，她就拆房子。"假话里掺上一两句真话，更可信。

"——我前几天跟她提分手了。"快到时，小江告诉我。

我怔住："没听刘婵说起啊——"

"出国留学是我给她出的主意，这样显得是她甩了我，不丢面子。"

我停了停："那，你干吗答应去她家？"

小江耸耸肩："不是说她甩了我嘛。所以我现在应该拼命去讨好丈母娘，想方设法挽回——这样才像啊。"

我不说话了。有种莫名的别扭，还有森然。忽然想起那句"十个男人七个傻八个呆九个坏"——虽然我从不承认小江是我们仨中最忠厚的那个,但无论如何,当笃信真爱、对我表妹死心塌地、仿佛前世喝了她的洗脚水那般纯情的小江也开始蜕变成小滑头,这瞬还是让我觉得沮丧,像是看不到希望。

葛慧等在门口。我们下了车,葛慧亲亲热热地迎上来,搭住小江的肩。小江嘴上寒暄,余光朝我眨了眨眼。我没理他,心头仿佛堵了块铅,上下不得。

菜都上桌了。刘婵却始终不肯出来,说肚子不饿。葛慧让我进去叫她:"葛向阳你去,你去——你是阿哥,她听你的。"我咕哝一句"听我个屁",还是去了。

刘婵在玩游戏,似是没看见我。我坐在她对面,见她厚重的镜片几乎要埋进手机了,提醒她:"坐直,手机拿远一点。"她瞥我一眼,把手机拿开些。

"这么玩法,眼睛不酸吗?"我问她。

她"嘿"的一声,依旧不睬。

"小江说,他想跟你一起去美国。"我道。

刘婵嘴角撇了撇:"——有意思吗葛向阳?"

"怎么了?"

"想胡说八道就出去,我妈喜欢听。你说给她听。"

我停顿一下,问她:"——这次,是真的了?"

"哪次不是真的?!"她忽然提高音量,把手机一扔,"我说了不止一百遍吧,我不喜欢这个人,他就是个纨绔子弟,胸无大志,除了爸妈有钱之外一无是处,我们根本不合适——是你们不让我分手的!我哪次不是真的?"

她激动的模样,更让我相信小江说的是实情。

"我是觉得,分手也好。"我沉吟了一下,"你这么聪明这么优秀,没必要陪个衙内虚度光阴,让他搞他的贝壳粉去吧,你去美国闯荡天地,实现自我价值,成为了不起的人。回头再看,他小江算个屁,早点踢掉他是对的。"我轻描淡写。

刘婵抬起头,看我。我对她笑笑。在她肩上一拍:"好聚好散。就算分手,也要给他点面子。出去吧,最后的晚餐。"

大闸蟹买小了,才三两出头。小江朝我挤眉弄眼,示意:"不是只只半斤朝上吗?"我没睬他,低头挑去蟹盖里的"法海"。

小江居然还帮刘婵剥蟹,将剥好的蟹肉与蟹黄蘸了姜醋,喂到她嘴边:"张嘴,来。"刘婵没动。葛慧旁边叫起来:"人家小江都剥好了,你真是的——"恨不得把女儿的嘴掰开。刘新华看看小江,又看看刘婵,挤个笑脸:"小江,你自己吃。"

"蟹要自己剥着吃才香。"我也道。

小江这才不坚持了。一会儿,站起来又去敬刘新华与葛慧的酒:"伯父伯母,谢谢你们邀请我来。"葛慧"嘿"的一声,跺脚:"什么话!你能来,该我谢谢你才对。"

席间,葛慧不断地问小江,你爸妈好不好,你好不好,最近在忙什么……小江一一回答,恭敬又得体。刘婵几次要离座,都被母亲强按着又坐下。刘新华问她,着急进房干吗?她回答,整理东西呀,没几天就要出发了。葛慧又跟着跺脚,骂人。

我忽然有些烦躁。话题在天上飞,就是不落地。换了平时,也许我会开始促狭、拨火。今天不行。除了有点同情刘婵,更重要的是——我很想看看小江是什么反应。在这样层层叠叠的心思的包裹下，江衡内也不容易，至少给了女生台阶下，有些绅士风度。当然刘婵肯定还是受伤了。我那傻乎乎不谙世事的表妹，其实是被宠坏了，差了一记当头棒喝，诸如："你说他图你什么，图你一脸雀斑身材干瘪还跟私教上过床？图你从来不给他好脸色、讲话还十三点兮兮？图你把自己读成书呆子还自我感觉特别好，三天两头把分手挂在嘴边？图你长了一张傻大姐的脸却惯出了林黛玉的毛病？"葛慧平常那些话，隐约有这个意思。但到底是亲妈，不够狠，颠来倒去非但没用，时间久了还会有逆反心理，让刘婵有种错觉，好像自己真的很矜贵，小江就是吃死她爱死她——当然我这个表哥也有责任，我要是早点一记大头耳光甩过去，再把镜子扔到她面前："你照，你照，照够一分钟要是不把隔夜饭呕出来，我跟你姓！大姐，你最起码去趟韩国把全身整一遍再来搞那些欲擒故纵吧——"也许她还能早点清醒。

"小江，刘婵要去美国读书的事，你知道吧？"刘新华终于开口。

小江点头："嗯。"

葛慧朝刘婵瞪了一眼。刘婵并无反应。

"那，你是怎么想的？"刘新华问下去。

"我是打算跟她一起去的，"小江停了停，神情黯然，"——不过她不答应。"

葛慧忍不住，抬手就在刘婵身上打了一下："你做什么不答应？"

刘婵头也不抬："我又没打算真跟他好，干吗要答应？"

葛慧"咂"的一声，又是一记打过去，急道："你不打算跟他好，那你打算跟谁好？"

"老高啊——他不是已经在美国了嘛。"刘婵说的是她导师。目前在美国加州一所大学任教。

"你——"葛慧气得说不下去，看向刘新华，刘新华不作声。葛慧又看我。我本来打算静观其变，见此情形，也只好象征性地推了推刘婵，一脸正色："好好说话。"

"谁没好好说话了？"刘婵斜了我一眼。

"小江想陪你去美国，不是蛮好？"

"谁要他陪了？我要去找老高，我喜欢老高——听得懂吗？"她不耐烦起来。

"老高在加州，你干吗申请纽约的大学？"我忽道。

刘婵一怔。小江也挪了挪屁股，交换了一下二郎腿的方向。

"反正都是美国。再说了，保持一点距离——距离产生美，懂吧？"刘婵结巴了一下。

我留意到小江的脸色有一点点僵。目的达到了——虽然小江也谈不上错，但我不能让火力都集中指向刘婵一个人。就算这是他俩商量好的也不行。无论如何，主动提出分手的那个，此刻不能那么笃定地在旁边剥大闸蟹。好像他完全是个受害者。

"小江，你说呢？"我故意问他。

小江沉吟了一下："阿哥，你不要为难刘婵。我记得你以前说过，男欢女爱是天底下最没有道理可讲的事，既然如此，缘分到头了，勉强也没意思——伯父伯母，以后我可能不大有机会再来看你们了，你们自己保重，当心身体。"

刘婵哼了一声。

葛慧一肚皮火，无处发泄。瞪她："你哼什么？你还好意思哼？"

刘婵看向小江："吃完了吗？吃完就快点走。你家没有大闸蟹吗？你有必要把一根根蟹腿都啃得这么干净吗？你真当这里是你家啦？"

葛慧把筷子一放，霍地起身："你有礼貌吗？读这么多年的书，都读到狗身上去了？"

刘新华皱眉："你坐下——"

葛慧不理，愈发激动起来："你以为你很有个性吗？照我看，你就是神经搭错，还不是一般的搭错，是搭错得一天世界、无可救药——你自己都不晓得自己有多奇怪，小江这么好的人，前世修来的如意郎君，你还不喜欢，还要作！我就搞不懂了，你到底哪里来的底气——随便你吧，我也不管了，你就去美国吧，反正那里黑人多，你最后大概也只能配配黑人了——也不用带回来给我们看，你就在那边自生自灭，养一窝小黑人吧。"

刘新华一拍桌子："你说的什么话——"

葛慧尖叫："我难道说错了吗？你女儿是十三点，你也是十三点，女儿就是被你教坏了！弄得脑子像被枪打过一样。你要是不点醒她，她还做梦呢，她当她是公主娘娘吗？是林青霞张曼玉吗？——明明屁都不懂，还神兜兜搞得人五人六，傻大姐一个，猪头三阿缺西，装什么装——"

刘新华反手挥出，一记耳光打在葛慧脸上。

大家都呆住了。葛慧停下，错愕地看着刘新华。刘婵和小江同时站了起来。

那瞬，我差点以为是在做梦。毕竟刘新华从来没有当众动过手。总体而言，他是一个温文尔雅的丈夫，还有父亲。所以可以当华山派掌门。同时我也听出，葛慧最后那句，应该说的不止是女儿。指桑骂槐，借题发挥，本就是女人吵架的惯用套路。

小江离开后，我又到刘婵房里待了一会儿。问她："你妈和你爸怎么了？"

"吵架了。"她回答。

"为什么吵架？"

刘婵停顿几秒，还是告诉我："——我爸可能要破产了。"

她以为我会惊讶，可实际上我早猜到了。肯定是刘新华公司有了麻烦，葛慧才会对刘婵与小江的分手如此激动，口不择言。

"做生意总归有起有落。"我道。

她摇头："这次不一样。两家下游企业倒闭，应收账好几千万，应该都拿不回来了。"

我想了想："小江知道吗？"

"我才不会告诉他。越是这种时候，我越不会告诉他。"她撇嘴，"我妈再逼我也没用，这是原则问题。"

我心里叹口气。不管怎样，表妹有些地方还是很难得的。

"别把你妈的话放在心上，她急起来咬人我都不稀奇。"

刘婵笑了一下："你骂我妈是狗？"

"我对你爸妈都没什么好印象。你应该懂的。"

她停顿几秒："——嗯。"

我又待了一会儿。觉得实在也没什么好聊的了，该懂的她都懂，能说的也都说了。这样真一段假一段的安慰其实很费神，要时刻提醒自己，不能过头也不能太敷衍。我不确定她是否知道我知道，但我只能当作她不知道我知道——牵丝绊藤搞脑子，本是我擅长的。哪怕凌晨三点，人最昏昏欲睡的时候，我依然可以精神矍铄，在几十块集装箱板间游刃有余，举一反三，顾此不失彼，但眼下的情形略有不同。我曾经多次对徒弟们说，平衡表就是人生，画一份平衡表的全过程，便是一番运筹帷幄，阅尽世情百态。一千份平衡表做下来，傻子都能变得深刻——自然有夸张的成分。至少是文理科的差别。一个是实打实的重心指数，说一是一，说二是二，标准答案（限制范围）硬生生在那里摆着；另一个是千人千面，一会儿看山是山，一会儿看山不是山，到头来看山还是山。一虚一实，有关系，但绝对不是一回事——也就是说，此时此刻，我实在不知如何是好了。

我起身，正打算离开，刘婵叫住我："阿哥。"

我"嗯"了一声。她很少叫我"阿哥"，一般都是直呼"葛向阳"。

"江宇扬都告诉你了，对吧？"她看我。

我停了停，坦白："——对。"

"我没觉得伤心。"她道。

我很配合地点头，一脸郑重："当然。确实没必要伤心。我现在坐在这里，也不是想要安慰你。你懂的，人就是这样，到什么时候什么场合，规定动作总归要做一做，你是阿妹，我是阿哥，讲起来总归是你跟男朋友分手了，形式上也要陪你坐会儿聊聊天，其实就是多此一举，一点意思也没有——"

"就像外婆去年摔了一跤，骨折了。我爸妈、小舅舅小舅妈都说要把她接过去照顾，其实就是走走形式，规定动作做一做，最后外婆还是待在大舅妈那里没动——"

我笑笑，这事我不方便表态。

停顿几秒，她问我："阿哥，说老实话——我现在这样，你是不是有一点点开心？"

我一怔："为什么？"

"因为我爸妈呀——我是我爸妈的女儿。还有上次，葛耀祖被单位开除，我看你也挺开心。"

"瞎讲。"

"你恨我爸妈，恨小舅舅小舅妈，也恨外婆。"她促狭地看我一眼。

"两码事。"我沉吟着。

"阿哥。"沉默片刻，她叫我。

我算了一下，她这是今天第三次叫我"阿哥"了。总觉得她还有别的话要说。欲言又止不是她的风格。我看了她一会儿。没来由的，竟有些心慌，脑海里仿佛有什么东西，起初只是个影子，不知不觉，渐渐清晰起来。心也跟着越跳越快——不知她想说的，跟我猜的是不是一回事。

"我做过一个梦，"我抢在前头开口，"梦里小江跟我说，他外面有女人了。"

刘婵看我一眼，神情微妙。

我笑着说下去:"——你猜,那个女人是谁?"

无论如何,我这时候都不该笑的。说梦见小江外面有女人,等于是触刘婵的霉头,像在故意跟她过不去,寻晦气。但显然我不是这个意思。所以人不能心虚,一心虚就容易做傻事。矫枉过正,顾头不顾尾——这种试探毫无名堂。最多算是一种缓冲,给自己弄几格台阶,不至于一跌到底。摔得过分狼狈。

不久,贝壳粉的第一家网上直营店开起来了。小江请客,在外滩一家粤菜馆。还是我们这几个人。唯一的差别就是——邱莹现在是小江的女朋友了。

巧也是巧,隔壁就是上次为邱莹庆生的那家西餐厅。此时恰恰也有人过生日,小提琴的曲调与那天别无二致。门口的服务生还认得我,热情地向我打招呼:"Hi!密斯特葛。"那天就是他送上的鲜花。当时我还给了他五十块钱小费。

这种场合下,情商高的优越性就体现出来了。邱莹一点儿也不尴尬,照样对我有说有笑,春风拂面。我也只能若无其事地回应着。一边回应一边警惕,生怕一个把持不住,诸如"狗男女""×捺娘的老×"那种脏话就会脱口而出,或是一记老拳,正手反手,直接呼上小江的左右番斯(face)。

我叫来服务员,点了一瓶五位数的红酒。服务员看向小江。小江微笑示意 OK。我又问刘婵:"要不要来点燕窝漱漱口?"刘婵指着最贵的那款燕窝:"就是它了。"

"三位女士。每人来一份。"小江吩咐服务员。

"男士不是人啊?"我提醒他。

"有道理。"小江补充,"——只要是人,都来一份。"

"六份燕窝,收到。"服务员欠身要走。

我叫住他:"五份就行了——他不算人。"指着小江。

服务员僵在那里。小江笑着挥手:"五份就五份,听阿哥的。"

喝着最贵的酒,说着最促狭的话。似乎有点对不起眼前的无敌江景和满桌佳肴。很快我便有些醉了。只觉得嘴在动,但说了什么,一点也记不得了。反正也无所谓——能爽快骂人而不必有顾虑,是受害者的专利。也难得享受一把。

我走到外面露台。浦江游轮顶着硕大的霓虹广告牌,头重脚轻地来回穿梭。沉闷的船笛声,像夜幕里的背景音乐,断断续续又绵延不绝。一会儿,华莉也出来了。在我身边坐下。

"我跟宋老师没事。"她道。

我看她一眼。不明白她干吗要说这个。

"——是想让你开心点。"她道。

我"嘿"的一声:"你跟他有没有事,关我屁事。"

"那你前阵子干吗老盯着我?"

"我是介绍人。万一你嫌贫爱富移情别恋,我有责任的。"

华莉撇嘴:"算了吧——该盯的不盯,不该盯的死盯。"

我恶狠狠地瞪她:"你什么意思?"

华莉笑笑:"问个问题——你真觉得邱莹会跟你白头到老?"

"老妓都要从良呢。"我吐出个烟圈。

"别这么恶毒。"

"更恶毒的话我还没说呢。"

华莉停顿一下:"葛向阳你发现没有,你看人其实特别不准——"

"什么意思?"

"自作聪明的人都有这毛病,觉得谁看上去蠢,肯定是装的,其实门槛精得要命;谁面上看着机灵,骨子里倒极有可能是个笨蛋——老爱跟别人反着来。你觉得,我长相一般,说不定倒是心思活络,想要找个有钱人;而邱莹那样的美女,反而是打算洗手作羹汤,跟你老老实实过日子。是不是?"

我一时想不出该怎么反驳。华莉说下去:"葛向阳你其实特别幼稚。越幼稚的人,越喜欢装得深刻。与众不同。"

"这么说的话,怪不得你看上去一点也不幼稚,深刻得要命。"我直直地来了句。

她先是一怔,随即猛烈地笑起来。一边笑,一边用手指着我的脸:"葛向阳,你你你,你说你幼不幼稚?幼不幼稚?哈哈哈——"越笑越刹不住车,最后只能捧住肚子,弯下腰。

我不明白有什么好笑。瞪着她。瞥见她两颊的雀斑又多了几颗,眼角鱼尾纹也明显了些。没化妆,加上时间久了,种的眉和漂的唇都褪了颜色。便显得有些憔悴。大笑时门牙毕露,黄的黄,歪的歪。长相一般也就罢了,竟依然还是不会拾掇。也不知我前阵子的担心从何而来,也是天晓得。宋老师客厅全套红木家具,一盆兰花十几万,一幅画稳稳六位数——没来由的,我竟笑了笑。

"你笑什么?"她问我。

我不吭声。望着江上船来船往。她也安静下来。

"华莉。"半晌,我叫她。

"干吗?"

"你进去吧。我没事。"

"黄浦江就在边上,没盖子。"

我"嘿"的一声:"——帮帮忙。"

"晚上风大,你就算不跳江,弄出个感冒来,让他们看笑话,也没意思的。"

"你再不进去,龙荣又要不爽了。我还要替你们担心。"

"无所谓,反正龙荣也快要跟小董好了。"她忽道。

我一惊:"——什么?"

"就你那个小徒弟啊——她最近拼命在追龙荣。"

"那龙荣呢?答应了?"

"女追男隔层纱,早晚的事。"

"不可能,龙荣不是小江。"

"上礼拜这时候,你想过邱莹会跟小江好上吗?花花公子脸上也不会刻字。"

"——你,真跟宋老师没事?"

华莉鼻子出气,哼道:"看吧,这就是男人的劣根性——我在跟你说小董跟龙荣的事,你就非认定是我跟宋老师先有一腿,所以龙荣才会变心。你无聊不无聊?"

"你是自己人,龙荣不一样。出了事,总归先审自己人。"

"算了吧。"停顿一下,她缓缓道,"——葛向阳,要是龙荣真跟小董好了,那我们复婚吧。"

我又是一惊:"啊?"

她看我:"你不愿意?"

"不不——"我有些猝不及防,拼命寻找思路,还有措辞,但很困难。酒意让大脑慢了不止一拍。我嘴巴不停哆嗦,像是抽筋。然后没来由地,又开始跺脚,眨眼。

"嘿,原来你也知道是梦。所以不用紧张。"她嘲弄地笑笑。

"我——"嗫嚅半晌,我索性放弃了,径直问她,"从哪里开始是梦?"

"就从那句'你笑什么'开始。你喝得太多了,坐着居然都会睡着。"

我哦了一声。现在已经能跟梦中人探讨"梦从哪里开始"了。下一次或许还可以直接拜托她弄个叫醒服务,免得我上班迟到——梦也在不断升级更新,现在是 2.0 版。

我身上一阵发冷。睁开眼,华莉正准备给我披上外衣。龙荣站在旁边,问我:"没事吧?"

"没事。"我要起身,一阵头晕,又坐了下去。华莉和龙荣一人一边,架住我。龙荣说:"葛向阳你再怎么样也不至于动手吧——"

我一怔:"怎么了?"

"要命,你到底喝了多少啊,这都不记得了——刚才,你拿酒瓶砸小江的头,餐厅报的警,救护车已经把人接走了,警车也到楼下了——"

隐隐听到警笛声。我呆呆想了一会儿,没错,好像是有这么回事。

"那怎么办啊?"我傻傻问道。

两个警察突然出现。"你是葛向阳吧?"五大三粗神情严肃。我还没说话,两人不由分说便来拽我,动作很不客气。我惊得叫出声来:"喂喂喂!干什么——"

有人拍我的肩:"葛向阳。"

我兀自挣扎,手上却使不出力气,凭空虚晃着——霍地睁开眼睛,见到华莉和龙荣,都是一脸诧异。

"又做梦了?"龙荣道。

我说不出话,心有余悸,背上全是汗。勉强起身,走进房间。身上已冷透了。空调的暖风陡然袭来,冷缩热胀,反而打了个激灵。热气加上酒气,一下子涌到头顶。

小江正在买单。一只手摆弄手机,腾出另一手,搭住邱莹的肩。两人不知聊到什么,相视而笑。刘婵说要先走,小江提出送她。她婉拒了。小江说了句"再见亦是朋友"。刘婵应该是嫌烦,起身便要离开。小江也起身,坚持要送她。仿佛不这样,便不够绅士似的。两人僵持了几秒。小江竟还拉她手臂。刘婵甩了几下,没甩脱。

我瞥见桌上那个五位数的空酒瓶。走过去,二话不说抡起酒瓶,便朝小江头上砸去。

众人惊呼声中,小江捂住头,惊惶地看向我。还没来得吭声,整个人便倒了下去。

（七）

我至今依然清楚记得，八岁那年，父母带着我，去参加崇明农场的老同事聚餐。

足有五六桌，都是携眷出席。父母生我比较晚，所以在孩子辈里，我算是年纪小的。那时父亲已经是"葛工"，属于混得特别出众的。不断有人来敬他酒，说些恭喜和羡慕的话。我也被拖着，由母亲向那些女眷们介绍："八岁了，二年级，读书马马虎虎——"那些人条件反射地说着："像爸爸，将来肯定有出息的——"我坐在位子上百无聊赖，找不到同龄的小朋友。一心想着快点离开。

直到崔建国出现。高大健硕的一个男人，黝黑的脸上隐着不少麻点，笑起来竟有两只酒窝，牙齿也是雪白。他迟到了近一个小时，说是路上堵车。父亲激动地上前，与他拥抱。并让我叫他"崔叔叔"。他带来一个小女孩。"叫妹妹呀。"母亲推了我一下。

那时崔樱长得比我高。父亲的基因摆在那里,不光高,体形也肉乎乎。皮肤白里透红,大眼睛,头发微黄而卷曲,像个小洋娃娃。我始终没把"妹妹"叫出口,那样太傻。我直呼她的名字。她也一样。一顿饭不到,我们便熟稔了。知道她妈妈很早便去世了。她是由青浦的爷爷奶奶带大的。刚转学到市区。我听到学校名字,欢呼起来:"呀,我也是这个学校哎——"

事实上,是我父亲建议崔建国把房子买到附近的,说黄浦区学校多,对孩子好。九十年代中后期,房价还没动。但对普通百姓来说,也是一笔天价。父亲一直住在老屋,虽然逼仄,但好歹有个遮风挡雨的地方,又是市中心,一动不如一静,便没动买房的念头。心里知道买房是大势所趋,便苦劝朋友买房,说了一堆理论。也是真心实意。崔建国带着女儿,也想过租房,权衡再三,终究还是咬牙买了套小两室。付钱时手都抖了,感觉底都被掏空了。但到底是从郊区到市区,有了一瓦遮头。讲起来也是为了孩子。

二年级下半学期,崔樱转学过来。巧也是巧,居然跟我一个班。一路上去,很快便是初中,又是一个班。小升初的那个暑假,我身高总算超过了她。但她腿长,看着依然是她高。为此我很不服气,总要拉着她去墙壁站直,头上摆个装修用的大角尺,分毫不差地,拿铅笔画线——我略高了一厘米有余。

母亲说我:"你要是读书成绩也拿角尺去比,那就好了。"

崔樱成绩比我好得多。一目了然的差距,用不着角尺。母亲斜睨我一眼,似是觉得我应该为此羞愧。但十二三岁的男孩,正值没心没肺的阶段。屁都不懂，却又时常拿些大道理出来搪塞，像什么"欲速则不达""成绩不是唯一的标准""条条大路通罗马，各人有各人的福气"——这只耳朵进，那只耳朵出。那时的我，比现在马大哈得多。

"青梅竹马？日久生情？学霸与学渣相爱相杀？"华莉打断我。

我觉得她是网文看多了。以至于我偶尔想跟她聊点正经东西，她都当笑话听。加上我最近因为睡不好，在看神经内科。又给了她骂我"神经有毛病"的机会。很不把我当回事。

我板起脸问她："还想听吗？"

她道："你说，你说。"

我偏不，别过头："——我累了。明天再聊。"

她做个挥拳的动作。我可怜巴巴地说："我真的累了，要休息。医生说的。"

那天把小江砸伤后，我和他同时进了医院。他是急救，我则是被华莉和刘婵一手一个架去精神科做鉴定。据说是我妈的主意，怕我把人砸死要负刑事责任，如果鉴定成智障什么的，那就好办得多。结果在排队登记的时候，龙荣那边传来消息，说小江只是头上缝了七八针，还有轻微脑震荡。问题不大。我想，来也来了，索性去挂个中医科，看睡眠。然而那天中医科停诊，只好看西医，挂了神经内科。做了个脑部 CT，配了一堆药。

华莉说我故意绕个大圈。"睡眠差是幌子，你其实就是想看看自己脑子到底有没有病。你骗得了别人，骗不了我。"

我说:"你才脑子有病。"

她笑笑,撺掇我说下去:"你和崔樱到底怎么样了,说嘛,我想听。"

"过去这么多年了,都忘了。想起来再告诉你。"

我倒不是故意卖关子。而是真的不知从何说起。经年历月,事情的具体经过像风干的树叶,一片片掉落,被大地消化,都没了。只剩下一个情绪。若有似无,时隐时现。

龙荣做东,请大家(三男三女)吃了顿火锅。啤酒加涮羊肉。吃得热气翻腾,人人油光满面。最后由龙荣提议,我和小江站起来握了把手,又互称一声"兄弟"。也不知是他原谅我,还是我原谅他。总之这事就算放下了。

龙荣劝我:"不就是男欢女爱那点事嘛。发泄一下就算了,记恨真不至于。人生长得很,女人多的是。一笑了之吧。"

火锅也吃了,手也握了。也只能一笑了之。私底下我对他直言,打人是我不对,但亦不止是我自己这一层,也是替刘婵出口气。当然还有那些七拐八绕、一两句话讲不清的各种情绪(比如,梦境终是成真了,除了没送爱马仕)。这些,龙荣应该也清楚。

"葛向阳你——"龙荣沉吟半天,摒出一句,"——其实,人一辈子就这么回事。太聪明的人反而过得艰难。你要真是个马大哈,倒好办了。"

聪明的人是他。把我捧了一通,为我的小肚鸡肠找到了理论依据。我便不好意思把后面的话说出口。我统共两个兄弟,一个跟我的前妻谈恋爱,一个刚撬了我的现女友。让我们三男三女的组织架构又进行了一番新的排列整合。鼻涕虫一样的水晶泥，各种摔捏揉搓，再怎么折腾，依然晶莹剔透完好无缺。我和小江握手言和那瞬，耳边响起儿歌："敬个礼啊握握手，你是我的好朋友——"原来友谊可以这么简单而格式化。而且还环保，以旧换新，循环利用。但窝塞无法消散，像南方阴郁的湿气一样销魂蚀骨，不死不休。我总觉得，这种情况下，要是我还能真的"一笑了之"，那我就是天底下最十三的十三点。

邱莹提出把她的同事介绍给我。"比我小两岁，比我漂亮，身材也比我好。"

我一时没想好怎么回应。说"谢谢"不合适，说"去你的"好像也不对。余光瞥见龙荣在憋笑。华莉的神情也有些古怪。小江倒是很雀跃，一个劲地鼓动我："去呀，见个面又没什么——"刘婵实在忍不住："你们好歹过几天再说吧，现在提这个，不尴尬吗？"

"华莉和龙荣也是阿哥撮合的呀，"小江不觉得有问题，"这叫举贤不避亲。"

他无辜又热情的眼神，让我觉得，这时候谁觉得有问题，谁就是气量太小，格局不够。我回忆小江跟刘婵交往的那些日子，发现小江其实从头到尾倒也没怎么变过。他喜欢上刘婵，本就是个戏剧情节，富二代苦恋丑女，而且还轰轰烈烈。他就是这样一个不走寻常路的人。这样的人，天然有一种不管他怎么做你都必须原谅他的特权。他可以无法无天，但你不能计较。否则就是不上品。我只好挤个笑脸："谢谢好意。暂时不需要。"

让我意外的是，我妈居然对这事耿耿于怀。她问我："为什么和邱莹分手？"我想说"不是我提的分手"，但虚荣心使我保持沉默。

我奶奶在一旁打圆场："分了就分了，反正也是六冲。"

我妈说："我倒觉得邱莹不错。"

"也就是漂亮一点，"奶奶说，"漂亮不能当饭吃。"

"漂亮是不能当饭吃，但可以当零食甜点。增加生活质量。"

我愣了一下。没想到我妈居然会说出这么时髦懂经的话来。我笑笑，下意识地摇了摇头。她又问我："还有机会挽回吗？"

我摇头："应该没有了。"

晚饭后，我妈洗碗。我陪奶奶在客厅看电视。奶奶说："你妈跟你爸差不多，都是死要面子。不实惠。"我说："华莉上门那时候，我妈也挺满意的。"奶奶"嘿"的一声："那是因为你找不到更好的。你妈比你爸门槛精也精在这里，会给自己台阶下。不像你爸，一根筋到底。"

这几年，我妈和奶奶的矛盾开始显山露水。相比我爷爷和父亲刚去世那阵，两人竟像是真正的母女了，说话愈发不顾忌。好坏都写在脸上。我妈虽然没有逐客，但好几次聚餐时都漏了意思。旁人不接口，她便一次比一次说得更露骨些。说自己身体也不好，年纪又上去了："倒有些力不从心呢——"刘新华提出给她找保姆："费用我来。"我妈说："我不习惯家里有外人，再说房子也小，哪里还能再多个人！连向阳都是外面借房子。"刘新华便道："那就置换一套大点的，也方便的。我帮阿嫂物色。"

每到这个时候，葛慧和葛胜基本不发声音，都是刘新华与我母亲周旋。一个女婿，一个儿媳，隔了两层，不好太顶真。说几句便罢了。我怀疑这是对方商量好的，抵死不开口，单单把刘新华推出来。刘新华是老兵油子，敌营里最拿得出手的。否则换了葛慧或是葛胜，早被我妈钻了空子，连人带话一同扔过去。面子里子统统剥光。

有时候我觉得，奶奶之所以不走，除了那两家怕麻烦不接收，也有替全家人看住我妈的意思。我妈是那种有可能把家里弄得天翻地覆的人。尽管她话不多，身材矮小，行事低调。但她周身散发出来的能量（杀气），却是不容小觑。就像核电站附近总是一片死寂，鸟兽不惊。这点我清楚。我奶奶住久了，也清楚。

从某种程度上说，我妈和我一样，都是满腹牢骚，却又找不到发泄口。相比之下，我妈比我憋得更辛苦。所以我才会在之前的那个梦里让她大肆发泄一下，当着全家人的面，劈头盖脸一通训斥，新仇旧恨，然后把奶奶甩开，扬长而去。

我无法告诉她，梦里她是多么飒，多么潇洒。

当然我也很解气。太爽了。有时候我真希望我妈可以再强硬一点，像梦里那样不留情面。但事实上，她却总是在关键时候戛然而止。就像我奶奶说的——"会给自己台阶下"。这些年，她跟刘新华保持着客套礼貌的安全距离。仿佛在跳交谊舞，仰头端着，功架十足，却又是有礼有节。进几步，再退几步。每一步都踩着节奏。很有默契的模样。

"你是故意的，对吗？"一天，我问她。

她看我："什么意思？"

"你根本不想跟他们闹翻,你希望他们心存愧疚,过得不踏实。精神上折磨他们,物质上也可以一直敲诈他们。"

我妈笑笑:"敲诈?"

"黑市买个肾少说也要七八十万,再加上治疗费营养费,其实刘新华早就把那 100 万还清了。"我记得,这话是华莉说过的。

"那又怎么样?"

"如果他再帮我们请保姆、置换房子,那就没底了。"

"是我让他这么做的吗?"我妈反问。

我沉默了一下。"我知道你不会。而且你也没真指望他们会这么做,刘新华最近生意一塌糊涂——你只是故意要让他们心神不宁,一辈子抖抖豁豁,比坐牢还辛苦。"

"葛向阳你说话总是这么剥皮拆骨。"我妈摇头,"——这样不好。"

她加上一句:"所以我希望你找个漂亮的老婆。你奶奶以为我是虚荣心,其实根本不是。我是希望你可以更有自信,更阳光。免得一开口就是怨天尤人。"

父母们总是这样,一番东拉西扯,最后总能绕到"为你好"这层意思上来。我不以为然,但也从不反驳。我妈这些年确实不容易。自己辛苦也就罢了,我也没少让她操心。事业不佳,婚姻不顺。一点也没有给她挣面子。

"刘婵什么时候去美国?"我妈问我。

"不知道。"

"做表哥的,你也要多关心她一下。"

我心里笑了笑。我做表哥好多年了,我妈从没这么叮嘱过我。我知道她是自己感兴趣,想让我帮她打听。我没说破,"嗯"了一声。

刘婵订了月底去美国的机票。得知这个消息时,我一愣。但又不好直接劝她别去。都到这步了,骑虎难下,不走也得走。我跟小江商量,让他再配合演个戏,诸如追到机场,突然急火攻心,当场吐血。刘婵无奈之下送他去医院,以致误了飞机。后面再编个什么理由,一来二去便不走了。小江听得哈哈大笑:"阿哥,当场吐血也太夸张了吧,索性你再给我一酒瓶,反正缝针什么的我也有经验了。你这么安排,刘婵妈妈又要不死心了,以为我们还有感情——"

"那你从什么时候开始对她没感情的呢?"我直直地打断他。

小江怔了怔,又笑:"怎么阿哥,真的又想给我一酒瓶了?"

龙荣忙不迭地,把桌上几个空酒瓶收起来。我叹口气:"酒里下了敌敌畏了,来不及了。"龙荣道:"医院离得近,不怕。"是指瑞金医院就在马路斜对面。

瑞金宾馆里,一对新人在举办草坪婚礼。前一天下过雨,此刻草地兀自有些湿软,走起来脚高脚低。鲜花帏幔做成的拱门下,新郎新娘深情相望,交换戒指,眼含热泪,接吻。台下热烈鼓掌。

我们三个坐在旁边的露天咖啡座。直直看了一会儿。

小江先哑了一声:"嘿,没意思。"

"你当初订婚不也是这样么。"我讥讽。

"所以呀,别说花园草坪,就算在人民大会堂办,也不见得能长久。"小江道。

"这跟在哪里办没关系。"龙荣道,"关键还是你小子变心了。草坪不背这个锅。"

小江说,也谈不上变不变心——"你们懂那种感觉吗,就是突然一下子,不爱了。"

他看向我和龙荣。似是想要从同样身为男人的我们身上找到一点共鸣。可我们都没睬他。自顾自地碰了杯,把酒一饮而尽。

其实小江完全可以再举一些例子,来证明刘婵有多么不可爱。一个长相中下却性格怪异的女孩,交往过程肯定谈不上有多美妙。就算我嘴上触他几句霉头,心里也只能承认是这样没错。龙荣更不用提了,他甚至很早就建议小江"分手",这事我还没跟他算账——可小江翻来覆去,说的就是"突然一下子不爱了"。与其说是辩解,倒更像是在做自我检讨。他好像很想不通——"怎么突然一下子就不爱了呢?"他再次求教地看向我们。

这时候我对他的讨厌程度已经大大降低。分手能够不挑对方的错,相当难得了。我和华莉勉强也属于这种。但我对邱莹好像不是。我在龙荣面前,骂了她不下十次"拜金女""势利眼""俗气无比"……越骂越觉得自卑,越自卑越骂得起劲。欲罢不能。龙荣显然意识到了这点:"——你好像很少说华莉的坏话?"

我被他问得一愣。他笑笑,在我肩上拍了拍,没再说下去。

龙荣最终还是没去那家小航空公司。用他的话说就是:"想想好像也没啥意思。"我表示赞同:"自己跟自己较劲最没意思了,其实你再想想,三十出头就当了一线航空公司的副站长,一人之下万人之上。英航待你不薄了。"

"还一人之下万人之上,上海站统共也就十来个人。"他道。

"够好的了,要事业有事业,要爱情有爱情——看看我,连个屁都没有。"

为了给朋友鼓劲,我也是豁出去了。我甚至还把我少年丧父那一层也算上,以反衬龙荣的父母双全、阖家幸福。"你知道的,我爸的死对我打击有多大,我就是从那时候开始,变得落落寡合,不遭人待见。否则我现在就是第二个龙荣,甚至可能比你还要百搭。"

"你跟你爸关系特别好吗?"龙荣问。

我想了想:"也没有,普普通通吧。许多东西就是这样——拥有的时候没觉得怎么样,失去了以后才发现——"我瞥见龙荣暧昧的眼神,连忙加上一句:"——我说的不是华莉。"

"失去了,会越想越觉得好,越想越可惜,就像少了一个亿似的。可如果没失去,也就那么回事。"

"没错。"我点头。

"就像英航站长的位子,当不上觉得可惜。真要当上了,也就一年多个十来万,人倒要辛苦得多,起早贪黑,肩上担子也重得多。就是个虚名,没啥合算的。"

"你想通就好。"

"像小江那样,富二代,家财万贯,看起来要啥有啥,其实也就那么回事。分个手还要绕个大圈、编一箩筐假话。撬别人的女朋友是不好，可放在当下也不算什么了不起的罪过，连上升到道德层面都勉强。请客赔罪，被你敲竹杠，还要被你砸酒瓶子，头上缝了一针又一针，半个多月了看东西还有叠影——认识他之前，你想过富二代是这样的吗？"

龙荣就是这样。看起来是我劝他，可实际上还是他劝我。他总能不动声色地，让人的情绪平静下来。说的也是大实话，不矫情，贴心贴肺。就算我心里再骂他一千遍"圆滑、百搭、奸臣"，但也不得不承认，有这样一个兄弟，日子会舒服许多。

所以我答应了跟邱莹的同事见面。比她小两岁、更漂亮、身材更好的那个。成不成不重要，关键是一种姿态。让小江少些内疚。以德唬人。龙荣劝我，说损人不利己最傻，人生最高境界就是"你好我好大家好"。我一想也是。小江和邱莹要是能走到底，总不好跟未来弟妹一直僵着，换句话说，他俩要是最后分了，默默看好戏似乎也不错——总之有台阶就下，有握过来的手就搀一把。

空姐当然看不上我，我也没看上她。喝了杯咖啡就各走各的。龙荣一直给我发消息，问情况。我没搭理，等上了地铁才告诉他"出来了"。他问，这么快？我心想，其实20分钟前就出来了。他问我，对方漂亮吗？我说，没邱莹好看。他说，你这是句废话，大部分女人都没邱莹好看。

刘婵去美国那天，我正好上班。她父母只能送到闸口，我陪她一路到登机门。刘婵始终不吭声，直到广播登机那刻，忽然对我说："葛向阳，你要是真放不下华莉，就早点开口，别等到她彻底没耐心了——大家一拍两散。玩过头就没劲了。"

我知道她喜欢小江。人人都知道。只是她以为别人不知道罢了。就像人人都看得出我和华莉有名堂,不说而已。我停顿几秒,第一次在这个傻表妹面前露出几分局促。半晌才道:"——那边要是待得不舒服,就再回来。"

"我死都不会再回来。开弓没有回头箭。"她咬牙切齿。

这不伦不类的比喻,为此刻有些伤感的气氛平添几分滑稽。我笑笑,在她的肩上一拍:"别把话说得太满。傻乎乎的。"

"你别傻就行。"她翻个白眼。

小江给我发消息,问刘婵登机前情绪怎么样。我说,你不会自己问?他说,她不接电话。我考虑了一下,告诉他:"——还行。"

冬去春来。当贝壳粉赚了第一个 100 万时,华莉晋升为平衡室经理。有传言说我会是副经理。可我完全不信。英航送走了印度站长,又迎来一位马尔代夫籍的站长,身材精瘦,皮肤黝黑,口音比印度站长还重,上海的骂人话也懂得更多。至此龙荣已经没啥感觉了,还调侃"铁打的副站长,流水的站长"。

少了刘婵,聚会恢复到最初的三男两女。还是我单吊。邱莹问过我几次,为什么没看上她同事。我挤出个"你又何必多此一问"的微笑。她却不依不饶,翻来覆去说那女人如何如何好。一顿饭从头说到尾。邱莹自从跟小江交往后,开始往"饭泡粥"那方面发展。以前她也很开朗,话也不少,但更偏向于热情爽直那种。现在则是有点阿姨妈妈的絮叨了。到底岁数摆在那里——她比小江大了十一岁。我和她是六冲,现在他俩又多出五岁。据说小江妈妈很不满意。以前她也不怎么满意刘婵,但大部分情况下还是保持隐忍,偶尔敲打儿子几句,现在则是完全摆到了台面上。一次是偶然,两次就是犯贱了。对儿子择偶的怪异标准,这位女强人高管已经到了忍无可忍的地步。

人生就是这么奇怪。我还来不及对小江和邱莹表示出彻底的愤懑,竟已经开始同情他们了,觉得他们也不容易。爱憎永远无法分明。这点很要命。我总是感同身受,像是分担了一部分当事人的窝塞,沉浸在一种说不清道不明的氛围中。华莉说我是介于好人与坏人之间:"好人肯定谈不上,坏得也不够彻底。你这种人活得最累。一直处在自我挣扎和拷问中。灵魂和肉体脱节。葛向阳,你从来都不是一个纯粹的人。"

我只好笑笑,表示她当了平衡室经理后,都不会说人话了。"等哪天你当了总调老板,估计讲话都要同声传译了,否则听不懂——哦也对,领导都这样,能让人听得懂就不叫领导了。领导讲话一定要空灵,要飘着,不能着地。还要放之四海而皆准,怎么解释都能圆得上——讲了等于没讲。"

华莉以为我是嫉妒她。其实不搭界。内心而言,我还是很为她开心的。我当着龙荣的面,说了好几次"平衡室最适合当经理的人,也就是华莉了"——是真心话。平衡室经理不见得要业务水平最高,但必须擅长跟各部门、各航空公司打交道,把麻烦撸掉,让大家惬意、太平。话说起来容易,但做起来很难。整个地面保障流程中,平衡基本上是最后一环,客货邮行,哪个环节出了问题,平衡都会受影响。修正或是推倒重来。发生任何事故或者事故征候,倒过来查,平衡表是第一个逃不脱的。即便最终查下来事故原因跟平衡无关,但只要装机单或是平衡表上有任何一星半点的瑕疵,也是个逃不脱。

"地位重要,却又任人宰割。"华莉开玩笑时这么说。我觉得挺贴切的。能看到问题的本质,才能扬长避短。这是华莉厉害的地方。其实她也是百搭。看着不像百搭的百搭,隐蔽性和杀伤力都更强。领导更喜欢这种不显山露水的百搭。像龙荣那种,人还没看到,阿哥阿姐已叫了一圈,洗漱包也发了一圈,三军未动粮草先行,准备功夫是做足的,但到底扎眼;华莉就不会,她甚至是板着脸,一副欠她多还她少的声气,但有趣就有趣在这里,这反而让人有一种安全感,仿佛这人硬邦邦不懂转圜,倒是极可靠的。生活中,龙荣那样的人见得多了,华莉反成了一股清流,都愿意与之交心。她也是笨拙地回应,一来二去,便更夯实了好印象——论道行,其实是华莉更深。

"你这是在表扬我吗?"华莉歪头看我。

我说:"我是实事求是。你觉得是,那就算是。"

"拍前妻马屁,想干吗?"她"嘿"的一声。

后座上,葛小伟已经睡着了。画了一下午的画。小家伙困了。太阳有点刺眼,我把遮阳板放下,手搭凉棚。她让我从杂物箱里拿墨镜给她。我翻了半天都没找到。我抱怨她车上乱七八糟,像个垃圾箱。她不以为然:"我明明比你有条理得多。以前家里都是我打扫卫生,饭也是我做,孩子也是我带。"

"瞎讲,起码一半的活儿是我在干。"

"有吗?"

"绝对有。"

"嘿,你干点又怎么了,男女各顶半边天。很冤枉吗?"

"我没说冤枉,是你冤枉我什么都不干。"

"我不能冤枉你吗?你一个大男人怎么这么气量小——"

"我——"我只好停下。这女人存心找茬。

她不依不饶:"你说呀,你还有什么不满意的?"

"谁不满意了?我满意得很。"

"喊,无缘无故,有什么好满意的?"

我很认真地回答:"身体健康,吃喝不愁,天气这么好,风景这么美,有人免费开车带我兜风,儿子又这么可爱——怎么会不满意?"

"拉倒吧。"她翻个白眼。

临到家前的那个红灯,我突然吻了华莉。她吓了一跳,下意识地看向后座。葛小伟还在睡。她脸一下子红了,手猛地一抬,或许是想请我吃耳光。中途又放下了。这时红灯变绿灯。她松开刹车,一脚油门下去,我整个人重重倒向椅背。随即又是一脚刹车。我额头差点撞上挡风玻璃。我"哎哟"二字还不及出口,她又把油门踩到底,推背感让人瞬间有失重的错觉。这女人把二手奥迪开出了兰博基尼的气势。

她绕着小区开了一圈又一圈。她扬言,在我没有跟她道歉之前,她不会把车停下。我微笑看着她。把撒娇弄得像撒泼,孙二娘扮潘金莲。这就是华莉。我劝她,小伟马上就醒了,而且时间也不早了:"你看,天都黑了。你回去还要做饭。"

"做个屁饭!不吃了!"

"你不吃不要紧,只当减肥。可小伟总不能不吃吧。"我赔笑。

她恨恨地瞪了我一会儿，忽然拿出手机，给龙荣发了个语音消息："哎，葛向阳说他请吃饭，待会儿我把餐厅地址发给你，你下班直接过去。"

我吓了一跳："什么意思？"

"对面新开了一家鱼头汤馆，味道不错。就那家吧。"

"——今晚就摊牌？"我问她。

"亲都亲了，怎么，想赖账？"

我想笑，却不知怎的脸有点僵，笑不出来。她看着我："想始乱终弃，是吧？"我忙道："什么呀——"她二话不说，忽地一记耳光上来。啪！

我"啊"一声，脚一蹬，踩个空。睁开眼睛，见龙荣的脸距我不过几寸。骇得整个人跳起来："哎哟！"

"你要是再不醒，我就让龙荣直接一盆水浇上来了——你们父子俩也太好睡了吧，一路听你们打呼噜，跟二重奏似的——"华莉下了车。龙荣搂着葛小伟，站在一边。

我悻悻地下了车。

"再见啊，路上小心。"龙荣对我道。

我看着他们三人上楼。原地停顿几秒，忽道："龙荣。"

龙荣转过身："嗯？"

我说："呃，你们小区对面好像新开了一家店——晚上一起吃个饭呗，我请客。"

新开的店居然真是鱼头汤馆。华莉应该之前跟我提过，所以梦里才知道。我点了大份鱼头汤，奶白浓郁。我给葛小伟盛了一碗，挑出两片"耳光肉"给他。

我思索着，该怎么开口。却想起，这事还未曾跟华莉正式谈过。现实中，我并没有吻她。而此刻我却延续了梦里的暧昧，打算要摊牌。这情形有些古怪。我想了又想，决定还是先不说。一顿鱼头汤而已。损失不大。这时，华莉问我："葛向阳，这顿饭有啥目的？"

"吃个饭会有啥目的？我们以前吃得还少吗？"我道。

"刚才在车上，你说梦话了。"她忽道。

我心跳了一下。"——我说什么了？"

"梦话也是隐私，我不好随便讲的。"她笑得有些狡黠。

"葛向阳的梦不一样。基本上就跟放电影差不多，半公开的。"龙荣笑道。

"我能说吗？"华莉看我。

"说吧，无所谓。"

"你说，"华莉放慢语速，语气带点佻皮，"——'你说还是我说？'"

我一怔，不解："嗯？"

龙荣也是一怔："啥意思？"

"我也不懂，反正就是这句——'你说还是我说？'"

华莉说完，看向我。意味深长地。我一凛，意识到什么。忍不住朝龙荣看去。他兀自一脸迷糊。但我猜他很快就会轧出苗头——"你说还是我说？"一旦有了某种心理暗示，这句话的含义便再明显不过。

"葛向阳做的梦一直都很妖。"龙荣评价。

我和华莉交换了好几次眼神。那情形就像是匍匐在战壕里的两个战友，不断鼓动对方"你先上"。作为男人，我多少有些狼狈。但她也应该为那句"你说还是我说"负责。撩完就跑，无论如何都不对。

龙荣帮葛小伟剔鱼骨。而葛小伟的亲爸亲妈，则坐在一旁无比煎熬。抿嘴、干咳、假笑、反复调整坐姿……龙荣察觉了，问我："葛向阳你是不是真的有话要说？"

我只好再次调整了一下坐姿，干咳一声："其实——"

"有话就说，我知道你今天肯定有事。"龙荣道。

停顿几秒。我憋出个笑容："——是有件事。"

我正要往下说，龙荣阻止了我。转向华莉："你带小伟去外面转一圈。这里有点闷，孩子待久了不舒服。"

华莉看我一眼："嗯。"拉起葛小伟，走了出去。

剩下我和龙荣两个人。我更确信龙荣已经猜出大半了。他神情变得凝重，目光怔怔地看向面前的鱼头汤。我给他续了茶。他说"谢谢"，我说"不客气"。我俩对视一眼，又迅速移开。我要给他盛汤。他摆手，示意不用。我再一看，汤只剩下个底，早冷了。我又问他："要来点甜品吗？"他道："你看我什么时候吃甜品了？"

我只好笑笑。下意识地搓了搓手："兄弟啊，招呼不周啊，也没什么好菜。"

他"嘿"的一声："帮帮忙好吧。跟我客气什么。"

我看见华莉在门外踱步，不时往里张望着。无形中又增加了我的压力。我干咳一声："兄弟啊——"

龙荣看向我。迎着他的目光，我有些心虚，不自觉地停了下来。几秒钟后，当我打算继续往下说时，他已先我一步开口："——葛向阳，小董你知道的，是吧？"

我愣住，嘴巴像个白痴那样张着。小董，他居然提到小董。下意识的，我便去捏自己的脸。随即痛得龇牙咧嘴。

龙荣不好意思地笑笑。有那么一瞬，我猜他可能是跟刘婵差不多，死要面子才想到了这一招，但随后发现不像。他甚至拿出手机，找到与小董在迪士尼比心的合照，两人亲热无比。"她在平衡室实习的时候，就对我表示过好感。但那时候，我还没那个意思。"

"那你从什么时候开始对她有那个意思的呢？"我怔了半晌，傻傻问道。

他思考片刻："——说实话，我也不知道。"

华莉带着葛小伟进来。瞥见我俩的神情，以为我已经对龙荣坦白了，而龙荣正在消化中。她殷勤地问龙荣，要不要再加点什么东西。龙荣道："刚才葛向阳问过了，我说不用。"华莉又看向我："你要么再点瓶酒，陪龙荣再喝会儿？"边说边为龙荣续上茶。我知道她会错了意，但这时候没办法解释。龙荣自然也察觉了，但好像也不太方便说开，只能客气回应。这落在华莉眼里，又成了他宽宏大量的一种。华莉甚至推了一把葛小伟："去，亲亲龙叔叔——龙叔叔最喜欢你了。你跟龙叔叔说，以后我们会经常来看你的——"葛小伟看看妈妈，又看看龙荣，觉得这话有些别扭，但五六岁的小孩还抓不住重点，只是傻笑，"啵！"在龙荣脸上亲了一记。

我觉得眼前的情形诡异到极点。像手脚都被缚住，使不出力,挣脱不开——索性便不动了,坐在那里,看两人一来二去地客气。仿佛一篇离题的作文,越扯越远了。

出租车先到龙荣家。龙荣下了车,华莉向他打招呼,说明天过来整理东西。龙荣表示没问题。

车子再次启动。华莉长长地吐出一口气,如释重负。把手放在我的手背上。我报以微笑。忽然觉得到这一步,其实解不解释都无所谓了。殊途同归,皆大欢喜。真要说出来,无非让华莉多几分不爽。没必要把事情变得更复杂——现在这样挺好。

华莉搬回原来的家。那瞬我居然又想起水晶泥。再怎么蹂躏,依然保持原样丝毫不变,一种难以言说的宿命感。就像中学里解方程式,左边到右边,右边到左边,加加减减,最终竟得出个"0"。当然"0"也是个答数。但多少有些"白折腾"的意思,像是"那么多人陪你玩,最后一场空"——我当然不会把与华莉复合看成是"一场空"。只是打个比方,形容一种兜兜转转又回到原点的状态。或许用我妈的一句话来形容,会更贴切——"作呀作呀,绕个大圈不是又回来了?正经夫妻当得没劲,妻不如妾,妾不如偷,不弄点狗男女的名堂,日子过不出味道来,是吧?"

最开心的是葛小伟。一夜之间,爸爸妈妈又重新住回一起了。夜里,他睡在我们中间,这边闹闹,那边靠靠,嬉闹个不止。我深嗅着他身上的又香又臭的味道,把头埋在他小小的怀里,眼眶湿润,说话哽咽而不能自已。华莉说我:"葛向阳你最傻了——"

我们一家三口去我妈那里吃饭。我奶奶笑眯眯的很欢喜。

我妈应该也是欢喜的,但脸上始终不苟言笑。她甚至还详细地询问华莉,这两年多日子是怎么过的,谁开的伙仓,谁打扫的卫生,谁接送孩子……"这两年多"自然是指她和龙荣同居的日子。不动声色地让人难堪,我妈就是这样。但我不怎么担心。因为她面对的是华莉。我既不担心华莉吃亏,也不担心两个女人会吵起来。果然,华莉有问必答,据实以告。不反感,也不尴尬。相比两年前,此刻的华莉已经是平衡室经理,小妖变大神。我妈拿她没办法。当然两年前,我妈就已经拿华莉没办法了。婆媳关系从来都轮不到我伤脑筋。往好处说,她们是不给我添麻烦,往悲观里看,其实也轮不到我管。这两个女人比我厉害得多。

我妈私下里问我,什么时候去民政局?我怔了怔,随即明白是指领结婚证。说也奇怪,此刻我冒出的第一个念头居然是"龙荣和华莉在一起两年怎么没领证"。我说,不急。我妈撇嘴:"离婚你们倒是蛮急的。"

回到家,我问华莉:"什么时候去领证?"她说:"什么时候都行。"我停了停:"问你个问题,你别多心。"她道:"你说。"我又停了停,挤出个若无其事的微笑:"——你和龙荣,为什么一直没领证?"

我以为她会考虑一下再回答。谁知她很爽气地告诉我:"他提过,可我没答应。"

"为什么?"

"总觉得跟他不会是真的。"

"白相相?"我一怔。

她停顿一下："——你觉得是，那就是吧。"

"什么意思，你们真是白相相？"

华莉有些诧异。不懂我为什么突然刨根问底。龙荣和小董的事，我一直瞒着。怕伤到她。可如果她本身也不是很在意的话，那我至少不必比当事人还谨慎，像是枉作小人——我其实是有些气不过，想要讨她一句准话。

"分了手，都说是白相相。这种道理还要我说出来吗？你现在讲起邱莹，不也一口一个白相相？好像当初没打算跟她来真的似的，可事实是这样吗？——葛向阳，我劝你成熟一点，不要一回来就寻躺势。"

她嘴上这么说，脸上却还是带笑。仿佛在跟我发嗲。

我只得打住。

白天上班时看见龙荣，没事人似的，跟我们打招呼。"Hi，怎么样，挺好吧？"我们都点头："挺好的。"我们仨在机坪办公室走廊上微笑寒暄。旁边走过一个机务，还不清楚我们三人关系已有了转变，调侃龙荣："哟，朋友最近有点发胖哦，是不是华莉给你吃太多了哈哈哈——"龙荣不语。华莉踢着脚下一颗小石子，也是不语。唯独我干笑了几声。龙荣和华莉同时看向我，笑声戛然而止。

我有一种莫名的别扭。这种感觉甚至超过了破镜重圆的喜悦。当然可能还是我气度不够。龙荣和华莉好的那阵，我也一直在他俩旁边打转。可龙荣就毫不在乎。或许可以说他是装的，但能装两年也是本事——其实我并非想要怪龙荣或是华莉。相反的，我竟还有些惭愧。换个角度，才发现那些原先被我一笔带过的，看似平平无奇、很容易做到的事，竟是相当难得的。至少我就未必能够。也是因为这，才让我更觉得别扭。延续了两年的九曲十八弯的窝塞，此刻非但没能消减，反而有加剧的态势。

所以我决定听从华莉的劝告，做个"纯粹"的人。既然好人和坏人都不沾边，索性就放开，没必要总是挣扎和自我拷问。让灵魂和肉体合二为一。"纯粹"，我理解为就是遵从内心，超脱一点。再说得简单些，有点类似于"想干吗就干吗"。听着好像也不是太难做到，而且还挺酷。

华莉开始做常日班。我们戏称为"领导班头"。她以前说过，如果再婚，要找个朝九晚五的。现在她自己就是了。成为别人口中羡慕的对象。说实话年轻时我并不喜欢朝九晚五。太呆板，时间框得死死的。做一休二才潇洒呢。别人上班，我逛街看电影。工作日的下午，在酒廊惬惬意意地喝咖啡，大块大块的时间，很自由。但过了三十岁以后才意识到，那种日出而作、日落而息的规律生活，才更符合成年人的节奏。生理心理都是。年轻时觉得被框死，中年时反成了一种安全感——而且档次也不一样。在航空公司上班，常日班是一种成功的象征。"领导同志常日班，戆男戆女翻三班"，这句顺口溜，从我进机场那年起，一直传唱至今。

我觉得不错。家里有个做常日班的，至少对葛小伟来说是好事。我发现，我现在的想法和追求，跟两年前的华莉基本相同。与一个离婚女人的精神维度处于同一层面，我不认为是在倒退，相反，我把这视作是对于追求"纯粹"生活而做的努力。

英航那个马尔代夫站长，新上任不久就给了我们公司一个下马威。搬运工卸货时，升降平台车操作失误，不慎把英航飞机的尾翼撞出一个大洞。机务部也不知是水平不够，还是怕麻烦，推说自己搞不定。让英航从总部派人来修。这样一来二去就耽搁了好几天。马尔代夫站长沉着脸，始终一言不发。

飞机一周后修好，准备出港。装货、上客、出舱单。那天平衡表是小鲁做的，我徒弟。送舱单的是他徒弟，小蒋。小蒋去年大学毕业，性格挺活泼，仗着口语不错，喜欢找空姐聊天。最离谱的一次，他和某空姐聊得实在太投入，以至于连关舱门都没发觉，直到撤桥了才慌了神。二次靠桥属于事故。他被扣了一个月绩效工资。因此我对他不太信任，关照小鲁："你最好自己跑一趟。小心点，小马哥一肚皮火憋了一个礼拜了，再加上新官上任三把火，火上加火，差不多等于原子弹爆炸。千万别撞在枪口上。"

事实证明我是个乌鸦嘴。小鲁没听我的话，依然派小蒋去送舱单。这次他还算老实，没和空姐多聊，拿着签完字的平衡表便下来了。却趁势又与旁边的英国机务攀谈起来。我干了十多年平衡，连中国机务都没囫囵说过几句话，这家伙居然很快便与英国机务混熟了。互搭肩膀，一口一个"mate"，老朋友似的。越聊越兴奋，竟还把外套脱了，拿在手里。也是他活该有事，外套口袋里忽地掉出一个塑料袋，本来是揉作一团的，被风吹得飘起，劈头盖脸，竟卷进了旁边的发动机。"砰！"一声巨响，都看见火花了。

比起尾翼上的洞，发动机故障要严重得多。一个机务不够，又从英国飞来两个工程师。那架飞机足足又在上海趴了大半个月。马尔代夫站长一封投诉信,直接递到公司党组。一层层压下来。总调老板把华莉叫去,狠狠训了一顿。半小时后,华莉回到平衡室,大家都以为她肯定会大发雷霆,谁知她竟一句话也没说,神情平静得像是什么事也没发生。

她径直去找龙荣,两人聊了一下午。我是很久以后才从龙荣口中得知,那天华莉见着他,第一句就问:"想不想转正?"龙荣怔了半晌,回答:"想。"

即便隔了很久,而且还是由龙荣转述,那瞬我依然惊得张大了嘴。

据说华莉找了很多人聊。除了龙荣,还有小鲁、小蒋、地面搬运的同事、货站的同事、值机的同事……甚至还有那个英国机务。最后,她又去找了马尔代夫站长。

小马哥很快便撤了投诉。没了苦主,这事自然不了了之,内部批评几句,写个检讨,再扣一个月绩效工资,便结了。大家都觉得不可思议。华莉说自己是晓之以理,动之以情,把马尔代夫站长给说动了。"女人哭一阵,笑一阵,再发个嗲、服个软,男人多半就心软了。"众人半信半疑。总觉得小马哥应该没这么好说话。英航前后几个站长,这人是最难缠的,人狠话少,软硬不吃。倘若华莉再美艳个几分,或许可信度会大些。当然这话只能放在肚子里嘀咕——总之大家就是不太相信。但也不方便追问。

龙荣告诉我细节的时候,他已经是英航站长了,与小董的结婚请柬也印好了。因为这事牵扯到他自己,再加上华莉是她前女友，所以从绅士角度出发，他通篇保持着一种礼貌的语焉不详。但我毕竟跟他认识了十几年，熟悉他讲话的套路、机巧，还有包袱隐藏的位置。我很快便明白了，关键在于小董。华莉的各种聊天、周旋，还有见鬼的"晓之以理、动之以情"——都是虚晃一枪，是迷雾弹，假动作。她只是让龙荣去找了小董，说现在有个机会，可以处理掉这个上蹿下跳的马尔代夫小黑皮，顺便也帮华莉自己撸掉麻烦。小董拜托她的副总舅舅，调来了候机楼的监控。结果发现小马哥经常与女员工有肢体接触。比如值机时站在柜台后，趁人不备就撩一把、摸一记那种。这跟他前任的前任有点异曲同工。当然新加坡站长勉强还能跟真爱挂上钩，两情相悦、超越礼法什么的。他这就是赤裸裸的性骚扰了。值机部的几个小姑娘叫来一问，供词一对，他只能认栽。公司低调处理，没报警。几周后他自己辞的职。这事只有高层知情，没对下面人说。那几个小姑娘也都严令封口，不许外传。算是给英航留面子。

当时我并不知道这些。问华莉，她也不说。如果换了别人，也许我就真往男女关系那层去想了。但好在我对华莉是信任的。觉得以她的姿色和智商，不至于如此。应该用的是更形而上的办法。既然她不说，我也没再往下问。猜测她的办法应该不太见得了光。权力斗争那种，黑吃黑、剑走偏锋、内部交易……（事实证明我估计得大致不差）。

不管怎样，这件事过后，华莉的威望一下子提升了许多。对上对下都是。她周身充满着一种让人捉摸不透的无形的力量，就像包青天头上的月牙印，一看就觉得这人稳当、靠得住。对于一个还算年轻的女性来说,能培养出这种气质,绝对是天赋异禀。

我趁势跟她提了很早之前的那个梦——新加坡站长被总部的人堵在计时宾馆,是因为华莉把他的手机调成静音,害他不知道飞机返航——华莉听了,诧异地瞪了我半天。问我:"我干吗要这么做?"我道:"这只是个梦。"她道:"梦里也要逻辑自洽。"我道:"这不是明摆着的嘛,龙荣是你男朋友,你想让他当上站长。"

华莉有些异样地,继续看了我一会儿。随即摇头,叹了口气:"葛向阳啊葛向阳——我一直以为你是知道的。"

"知道什么?"

"知道新加坡站长是为什么走的。"

"为什么?"我怔怔道。话出口那瞬,心里咯噔一下。瞥见她的眼神,仿佛更印证了我的猜想没错。我吞了一口唾沫,却一个字也没说。喉头那里像是堵了什么东西,进出不得。莫名的,竟还笑了笑,讪讪地:"我、我没往那方面去想。"

"你总是这样,喜欢把事情往复杂里去想。其实答案就摆在台面上,一目了然——有什么难猜的?"华莉不无嘲弄地,伸出一根手指,在我的额头点着,"你啊,真傻。"

我当然不会再去向龙荣求证:"那事是不是你做的?"——真成傻子了。成年人应该心照不宣。说话藏三句漏一句,可面上还是贴心贴肺,一脸无辜。换了我,我也不会表现出来,社会人嘛,谁没做过几桩可进可出的事?——我好像一下子又变得很能理解他了。

我记得，崔建国新搬来的那个周末，父亲邀请他和崔樱过来吃饭。那天我很兴奋，拉着崔樱窜来窜去，基本没怎么吃东西。我妈在一旁不停说我："葛向阳你自己皮就算了，人家小姑娘要吃饭的呀——"我们根本不睬。到后来，我倒是停下来了，可崔樱还在沙发上蹦。把我妈罩在沙发上的花布折腾成咸菜。我妈不好说她，便一直瞪我。换作平时，我立刻便接翎子了，可那天我没有。当着漂亮女孩的面，无论如何要抬硬些。我甚至还搬出父亲珍藏的几本邮册，假装成集邮爱好者，趴在地上同她一起看。我妈一旁悬着心，生怕我们把邮册给弄坏，都是真金白银。眼神里满是"小赤佬你就寻死吧"。我硬着头皮只作不知。崔樱一惊一乍的赞叹声给我很大鼓励。我闻到她头发间淡淡的混着水果清香的洗发水味，心想，就算待会儿被我妈拿皮带抽，也无所谓了。

皮带抽自然是不会的。我爸妈都是文明人。事实上那天的气氛总体还不错。崔建国是第一次来我家，送了一袋自家腌的香肠和咸肉。他问："阿爸姆妈呢？"是指我爷爷奶奶。我父亲回答："出去逛了。"其实我爷爷奶奶是带着葛胜去了葛慧家。给客人腾地方。家里环境逼仄，便有这麻烦。请客也不容易。我父亲挑开话题："崔樱长得像她妈妈。"

崔建国叹口气："比她妈妈调皮。小姑娘不让人省心。"

我妈在一旁道："读书那么好，还不让你省心？"

崔建国笑着摇头："还小呢，不作数的。小姑娘野胆大，我看不像读书人。还是你们葛向阳好。文文雅雅。"

我闻言挪了挪屁股，挺胸收腹，抿嘴，很文雅地笑笑。

崔建国谈起他的新房,说亏得我父亲坚持,他才买的。"按我自己的想法,万万不会买,一家一当都扑进去了,夜夜都要失眠。"停顿一下,说我父亲,"还是你好,单位分了房子,马上就搬进去。不用伤筋动骨,一样住新房。"

"那不一样,"父亲道,"房子小得多了,房型地段也都不能比。"

"交定金的时候,手都是抖的。"崔建国摇头。

"市区有产业了,好事情。"父亲笑着,拿起酒杯与他一碰,"——会越来越好的。"

客人离开后,我妈开始数落我:"像只猢狲,骨碌碌一刻不停,你怎么不爬到天花板上去?——她骨头轻,你也骨头轻。两只轻骨头!"

我吐了吐舌头,未及申辩,父亲已先开了口:"向阳今天不是蛮乖?小孩呀,你还指望他们坐得端端正正一声不吭?"

我妈"哼"的一声:"在你眼里,只要没把屋顶掀了,都是乖。"

那时我还小,只觉得母亲针对我,有些苛刻,后来长大了,才知道母亲倒不是故意跟我过不去——她其实是心里不爽,找个由头罢了。至于哪里不爽,她很少挑明。日子久了,多少能摸到些意思。崔建国与父亲在崇明的时候,两人干的是一样的活儿,但崔是小组长,讲起来他高了一级。我妈平常提到崔建国,总是一口一个"本地人",有意把他踩得低些。其实我家又能高到哪里去?往上算两代,我太爷爷还在苏北种田,很难界定。但过日子就是如此,眼睛是尺,嘴巴是铁,一分一厘都要抠个高低出来。这点在我爸成了"葛工"之后,愈发明显。我妈还没尝出葛工夫人的滋味来,那头"本地人"居然已在黄浦区买了商品房,20万一次性付清。九十年代中期,上海人不过是每月千把元的工资,崔建国一头叫着"手抖",另一头硬生生便把钱摸出来。

我妈问过我爸几次,崔建国家里是不是有些底子?我爸说,哪有什么底子的,无非是魄力足些。我妈说,魄力就是底气,你问马路上的叫花子,看他们有没有魄力?我爸笑笑,心里觉得我妈忒没名堂。那时正是葛工最意气风发的年头。真正是从零开始,每一步都是噌噌往上。因是大步流星,许多细节便不太关注,不像我妈。我妈常说我爸,穷人家的命,倒有些公子哥的做派,交朋友掼浪头,潇洒行事,不实惠。比如新年里竟送一盆蝴蝶兰给我爷爷。我妈与我奶奶互望一眼,眼神里有些东西不言而喻。百把块一盆花,肉可以买十几斤。连葛胜那样,过年都是一箱小海鲜送过来。扎足又喜庆。葛慧也只是笑笑,不吭声。唯独刘新华使劲地夸花好,还用了个词"清雅脱俗"。我爷爷也说是。我爸交代了一些养兰花的注意事项。我爷爷拿来纸和笔,我爸说一句,他写一句。端端正正的楷书。其他人旁边看着。这情形有些古怪,仪式感过了头。

我们搬家那天,父亲从厂里借了辆卡车,又请了几个临时工帮忙。东西不多,一上午便搞定了。我爷爷奶奶也跟着去了新房。里外看了一遍。我爷爷当场眼圈便红了。把我父亲的肩拍了又拍,却说不出话来。其实这房子乏善可陈,几十年的老公房,铁门生锈,楼道又窄又暗,好在房间重新粉刷过,装了好几排射灯，统统打开，黄澄澄的光自头顶落下，无遮无拦的暖意。衬得十来平方米的客厅也宽敞了许多。我爷爷最后还是把话说出口了。拉着我父亲的手，哽咽地："总算是，起来了——"

"起来什么呀？"爷爷奶奶离开后，我妈问我爸。

我爸知道这是设问句，并不需要回答。笑而不语。

"你爸要是年轻三十岁，可以去当诗人。都是空的虚的，没一句实在话。"

"儿子分新房了，老人家激动得语无伦次，也正常。"

我妈指着门口那个花篮，各式鲜花，五彩缤纷，还用彩绸扎了个蝴蝶结，旁边一张红纸，我爷爷亲手写的"乔迁之喜"。这次是草书，龙飞凤舞。

"你送他花，他也送你花。你们父子俩都可以去当诗人。"我妈撇嘴。

我那时并不明白我妈为什么不满意。从一个孩子的角度看，搬新家，葛工的事业又是蒸蒸日上，无论如何都值得庆贺。况且我妈也不是葛慧那样的性格，见老公一发迹，便担心他在外面瞎搞，恨不得时刻把自己绑在老公身上。我妈不会那么俗气。事实上，最早劝我爸去考技术职称的，也是我妈。我妈不像我爷爷那样，铺天盖地的情绪，半天找不到重点，我妈一出口便是干货——"你想当一世工人便罢，否则就搏一记，搏对了最好，搏不对也不要紧，再坏也就是一世工人。没损失。"

从某种程度上说，我妈其实比我爸更看重那些"空的虚的"，但有别于送花那些。她曾对我说过，愈是实打实的日子，愈是要有些天上飘的想法，否则就像穿钉鞋走烂泥道，一陷到底了。我爸也是这么考虑，但缺乏在短期内快速落实的勇气。关键时候，还是我妈推了我爸一把。倘若换个也是温吞水的性格，便没有葛工了。应该说，我爸是基础，我妈是诱因。光有我爸没有我妈，多半落空；光有我妈没有我爸，那一家人就只能天天吵。当然我妈那样的聪明人，也正因为是我爸，才这般操作。如果跟的是其他男人，估计又是另一种活法。我妈有点像是以前中药方里的臣药，自己药力不够，但四两拨千斤，能辅佐君药达到最大效果。也正因为如此，所以即便我爸没了，最艰涩的那几年，她依然能摁住，跟"仇人们"也过得下去。

我妈心里不爽，主要有两个原因。一是觉得我爷爷只是嘴上感性，手里却清醒得很，大儿子是面子，小儿子是里子，要防着也要捧着。那样的人家，不在乎孩子多有出息，关键是别出岔子。葛胜就属于容易出岔子的那种。我爷爷奶奶大半的心思都在他身上，对我爸反倒不见得多么着紧。他们竟让我爸帮葛胜在厂里找个位子。

"工资多少不要紧，饭碗牢靠就行。"

我爸搪塞过去，说找不到合适的。这事让我奶奶和葛胜都不太舒服，觉得葛工是故意不肯帮忙，更怀疑是我妈吹的枕头风。我妈才不在乎。倒是我爸，嘴上都拒绝了，心里又觉得不好意思，耿耿于怀。我妈说："要么你就替他做成，要么就当没这回事。你自己决定。"

我爸想了又想，还是去找了厂长。厂长拍板，给葛胜在设备科安排了一个岗位，每周来个一两次就行。不是正式编制，但劳务合同一签就是五年，也算相当牢靠了。

我爷爷奶奶比较满意。葛胜却嫌弃工资低："比看车棚也高不了多少——"我父亲为此很郁闷。我妈却道："意料中的事。"她拿这事教育我，拒绝别人要彻底，做好人也要趁早："说了不行又去试，等于承认自己不够尽心，就算做成了，人家也不念你的好。"

另一桩事情就是崔建国，其实情形与葛胜有些相似。明明是小组长，岁数也比我父亲大了半年，却仿佛一直占着弱势，生受我父亲的照顾。我父亲是偏向于豁胖的个性，崔建国则是藏锋，不介意摆低身段。崇明回来，他先是在公交公司当调度，没多久便辞职了，做运输生意。据说效益相当不错。比拿死工资的不知高了多少。当然葛工是另一种成就感，没有可比性。老同事聚会那天，有人凑趣说："葛工要么赞助一点——"我父亲当即表态："今天晚上酒都算我的。"欢呼声中，崔建国只是微笑。别人酒酣意浓，三分好说成十分，牛皮满天飞。唯独他坐在角落，旁人问他处境，他都是一笔带过，挑差的说。那晚他也喝醉了，是我父亲叫出租送他回去。崔樱还小，派不上用场。我父亲一个人，把他健硕的身体搬上六楼。

我妈便是那天开始有些不爽的。"闷声大发财，扮猪吃老虎。"

我父亲道："不会的——再说了，就算是又怎么样？各人性情不同，有些人就是低调，不见得有什么坏心。"

"你要不是葛工，他未必会把房子买到你边上。也不会跟你走得这么近。"

"不可能。我们本来就是好朋友。"

"好朋友多了，那天吃饭的哪个不是好朋友？在崇明他是组长，有没有特别关照过你？嘿，一夜之间就成无话不谈的好朋友了。"

父亲依然是笑笑。一半是不信，一半也是不在乎。

我成人后，便能理解父亲的心情。小时候被人冷落惯了，好不容易众星捧月，自然欢喜。至于旁人真心还是假意，倒不太要紧了。崔建国好几单运输生意，都是我父亲介绍的。给葛胜找工作，我父亲疙疙瘩瘩，但帮崔建国的忙，却是没二话。这也好理解。除非我爸从楼上跌下来也摔成残废，否则葛胜那里再怎么尽心，都是无用功。崔建国则完全不同。帮助处境不佳的朋友，显得毫不势利，格外仗义，居高临下的优越感也随之加倍。

这层意思，我曾在某年父亲的忌日跟我妈提起。那时我刚进平衡室没多久，小荷才露尖尖角，势头很好。再冗繁的装机单，也是行云流水毫无阻碍。"千年难遇的好苗子。"师傅这么夸我，虽然飞机发明至今也不过100多年。我装得谦逊无比。眼神却完全出卖了我。老史那时还是小史，跟我同一个师傅。据说师傅曾公开骂他是"有史以来带过的最笨的徒弟"。"千年难遇的好苗子"与"有史以来带过的最笨的徒弟"，师傅下结论喜欢走极端，让我们自此结下梁子，但我毫不在乎，也没有刻意在老史面前表现低调。在我看来，这是我对他的一种尊重。如果我唯唯诺诺，反倒是侮辱人了，但他显然不这么认为。他看我的情绪，就像葛胜看我爸一样，除非哪天我画的平衡表让飞机直接来个倒栽冲，否则他这一辈子气都不会顺。他愈是这样，我便愈是看不起他。有一次我俩去香港培训某新机型。课程结束后有个简短的考核，我只用了一刻钟便完成了，交卷时见他对着屏幕抓耳挠腮，好几个指令都输错了。一步错步步错，越急越做不下去，到最后只能不了了之。当然结业证还是给了。估计培训老师也不会跟上海这边告状，说怎么派了个傻子来。但无论如何，我目睹了他的全部糗态。天知地知，他知，我知。一路上我都没跟他说话，这种情况下，沉默是最好的。否则一开口，我说什么他都会多心。回到上海后，基本还算风平浪静，除了偶尔有人看我的眼神稍带异样。我也没放在心上。不久新机型试飞，首航由我和老史做平衡。老史让我主操，他在旁边看着。我也不以为意。第一份平衡表交上去后，货站通知要拉货，调整舱位。我正准备重做，老史忽然把我拉起来，自己坐下："我来吧，时间有点紧了。"我一愣，心想，时间紧又不是我的责任。后来才想通，老史就是故意要把话说得不清不楚，给旁人一种错觉——葛向阳不行，只能老史顶上。我冷冷地看着他操作。他这阵子应该是下了苦功，比培训时候大有进步，可惜还是没用。情况有点复杂，连拉了好几块箱板，旅客也有调整。临上机前又通知拉客，六人，加八件行李。LMC（最后一分钟修正）超过500公斤，必须重做舱单。对讲机里商务和地面搬运一遍遍地催。老史额头直冒冷汗，手都抖了。他看了我好几眼，应该是希望我来救场。我只当没看见，站得笔直。直到值班领导冲进来，大喝"平衡表到底怎么回事"，我才拍了拍老史的手臂，示意他起身："我来吧，现在时间真的有点紧了。"老史狼狈地让出座位。我用了不到一分钟就打出舱单，签字，再让老史复核签字。这情形竟像极了他故意制造机会，让我在领导面前扎台型。航班起飞后，好几个同事都在讨论这事。我从他们的话中得知，原来老史谎称我培训没及格，但为了维护同事的颜面，他贴心地关照大家保密，不要张扬："否则葛向阳会不好意思的。"

那是我继350万事件之后，再次感受到人心险恶。我对我妈说，老史就是个戆×。我妈把供品摆上案。遗像上，父亲对着我似笑非笑。爷爷的遗像在另一头。我奶奶拿个破脸盆，默默地烧锡箔。房间里烟雾缭绕，宛如仙境。我妈买了两束花，一人面前放一束。

"戆×多着呢，"我妈说，"你要学会跟戆×和谐相处。要不然没法过日子。"

"恨起来请他吃两记耳光。"我道。

"不要冲动。冲动是魔鬼。"我妈慢条斯理，把多余的叶子拔去，"你要想办法，让他知道你看透了他，让他胸闷到极点，但又发不出火，这才是本事——你跟戆×硬碰硬，自己也成了戆×了。"

我奶奶皱了皱眉。也许是觉得女人家一口一个"戆×"，有点粗俗。

我忽然说起崔建国。"我爸和崔建国，到底哪个是戆×？"

我奶奶和我妈同时看了我一眼。我就是故意要语出惊人。否则她们以为我什么都不知道。奶奶是不用说了，350万瓜分以后，我就清楚她根本不向着我。即便是我妈，我也要偶尔在她面前发泄一下。否则我会发疯。二十出头正是把所有情绪放大的年纪。我的委屈和怨懑，在那刻达到了极点，像充盈的气球，随时会爆掉。

"按理说，我爸应该是戆×，思路不清，戆得要命，不过崔建国也差不多——戆×有时候倒不是笨的意思，笨蛋是笨蛋，戆×是戆×，两码事。笨蛋是天生的，戆×是自己作出来的。自己还觉得洋洋得意，其实×捺娘的戆到极点——"我翻来覆去地说着脏话。却完全没搔到痒处。但这就是我想要的。不必摆事实讲道理，只需要发泄。像泼妇骂街那样。

我妈板着脸朝我走过来。我以为她想给我一记耳光，毕竟是父亲忌日。讨打我也认了。但她只是在我面前停下，静静地看了我一会儿："——葛向阳，差不多了。就算是梦里，也别一直骂人。不礼貌，而且特别可笑。你才是戆×，喜欢骗小姑娘的戆×。"

因为这个梦，华莉一直追问我崔建国还有崔樱的事。其实我完全不必告诉她，但出于男人的自尊心，我不能总是傻傻地听别人的精彩故事。好像我永远只是个角落里的龙套，只能发发牢骚或是给点意见什么的。光都打不到身上。我需要给自己也罩上一层神秘的色彩，最好再带点阴狠和难以捉摸。以彰显我的人生也不是白纸一张。

"你是不是一直想知道崔樱的情况？"我道。

"没错。"华莉凑近我。

"崔樱是我害死的。"我对她说，"因为——我是个喜欢骗小姑娘的戆×。"

（八）

贝壳粉销得不错。小江把钱双倍还给我们。我四万,龙荣十万。还有他父母的投资,也还了一部分。小江自觉腰杆直了不少,便提出带邱莹回去见家长。当然是碰壁了。小江母亲说:"要么你们先领证,过上一年,如果还没分手,再带她回来也不迟。"

"这话充满着对我的极度不信任,还有无穷的蔑视。"小江摇头叹息。

我们都笑。"你妈已经属于相当含蓄的了。"

"大十一岁,是不是真的有点过头?"他问我们。

"从长辈的角度看,肯定有点。不过你自己觉得没问题,那就 OK。"龙荣说。

"我觉得没问题。"小江道。

"刘婵那时候你也觉得没问题。"我冲他一句。

"又来了，阿哥又来牵我头皮了，"小江很认真地向我解释，"我跟刘婵是好来好散，现在还是朋友。我尊重她，就像我永远尊重你一样。一日是阿哥，一世是阿哥。"

"你怎么不去唱滑稽戏？"我撇嘴。

龙荣笑起来："以前小江说你适合唱滑稽戏——你们俩到底谁更适合？"

"他明明比我适合得多。"我把身体朝后靠去，做个慵懒的姿势，"江宇扬，索性你就真的去领证吧。作为你阿哥，我希望你是模子；作为邱莹的前男友，我希望她能够幸福。所以去吧，明天就去。四万块钱我再还给你，当红包。"

我看死小江不可能真的去领证。谁知过了几天，龙荣告诉我，小江领证了。我怔住，下意识地问："是跟空姐吗？"龙荣反问："不是她还有谁？"

我四万块钱红包送出去没两天，葛慧忽然冲到小江上班的地方，大闹了一场。她后来对我解释，说刘婵跟小江认识快两年了才订婚，而空姐仅仅几个月就可以领证，一步到位，厚此薄彼。她认为这是莫大的侮辱，不能原谅。

葛慧用新做的水晶指甲，把小江右脸抓出五道血痕。要害部位也被高跟鞋踢了好几脚。小江向我们描述当时的场景，连说了几遍"这老女人想弄死我"。我和龙荣费了很大劲才忍住不笑。小江忽然看我："阿哥，你干吗告诉她？"

我一怔："我？我没说过啊。"

小江一脸不信。他觉得我是故意促狭他，但我真没说。就算要促狭，我也不会带上葛慧。直接P张我和空姐的床照发给他,还简单些。

我又去问华莉,她也说不知情:"——会不会是你表妹?"

这话提醒了我。从小江的口气里,总觉得他跟刘婵应该还有联系。我翻了刘婵的微博。突然发现她的IP地址是上海。我吓了一跳。微博是很早以前注册的,现在家人间联系基本都用微信,估计她自己也忘了这茬。我给她发微信,问她:"最近好吗?"

她回过来:"少兜圈子,我知道你来过我微博了。"

我只好直接问:"什么时候回的国?"

她回道:"上个月。"

我问:"那为什么没告诉我?"

她没睬我。

次日我们便见了一面。她说她刚找到工作,一家五百强的咨询公司。她曾在那里实习过半年,部门老板对她印象很不错,橄榄枝抛来好几次。最近刚决定接住。

我问她:"就是那个,你爸的表妹?"

"什么表妹?"

"喏,他们都是区人大代表,同表,表友。她比你爸小,所以是表妹。"我开玩笑。

刘婵"哑"的一声,白眼直翻到天际:"葛向阳,我劝你还是少开口,不开口分数还可以高一点,一开口直接跌成负分!不要以为你跟华莉复合了,你就可以破罐子破摔,在十三点的道路上越走越远。"

我笑起来:"怎么叫我跟华莉复合就是破罐子破摔——小同

志,你这话有点促狭啊,一下子打击两个人。"

她斜睨我。"复合的感觉怎么样?"

我想了想。"——还不错。老店新开,老瓶装新酒,蛮好。"

"你们索性再生个二胎,'老蚌生珠'。"

我抬脚,作势要踢她:"——到底谁是负分啊?"

小江与邱莹去欧洲度了个蜜月,回来说聚一聚。把刘婵也请来了。各人都有礼物。我和龙荣是每人一支钢笔。华莉是一瓶香水。刘婵则是一副珍珠耳环。

我拿过手机,上网搜耳环的牌子。同样是礼物,价格差别有点大。华莉和龙荣显然也意识到了。但都没吭声。趁刘婵去上厕所,小江解释:"耳环是邱莹挑的。"

龙荣点头,哦了一声。

我和华莉同时看向他。"你哦什么?"

龙荣有点窘:"——邱莹还是很大气的。"

邱莹妩媚一笑:"谢谢。"

刘婵从厕所回来,看我们的表情:"在说我吗?"

小江道:"是啊,我们都说——半年不见,你气质越来越好了。"

"不敢当。"刘婵在手机上飞快地操作着。很快,小江手机响了,见是刘婵发来的微信转账,10080元。

"你们结婚,我总归要意思一下的。新婚快乐啊。"

"太多了。"小江道。

"不多,我阿哥还包了四万呢。你是低配版王思聪,少了给不出手。"刘婵道。

我正要说"红包怎么还带零头",忽然想起刚才网上搜到的耳环价格,一怔。邱莹也立刻反应过来:"——不好收的,刘婵你太见外了。"刘婵说:"你不收才是见外呢。"麻利地拿过小江的手机,替他点了收款。又把手机扔给他。"——两清了。"

她应该是在厕所查了耳环价格,10080 元。小江有点蒙。也想过她会不收,但没料到居然是当场转账。忒干脆了。

刘婵开车来的。送我和华莉回去。车上我劝她:"江宇扬也是好意。"

"我知道他是好意——我也是好意呀。他送我礼物,我送他红包。"

"他说,跟你还是朋友。"

"没错,是朋友。朋友也分很多种的,我跟杰森还是朋友呢,我把他微信都拉黑过好几次了,还一起去文过身,他左屁股上文个'婵',我右屁股上文个'J',将来要是洗文身,我很方便,他就受罪了。上礼拜他又加我好友了,说这辈子只喜欢我一个。"

杰森就是那个钢管舞教练。停顿一下,我问:"你们,又好了?"

"他小腿生了个瘤,手术开掉了,医生说不影响寿命,但钢管舞肯定跳不成了。他大概是觉得,我是他所有客人里最好搞定的一个。我告诉他,我爸马上就要破产了。就这一两个月的事。他以为我骗他,死活不信。可我总不能让我爸开张负债证明给他吧——待会儿送你们回家,我就去他那儿一趟,争取把话说清楚,让他死心。"

"电话里也可以说清楚,没必要亲自去一趟。"我道。

刘婵笑笑:"葛向阳你也是三十好几的人了,怎么还这么单纯?话要说清楚,可朋友也还想再做下去的呀——我不是说了嘛,朋友分很多种的,光谈心不上床的是朋友,光上床不谈心的也是朋友——朋友多不是坏事,对吧?"

我不知怎么回应。光屁股就玩在一起的表兄妹,现在听她一口一个"上床",她若无其事,我倒有些脸红。

华莉说刘婵变了。"她现在有点让人捉摸不透。"

"她一直是这样,看着搭进搭出,其实就是个没长大的孩子。"我道。

华莉"嘿"的一声:"孩子?有点熟过头了吧?"

我不太满意她的语气:"我跟你讲——她是被江宇扬甩了才会这样。她有多喜欢江宇扬,你不会知道的。"我哀伤地摇了摇头。

葛小伟上小学了。填入学登记表时,我在"父亲"那栏端端正正写下自己的名字。随即长长地吁了口气。华莉在一旁问我:"吁什么气?"我眼眶发酸:"亏得我们复婚了,否则都不知道该怎么填。"华莉"嘿"的一声:"就算没复婚,你也是'父亲'。你就算抢银行被关进去了,甚至被枪毙了——葛小伟填表格,你也永远都是'父亲'。"这解释杀气腾腾又简单明了。我讪笑了一下:"也对哦。"

小董还没参加过我们的聚会。从身份上看,她完全有资格加入。但大家应该是考虑到华莉,想多些缓冲的余地。毕竟时间拖得越久,她就越搞不清两人的状况,还会误以为龙荣是在和她分手之后才认识的小董。对大家都好。

终于有一天，华莉提出："龙荣，什么时候把新女朋友带来看看啊？"

她称呼"新女朋友"而非"小董"，也是一种缓冲。上海民航圈就那么点大，今天谁在浦东摔破了头缝针，明天虹桥连他礼拜几拆线都会知道。所以华莉不可能不知情。她不说，我们也只作不知。统统装傻。但小董总不能永远不露面。由华莉主动提出，贴心又大度，这是最好的。没人比平衡室经理更擅长"平衡"。华莉总能在最适当的时候，不落痕迹地，用最低调的方式，缝缝补补，让抖抖豁豁的小细节重新贴合。保持平衡。

小董取代小江，成了聚会中最年轻的一位。她打扮得青春时尚，衬得我们几人灰头土脸、老态毕露。她大谈几大高奢开年的最新款，珠宝、手袋、鞋子。以及她刚买的车，一百万不到，某老牌汽车公司新推出的电动车型："其实也就是个名气，内饰还有电池，都是马马虎虎没啥亮点。倒不如去买国产特斯拉，二三十万，性能蛮好，碰碰摔摔也不心疼。"小江忍不住道："就是呀，你怎么不去买呢？"小董抿嘴一笑，露个"你懂的呀"的表情："那，总归还是不一样的呀。"

小江毫不掩饰对小董的反感。他与我到阳台上抽烟。"做作到极点，还傻不拉叽——那种豪车，内饰配件都是要另外付钱的，她买个赤膊版，还怪人家内饰不好。搞不懂龙荣怎么会喜欢这种女人。浮夸。"

"说话浮夸跟做人浮夸是两个概念。别轻易下结论。"我道。

他看我："阿哥，我发现你跟华莉复合了之后，变得宽容多了。像个男菩萨。"

"不宽容没办法啊,"我夸张地耸了耸肩,"这次要再分了,只能跳黄浦江。"

小江哈哈大笑。

我的印象中,小董不是这种风格。或许初次见面有些用力过猛。尤其是当着华莉的面,分寸不好把握。小姑娘到底还年轻,挑来挑去,挑了个最容易让人诟病的风格:物质、浅薄、语无伦次。她要是安静坐着,华莉倒拿她没办法了。现在这样,男人女人都不喜欢。我几次瞥过龙荣的脸,看不出表情。猜他多少也有些难堪。当然,从男人的角度来看,带个年轻不懂事的女朋友,或许是另一种加分项。就看他自己是怎么想的了。以我认识的龙荣,应该不这样。但也说不准。谁也无法看透别人,再亲的人也不能。是与不是,各有50%的机会。统共两个答案。瞎猜也是50%。当事人也有50%的概率对自己认知错误。

但有一点我能确定,那就是——小董应该没什么安全感。

几天后,我和龙荣在廊桥下站着,目送英航飞机缓缓推出。巨大的发动机声,为谈话设置了天然屏障。听得不顺耳,可以迟几秒做出反应,还可以假装没听见。站长的任命书已经下来了。我对他说"恭喜"。他却摇头:"恭个屁喜,早就麻木了。"

"那也要恭喜,"我说,"事业爱情双丰收啊。"

他半晌没回应。我以为他在装傻。谁知他"嘿"的一声,皱眉:"葛向阳,你他妈的别——"

这时,另一架飞机进场靠桥,发动机声震耳欲聋,生生地吃掉了他的后半句。声音没了,咬牙切齿的表情却在,面容狰狞得有些滑稽。我问他:"你刚才说什么——再说一遍。"

他看了我一会儿,什么也没说,离开了。

龙荣开始为结婚做准备。装修、订婚宴、设计蜜月……他在虹口有一套两房。小董父母去看了一趟,给他两个选择:卖掉,再买套大的;或是不卖,直接拿女方那套浦东的三房做婚房,但装修全部由龙荣来。龙荣想也不想,选了第二个方案。

"你没什么划算的,人家的婚前财产,你白白倒贴装修费。"小江说。

"再买一套不是更伤筋动骨?"龙荣道。

"再买一套,女方也要出钱,而且还是婚内财产,你有保障的。你现在这样,真要有什么事,一分也拿不到。全部扔水里。"

"啧啧,你这个富二代,倒是算得挺精。"我一旁道。

"富二代都是算出来的。越有钱,算得越精。"龙荣笑道,"再说小江现在正朝着富一代进军。自力更生、精打细算、勤劳致富。"

贝壳粉刚签了个大单。南京路上一个新竣工的大型写字楼,被小江拿了下来。用他的话说就是,这笔做成,够吃三五年了。我由此对小江刮目相看。经济下行,那种大项目不知有多少双眼睛盯着,而商场上那些套路,平常也不常听他提及,短时间内竟已谙熟了。不动声色地做成。

我故意把这事说给葛慧听,想看她跳脚的样子。谁知她似是没听见,眼神轻飘飘地带过。我正纳闷,刘新华问我:"刘婵最近跟你联系多吗？"

我道："一般吧。"

"她的事，没跟你说？"

我一怔，猜想或许是杰森的事败露了。刘新华当初花了一大笔封口费，才搞定裸照的事。现在刘婵居然又跟这人复合了。刘新华心态再好，估计也撑不住。

"向阳你真不知道？"他看我。

"我——"我迟疑了一下，"哪方面的事？"

"算是感情方面的吧。"

"哦，稍微知道一点。"我说得模棱两可，"——感情的事，有时候也是没法子。刘婵也不容易。"

"哼，她是不容易，"葛慧鼻子出气，"把我们老两口瞒得好苦，当我们是假的。"

"她——"我正要往下说，瞥见葛慧脸上好像不完全是气愤的神情，相反的，竟还有些欢喜。心念一动，便停下不说。

刘婵和小江并肩走进来的时候，我以为我猜对了。水晶泥可以无限次揉搓又重组。年龄相仿、男无才女无貌、官商勾结、寿头配痴子……不管从哪个角度看，这俩宝货都是最登对的。我差点就要上前揶揄小江几句。但刘婵很快开口："买贝壳粉专利的350万，我爸投了小一半。你按比例，给我爸分红就行。"

"那钱说好是调头寸，又不是投资。再说我不是早还了？"小江诧异。

"还给谁了？钱呢？"刘婵问刘新华，"爸你收到了吗？"

刘新华笑笑，不语。

小江从手机里找到转账记录，亮给刘婵。刘婵瞥了一眼，推开他。

"这是你原先说好的彩礼钱。一码归一码，现在我们分手了，钱我爸妈会还给你的。"

"没错，"刘新华点头，"下周一就打到你卡里。"

"什么乱七八糟的，上海人哪有彩礼一说，这明明——"小江忍不住站起来。

刘婵截住他的话头，说下去："——借条还在我爸手里呢。"

小江又是一怔："什么借条，我写过借条吗？"

"借钱不写借条，嘿，你还跩得很。"刘婵从父亲手里接过一张纸条，放在小江面前，"你自己看，这是什么？"

小江拿过纸条，只见上面写着"兹向刘新华先生借款 100 万，以作贝壳粉投资之用。每年两次，6 月底与 12 月底，分别按当期销售净利润支付分红。江宇扬。"字是打印的，签名是手写。小江怔了半晌，想不起是几时签的名。他问刘婵："你什么意思？"

"借条怎么说，你怎么做。现在 6 月了，这笔分红别忘了。"

"刘婵你跟我来这套？"

"怎么，赚钱了想不认账？你爸长江学者，你妈银行高管，就教你赖账？"

小江怔得说不出话。刘新华起身，把借条叠好，放回口袋。他掏出烟，问小江："来一根？"

"来你个×！"小江蹦出一句。

刘新华微微一笑："呵，第一次听你骂人——不过也没什么，谁都有生气的时候。你总体还是属于文雅的——你爸妈都好吗？"

"好你个头！"

"你出身好，有底气，所以可以率性，想骂人就骂人，想摆烂就摆烂。再怎样，也不担心别人说你是小瘪三、小赤佬。我们这种出身差的，真正是瘪三赤佬了，倒是装腔作势功架十足。话不敢说错一句，路不敢踏错一步。连眼镜都配金丝边的。笑不露齿，看人用余光。生怕别人不知道我是'伪君子''斯文败类'。"

刘新华说着，把目光投向我。"——是吧，向阳？"

我笑笑，没吭声。

"说起来向阳，你好像很久没梦到我是华山派掌门了哎。"他忽道。

"是有一阵了。"我一想也对。

"为什么？"他问。

"做梦的事，谁说得准？"

"你的梦哎，你还做不了主？"

"你的梦，你能做主？梦到谁、说什么、做什么、最后什么结果……你能做主？"

"现实里你就能做主？"他冒出一句。

我被他说得一愣。刘新华很少在梦里跟我正面对抗。我通常不让他有很多台词。点到为止，知道他不是个东西就行了。大 boss 不见得就非得话多。我宁可让葛胜多说一点。他能替我出一出"这帮人又蠢又坏"的恶气。可刘新华不是这种人设。

就算现实中我再怎么恨他入骨,也必须承认,他很聪明,也有涵养,说话行事都相当到位。连我妈都说过无数次:"你做人要有你姑父一半懂经,我就放心了。"

这种复杂的情感,使得刘新华在我梦中一直形象模糊。有时候还会前后矛盾。比如寻宝大战中,带队的是他,心狠手辣,杀人手起刀落。可一眨眼,他又以某个德高望重的大人物形象出现。华山派掌门,或者武林盟主什么的。NPC们一个个就跟瞎了似的,刚刚见他杀了人,这头倒地就拜:"足下高义,心怀苍生义薄云天一身正气,我等誓死追随——"偶尔刘新华还会救我一命,莫名其妙地说:"也罢,诸位,又何必与此宵小一般见识——"长袖一挥,很潇洒地把我拂到一边。然后梦就醒了。我躺在床上半天想不通,350万没了,还成了宵小——像是文艺作品里那些不讨喜的正面人物,戏点全在有魅力的反派身上。窝塞的是,下一次做梦多半还是如此。我非常努力地,想把刘新华设计成有点猥琐的形象。但很难如愿。最接近我本意的一次,刘新华是丐帮的叛徒,背信弃义,靠卑劣手段当上了帮主。帮众依次上前,往他身上吐唾沫。呸!呸!呸!虽说是仪式,毕竟腻心。我抱着看好戏的心情,试图从他脸上找到几分狼狈。却见他双目紧闭一动不动,神情中透着庄严,仿佛教徒在受洗,身上的每一口唾沫都熠熠生辉,像时装上镶嵌的亮片——这竟又成了他的高光时刻。

旁边,一家人都在——只是背景罢了。除了我和刘新华,其他人都在阴影里,不说不动。

"所以,你是坑了小江一把?"半晌,我道。

他道:"谈不上坑吧。那阵子连他自己爸妈都信不过他,我这个准岳父,真金白银拿了100万出来支持他,现在问他收点利息,过分吗?"

"按贝壳粉的盈利,年底分红,起码能翻两番。暴利。"

"我知道。可没我那100万,他能有今天?"

"没我爸那100万,你能有今天?"我反问。

他愣了一下:"——又来了,又来翻旧账了。"

"翻不完的旧账。"我一字一句地,"可以翻一世,不死不休。"

阴影处众人一阵骚动。我妈的声音:"向阳,差不多可以了,人家的家务事,你掺和进来做什么?"我说:"是他的家务事,可为什么偏偏又是350万,又是100万?他故意的!——我就想不通了,凭什么每次占便宜的都是他?"

"你叔叔也拿了100万,你怎么不盯着他?"我妈道。

"他只盯着混得好的。"刘新华笑笑。

"你混得好吗?"我讥讽道,"你都快要破产了。"

"我年底分红能翻两番,400万。你说的。"

"一个院士,一个银行高管,能看着他儿子吃亏?"

"我有借条,签名也是真的。"

"签名是假的!"小江在阴影里叫道。

"我们去找笔迹专家,看是真是假,"刘婵提醒他,"那天晚上你喝醉了,说要练习签名,我拿了一沓A4纸出来让你签——忘了?"

"你算计我!"

"我现在有一堆你的签名。今天借条,明天转让合同,后天再弄张遗书。不急,慢慢玩。"

"娘个×,你太恶毒了。"小江咬牙切齿。

"陈世美,自找的。"刘婵梦里说话,有一种阴狠的笃定。

停顿一下,我道:"都说刘婵跟爸爸亲。现在我信了。"

"刘婵是个好孩子,关键时候靠得住。不像你,向阳,"刘新华朝我看,叹道,"——你只会拆你爸妈的台。"

我等着我妈出来反驳,可我妈一声不吭,像是没听见。这让我很是郁闷。

"吴爱花!"葛慧忽道,"你还在厨房忙什么——大家在聊天呢,你出来,出来!"

吴爱花应了一声,系着围裙走出来。光打在她脸上。比平时白净许多,五官也清透。她本就比葛胜小了十多岁。我第一次见到她的时候,她才二十来岁,一开口就脸红,上海话带苏北口音,问我,"你就是向阳?"我妈推了我一把:"叫阿姨。"我依言叫"阿姨",她手忙脚乱地拿出一根棒头糖给我:"你吃——"那时我只当她是某个老邻居或是谁的同事,直至她与葛胜结婚,大家让我改口叫"婶婶",才知道她是我奶奶从老家给葛胜物色的对象。次年便有了葛耀祖。自此她上海话一年比一年正宗,肤色也一年比一年白皙。穿着打扮上再用些心思,看着反比刘婵更像是上海女孩。

"汤冷了,我去热一热。"吴爱花要去端汤。

葛慧"哑"的一声:"热什么热,黄梅天本来就黏答答,喝热汤又是一身汗——再说你看这里一个个像有胃口的样子吗?

坐下，聊天！"

吴爱花迟疑着，又朝葛胜看去。葛胜在阴影里看不清面目，嗓子暗哑，不耐烦的声气："让你坐就坐，看我干什么？你自己没脑子？"

现实里葛慧很少用这种口气对吴爱花说话，乡下弟媳，骨子里是看轻的，但也正因为看轻，所以只是一笔带过，通常不与她啰唆。况且吴爱花也不是唯唯诺诺的性子。除了刚来上海那一两年有些生疏，渐渐地便放开了，说话行事还是很大方的，见谁都不露怯。面上敬着葛慧，心里未必。另一头，老公是天，但却是她双手擎起的天。没有她，天便塌了。她懂这个道理，葛胜也懂。所以葛胜也很少在外人面前给她脸色。愈是处境不好的人，愈是想得透彻。葛胜对任何人都会发脾气耍性子，唯独对着吴爱花不会。

况且这几年也很少在家里聚餐了，都是去外头吃。更不会让吴爱花一人下厨。过日子细水长流，便是真有什么，也是藏在底下，真正是暗流了。面上轻易不露出来。梦里却没这么好耐性，眼睛闭上再睁开，便是人生一段。无论如何要讨个说法出来。好的坏的统统摆上桌面，连一个眼神都要做足文章。等不及小火慢炖，都是大火急炒——儿媳一个人在厨房做菜，大姑子颐指气使，丈夫又不给好脸色，委屈加上心酸，气氛铺垫到这里，追光灯都跟过来了，后面便该有个小高潮才是。

吴爱花坐下，叹口气。旁人也都不语。等着她开口。

"姐夫做生意是不容易，这我知道。可再怎样，也没必要欺负孩子。"是指小江。

刘新华没说话。葛慧"嘿"的一声："孩子没必要欺负，大人就无所谓了，是吧？"

吴爱花道："我不是这个意思。"

"别人说这话我也就算了，你吴爱花这么说，我实在是忍不住，"葛慧看向她，冷笑，"——你又是什么好东西了？"

吴爱花停顿片刻。神情反倒平静下来。

"我知道，阿姐说的还是那件事——都过了这么多年了，钱大家也都分了，非要争个说法出来，十分错，是三七开还是五五分——有意思吗？"

葛慧不语。吴爱花叹口气："那时你们比我们处境好得多。没这钱，你们还过得下去，我和老葛只好当一世瘪三。"

"你以为你们现在就不是瘪三了？"葛慧抢白。

吴爱花又叹了口气："我们当然是瘪三。在阿姐眼里，我们永远都是瘪三。可是阿姐——瘪三才会一直盯着别人的钱。当年盯着阿哥的350万，现在是小江的350万。"

"放屁！爸卡里有350万的事，是谁先说出来的？你不说，我们会知道吗？"

"好好说话，不要骂人。"奶奶在阴影里提醒葛慧。

"我不说，你就不知道了？你自己信这话吗？"吴爱花冷笑，"再说了，爸和阿哥大殓过后没两天，是谁急吼吼，催着姆妈把存款和股票统统看一遍？"

"人没了，要是不快点把钱转出来，再办过户手续不晓得有多麻烦。我是为了妈好。"

吴爱花点头，缓缓道："是呀，那样伤心的时候，也亏得阿

254

姐你还能想得这么周到。所以阿姐,你和姐夫要是不发财,老天爷都不答应。"

"你少说话带刺。我问你,当年爸卡里突然多出那么大笔钱,是谁一口咬死'钱在谁的账户,就是谁的'?"

"是我说的吗?明明是你弟弟说的。"

"放屁!我弟弟嘴巴臭,其实连个屁都不懂。你不教他,他会说这些?"

奶奶又"哑"了一声:"让你别骂人、别骂人。女人家,难听吧?"

"你烦死了!"葛慧火起,冲母亲吼。

"本来就是嘛。"我奶奶咕哝着。

"讲起姆妈——"吴爱花笑笑,"当时姆妈要是跳出来表个态,说那钱的的确确是阿哥的,让我们统统死心,也就没后面的事了。可姆妈你一声不吭,笃笃定定坐着——"

"你们已经吵起来了,我一个老太婆有什么办法?"我奶奶争辩。

吴爱花又笑笑:"一句话就能讲清的事,你不说,我们当然要吵了。有时候沉默也是一种态度。"忽地转向我妈:"——阿嫂也说两句。"

我妈在黑暗中不动,似是没听见。我心想,让我妈说什么呢,我妈一开口肯定没好话。纯粹自己找不痛快。再一想,葛慧让吴爱花说话,同样也是自己找不痛快。梦里这个家庭会议,开出了民主生活会的风格。批评与自我批评,直言不讳,不留情面。气氛相当健康。

没等到我妈开口,梦就醒了。华莉在一旁奇怪地看着我。

"做什么梦了?我看你一直在笑。"

我告诉她了。华莉很不屑地评价:"你们男人就喜欢把责任推给女人。明明是你姑父和叔叔最不是东西,可你却把你姑姑婶婶揪出来互掐,好像坏主意都是她们出的。哼,中国人的传统。夏桀不好怪妹喜,纣王不好怪妲己,周幽王不好怪褒姒——无聊到极点。"

"你怎么知道?"我问。

"知道什么?"

"我姑父和叔叔不是东西。"

华莉怔了怔。"我又不是第一天认识他们。"

我很满意她这种毋庸置疑的语气。加上一句:"——我姑姑和婶婶也不是什么好人。"

"不是好人,但肯定谈不上有多坏。你们家一看就知道,男人才是坏料。比如你,梦里都重男轻女、欺软怕硬,生活中肯定更加不是东西。"

我笑起来,趁势把她抱住。

龙荣和小董领完证当天,说请我们吃饭。结果到了餐厅,却只看见小董一个人。原来龙荣临时接到通知,去日本出差。我趁着上厕所给他发消息,"干吗不改个时间?"

他回过来:"我是想改的,可她说算了,通知都发出去了,临时取消不太好。"

我忽的有些心悬,猜想小董或许有话要说。趁老公不在,发飙、爆粗,泄一下对前任的复杂心情。这姑娘虽然忠厚,但就怕老实人发戆脾气。

我回到包房,想着要提醒华莉几句。却看见小董在敬华莉的酒,嘴里说"龙荣一直让我向你学习,说阿姐你做人做事都是一流的——"我暗叫不好,竟已开始了。华莉与她碰杯:"龙荣喜欢夸张,你一个字也别信。"两人都笑,我提防着。谁知很快便没了下文。小董笑意停在脸上,应该是想再说些什么,却半天没出一个字。反倒是华莉主动聊起某个热播剧。小董露出"我也极喜欢"的神情,顺着华莉的意思一路下去。两人很投契的模样。我旁边看着,渐渐放下心来。又有些不是滋味。若不是爱上龙荣,小董应该不至于这么委屈,小心翼翼。被丈夫爱过的女人,无论如何要多留意些,可她哪里是华莉的对手。华莉根本不会让她有机会看透自己。

回去的路上,我问华莉:"你觉得小董怎么样?"

她道:"还不错。龙荣找到她,性价比很高。"

"什么意思?"

"你知道我是什么意思。"

"我不认为龙荣是攀龙附凤的人。"我停顿一下。

"——主动攀龙附凤和被动攀龙附凤,都是攀龙附凤。"

"别这么刻薄。条件相当的情况下,女方能给自己带来便利,有什么不好?难道一定要推开才是正人君子?"

"我也没说不好,你急什么。"她哼的一声。

我朝她看。现在的华莉,与方才在包房判若两人。滑不溜手,那是对着外头人;对着家里人,则是又臭又硬,毫不掩饰。这样对龙荣冷嘲热讽,憋着气似的,她竟也不怕我多心。她应该是疏忽了,又或许根本不在乎——不在乎我是否多心。

隔了几日,小董又邀我和华莉去看她的新房。装修接近尾声,能看出三五成样子。华莉毫不吝惜溢美之词,把小董哄得很是欢喜。两人愈发投契,到后来索性互搂脖子,痴头怪脑得像刚毕业的女大学生。我在旁边看得心惊肉跳。恰好龙荣打电话过来,替我解了围。

我到外面接电话,告诉他:"你老婆,还有我老婆,一不小心都快成朋友了。"

"那不是挺好,难道你还希望她们互殴?抓头发撕衣服?"

"恐怖片什么时候最恐怖?不是恐怖镜头出来的时候。而是在那之前,什么还没发生,但气氛和音乐烘托到位,吊足观众胃口,一颗心悬到半空——就像她俩现在这个情况。"

龙荣笑起来:"别担心,我老婆不是这种人。"

"我老婆也不是这种人。可两个老婆放在一起就难讲了。"

"那你现在还跟我废什么话?还不冲进去救火?"

"110、119、120都打了。我先出来透口气,保心丸吃一粒,软猬甲穿好,马上进去。"

我们俩都笑了笑。

停顿几秒,他忽道:"兄弟,我是打算跟小董好好过日子的。"

我一怔,不自觉地结巴:"——我、我又没说什么。"

"我知道。就是想跟你打声招呼——我们这把年纪,四舍五入都是奔四的人了,说实话也已经没啥可以不好好过日子的资本了,"他又笑笑,"我说这话你别多心哈,就是想跟你表个态。

我们是最亲的兄弟，要是在你面前我都不能爽爽气气表个态、立个 flag 什么的，那就真没劲了。你说是吧？"

我拿着手机站了一会儿。脸没笑，挤出一个愉悦的声音："没错，兄弟。我懂的。"

我们在电话里聊了许久。像是存心让两个老婆在包房里自生自灭。龙荣便是这刻把华莉搞定马尔代夫站长的细节告诉我的。他说："兄弟，我没别的意思哈，是真心替你高兴，以你的性格，就该找个华莉这样的女人。对你对她都好。"

我想起华莉那句"龙荣找到小董，性价比很高"，不禁笑了一下。当朋友反复向你强调"别多心哈、我没别的意思哈"，把话说得四平八稳的时候，其实有些东西已经一去不复返了。他清楚，我也清楚。正如他说的——我们已经没有了不好好过日子的资本。

接着又约了饭，我居然还喝醉了。两个老婆把我架起来，往车里一扔。

"阿哥酒量一直这么差吗？"小董问华莉。

"对！"华莉咬牙切齿，"酒量差，还特别喜欢喝！"

代驾开车，小董坐前排，我和华莉坐后排。我几次把头跌落在华莉肩上。华莉没好气地一推，脑袋滚向另一边，重重地撞在窗玻璃上。我痛得叫起来："哎哟！"

路上，华莉不时伸手过来，探我的鼻息。我忍不住好笑。打呼的人才容易患睡眠呼吸暂停症。我不打呼，她倒是打呼。小伟刚出生那两年，她夜里睡得轻，还好。这次复合以后，我几乎每晚都戴耳塞，否则吃不消。她的呼噜声让人绝望到天明。

小董与华莉零零散散聊着天。女人家的话题。衣服、明星、日常花销那些。聊着聊着，华莉提到龙荣。"你们什么时候认识的？"

我心里咯噔一下，想，要糟。小董回答："就我进平衡室那年认识的。"

"那也三四年了。"

"不止，到今年7月正好五年。"小董应该是想开个玩笑，"——阿姐，我见证了你和阿哥还有龙荣的两段爱情。"

通常双商脱线的人想把话说得俏皮些，就容易发生事故。

"你比我小几岁？七岁、八岁？"停顿一下，华莉问。

"我97年的。"

"哦，那就是小五岁。"

"你92年的？"小董惊讶的语调，"我一直以为你和龙荣一样，都是80后呢。"

我叹口气。这姑娘没药救了。

"龙荣和葛向阳都是89年的，跟90后也差不多。"华莉道，"——你比龙荣小八岁，说实话也看不出啊。女孩过了二十五岁，除非长相特别显小、或者故意往嫩里打扮，否则真是没啥区别的。你讲起来是我们里面最小的一个，其实也二十七了，我像你这么大的时候，小伟都有了。现在00后都出道了，在他们眼里，80后90后没差别，都是老前辈。"

我心里笑了笑。小董怎么可能说得过华莉。

小董忽道："阿姐，你是更喜欢阿哥呢，还是龙荣？"

我一愣，这话过头了。

"你觉得呢?"华莉反问。

"我猜你更喜欢龙荣。"小董嘻嘻地笑。

"那你猜对了。"华莉飞快接上。

"不会吧?"小董捂住嘴,惊道,"阿哥还在呢,这么直接?"

"没事,他睡着了。"

睡个屁着。我很想立即跳起来,但没动。有机会听听女人们的壁脚,似乎也不错。

"那你怎么又跟他复合了?"小董问。

"因为,龙荣喜欢上你了呀。"华莉回答。

小董抿嘴笑起来:"哎呀阿姐你不要这么直接好不啦——"

不知过了多久,周围一点点安静下来。仿佛不是行驶在路上,而是浮在波澜不兴的湖面。笃悠悠滑向某个不知名的去处。惬意又突兀。我正纳闷间,忽听华莉道:"葛向阳,崔樱是怎么死的?"

我想,怎么突然又聊到这上头了。嘴上径直回答:"——是我害死的。"

"说说细节。"她道。

我停顿一下:"严格说来,不是我一个人害死的。"

"还有你爸?你妈?"

"不止。她爸也要算上,还有几个你不认识。"

"你这是在捣糨糊。怎么可能嘛,"小董插嘴,"又不是东方快车谋杀案。"

我没睬她。华莉沉默了一下:"我记得你说过,崔樱读书很不错。"

"不光读书不错，人也可爱——她是我见过最可爱的女孩。"我道。

"阿哥，这话说得戆了。当着阿姐的面，还有我。"小董提醒我。

"当着全世界女人的面我也这么说！崔樱就是我见过最最可爱的女孩！"我忽的倔脾气上来，大声道。话一出口，豪气干云。管他娘的多不多心，老子就是要这么说，人活着要是连这点真话都不能说，还不如死了算了！

华莉不吭声。她很少在我激动时与我辩驳。生活中大多是琐事，争不出对错。还浪费时间。她不会这样。只当我毫不占理，或有把柄被她拿捏的时候，她才出手。蛇打七寸，一击致命。用最少的武力取得最大的胜利。这方面我一个男的反而不如她。我比较沉不住气，自恃聪明想要在短时间内争个高下、讨个说法，但效果往往不好。

比如崔樱这件事，她基本不发表看法。我的描述虽然一鳞半爪，但积少成多，她应该猜到了大半。但没有大惊小怪。如果那样的话，也许我就不会继续了。平衡室经理到底狡猾。她不动声色地套出我那段若有似无的初恋，拨开岁月的枝枝蔓蔓，直窥我的内心。

我告诉她，崔樱死的那天下着大雨。她坐在她爸的中型卡车上，把一车机器零件从上海运到金华。车祸发生时，雨下得很大，影响了视野。山路两侧并无隔离，再加上雨天湿滑，车辆突然间失控，侧里溜了出去。崔建国拼命打方向盘，但是没用。车身急速朝坡下冲去。翻滚了几圈，重重撞上一棵大树。

崔樱没有系安全带，径直从车里飞了出去。

说到这段时，我泣不成声。华莉在一旁沉默着。她猜到还有下文。感情再深，毕竟过了二十年。如果与己无关，一个大男人应该不会哭成这样。她等着我说下去。但我还没想好是否该把全部经过都告诉她。虽然我很希望能找个人倾诉，憋在心里确实辛苦。华莉是个不错的人选——但我还是犹豫。

"那天，你也在那辆车上是吗？"她忽地问我。

我一凛："你怎么知道？"话一出口，便意识到她只是投石问路。上海话叫"冒野"。她脸上闪过一丝得意："猜的。"

我还来不及表示愤慨，她又接着道："你强调她没系安全带——而你系了，所以捡回一条命？"

又是"冒野"。我心里清楚。但重要的是，她成功打开了我的话匣子。我说："系了安全带也没用，我在医院里躺了一个多月。"

"至少捡回一条命。"

我沉默了一下："——可我错过了她的最后一面。"

"所以，这些年你一直在梦里找她，想见她一面。"

我鼻头又是一酸。"没错。"

我忘了那天最后我到底对华莉说了多少。但毫无疑问，那是我这辈子提到崔樱最多的一次。不是借梦里人的嘴，也不是自言自语，而是对着第三人，很认真地倾吐。

崔樱在我面前飞出去的那刻，"砰"的一声巨响，千万颗玻璃碎片，砸向我身上的各个部位。我见到她惊恐绝望的眼神，手凭空抓着，想要努力抓住什么。但于事无补。那瞬，无穷无尽的懊悔与自责，潮水般将我包裹——离家出走是借口，我只是单纯地想要让父母着急上火，让他们不好受。十四五岁的少年，迫切地需要一种存在感，来证明自己。那件事之前，我像鱼一样没心没肺，只有七秒的记忆。尽管如此，我依然从某些特定的情境中，察觉自己被无视了，甚至是被利用了。比如崔建国请厂长吃饭这事，我妈就是通过我才知道的。她给了我一张厂长和我父亲的合照，让我去问崔樱，是否认识上面那个男人。崔樱一眼认出这"伯伯"跟她爸吃过好几顿饭。当晚，我妈便和我爸大吵一通："人家哪里是把你当葛工，分明是把你当跳板——"我妈这么说不是没有道理。老同事聚会之后，我爸做好了"以后会被这帮人烦死"的准备。谁知竟还好，无非逢年过节发个短信什么的。让他意外的是，崔建国反倒与这些人混熟了，凡是能搭上界的，电话一打，招呼一声，都愿意帮衬他的运输公司。"交给谁都是做，不如交给老朋友——"话是如此，但到底也要人家有心，毕竟不是常见面。天晓得这样一个看似憨厚的大汉，那晚缩在角落不声不响，也未见他周旋应酬，究竟是如何办到的。真正是闷声大发财了。我妈由此认定这人段位之深，大概只有刘新华能够匹敌。

"阿哥，聊聊嘛——聊聊崔樱。"小董转过头，对我道。

我从回忆里醒觉。这个时候不该提崔樱。我用手肘推了一下华莉，示意她打住。华莉道："我又没说什么。是你自己激动万分，说崔樱是你见过的最可爱的女人。"

我讪讪地："——嗯，那不提了。"

又沉默片刻。华莉忽道："你错了。"

我以为这话是说给我听的。却见华莉拍了拍小董的背:"听到了吗?"

小董回头:"什么意思?"

"你说你是进平衡室那年认识的龙荣——其实不是。"

"嗯?"小董一怔。

"你大学毕业想考英航空姐,面试的时候龙荣就在。"

我心想,这事我竟然不知道。

华莉说下去:"你落选了,可你对他一见钟情。你家里人原本打算让你去外企,可你为了他,又进了东沪航,想找机会接近他。"

我听得云里雾里。小董先是不语,随即叹了口气:"原来你知道——龙荣告诉你的?"

华莉笑笑:"要不是你舅舅逼着你去机关,估计你是打算在下面待一辈子的。你父母不同意你们的婚事,骂龙荣是个拆白党,只会花小姑娘。你吵着闹着要跟他们脱离关系,还说除了龙荣,这辈子你谁都不会嫁。现在像你这么痴情的姑娘已经不多了——龙荣说他一直觉得很对不起你。"

"对不起我?什么意思?"小董问。

"——你很快就会明白了。"

车子陡然停下。我一怔,见窗外漆黑一片,不知何时竟到了郊外。完全没察觉的。我正要出声,华莉按住我:"你别说话。"我又朝小董看去,她显然也有些不知所措。

"这是哪里?"她问。

"乱葬岗。"龙荣的声音。

我惊了一下。司机别过头来,竟是龙荣的脸。我还未及反应,小董"哎呀"一声,上身缓缓地瘫了下来。七窍流血,双眼圆睁——已是死了。

我吓得叫出声来:"啊——"

华莉一把捂住我的嘴:"叫什么!"

龙荣下了车:"帮个忙。"见我半天没反应,推我一下:"兄弟,帮个忙,把她抬起来。"

我脑子里空白一片,喃喃道:"抬起来干吗?"

"你说干吗?——都说了是乱葬岗了。"龙荣从后备厢拿出一把铲子,还有一块麻布,抖开,铺在地上。

我想起身,但手脚不听使唤:"她,怎么死的?"

"砒霜下在酒里。"华莉回答。

"干吗要杀她?"我又问。

龙荣"嘿"的一笑:"装傻是不是?——我都当上站长了,她不死还留着过年吗?那套婚前财产的房子,也去公证过了,现在是夫妻共同财产。"他拿铲子,一下一下地挖土。

我依旧怔在原地。半晌回不过神来。

"瞧你那没出息的样子。"华莉数落我。

"你们俩怎么回事?"我看向他们。

"什么怎么回事?"

"——分手是假的?其实一直没断?"

华莉语带嘲弄:"葛向阳你少装蒜——我知道你早就看出来了。"

"他不是看出来,而是习惯性地把事情往坏处想。没自信。"

龙荣评价我，"——崔樱死之前，你是个马大哈。崔樱一死，你就性情大变。"

"干吗提崔樱？"我沉下脸。

"是我们想提吗？"华莉摇头，"葛向阳你又来了，明明是你自己一直想着她——我们要是不先把小董弄死，也许你待会儿就把自己弄死了。搞个车祸什么的，跟当年一样。然后小董变成崔樱，说几句虚头巴脑的话，关键时刻又消失了——葛向阳你跳不出来的。一个350万，一个崔樱。你可以一直梦到老。可350万你永远拿不到，崔樱你也永远见不到。归根结底，你就是在自欺欺人。"

睁开眼，我满脸是泪。车子依然行驶在高架上。华莉在一旁打盹。前排，小董微耷着脑袋，应该也是睡着了。我想起梦里那张七窍流血的面孔，暗自打个寒噤。下意识地朝反光镜瞥了一眼，想知道司机到底是不是龙荣。

"葛向阳。"有人叫我。

声音陌生又熟悉。我没有抬头，苦笑。梦还没醒。就像华莉说的，我永远跳不出来。像是自己跟自己开玩笑。一遍又一遍，周而复始。

"葛向阳，你为什么不睬我？"崔樱说。

我低着头，不看她——看了也没用。她总会适时地消失。

"我哪有不睬你？"我道，开玩笑的口吻，"我这不是在跟你说话吗？"

"那你为什么不看我？"

"我——"

"葛向阳,你过得好不好?"

"挺好的。"我道。

"你不要内疚,其实我从来没有怪过你。"她停顿一下,"是我自己没绑安全带。"

"跟绑不绑安全带没关系,"我痛苦地道,"我要是没有离家出走,就不会住到你家,要是没有住到你家,你爸就不会半夜开车,更不会出车祸,你也就不会死——"

"是命。"她叹口气。

现实中的崔樱肯定不会这么说话。不是这种性格。我只是借她的口,让自己舒服些。很无聊,而且还残忍。倘若人真有灵魂,这些年她应该是不断被我惊扰着。现实中连恨都来不及出口,甚至连最后一面都不让我见到——却莫名地在梦里原谅了我。

"我不恨你,"她仿佛知道我在想什么,"——葛向阳,洒脱点,别活得太累。而且你千万别小看自己,其实你一点也不傻——你也是个老屁眼。"

我怔了怔。倒不是因为崔樱突然说粗口(她说的每一句话,都是我让她说的),而是不明白我干吗要让她说这个。我还来不及表达愧疚和彷徨,情绪就跑偏了。本该有些悲怆的气氛变得不伦不类。她加上一句:"你自己心里有数。"

事实上我完全没数。这像是为了让梦境多些深邃意味而玩的小把戏。主题先行。又或许,是潜意识里的某种反应。比如我做了某些老屁眼才会做的事,身体本能地无法接受,需要靠外界的反讽,来让自身得到平衡。我很自然地接上:"人都是会变的。"

"你比小时候狡猾多了。"

我"嘿"的一声。习惯了梦中人的顺杆爬。脚踩西瓜皮,滑到哪里是哪里。

"你已经不爱华莉了,是吗?"她忽道。

我愣住。这个转折有些生硬,但显而易见,是我自己想聊这个话题。

"什么叫爱,什么叫不爱?夫妻过上三年,再谈这个话题就有些可笑了。"

"你心里盼着龙荣和小董分开,最好就像刚才那个梦,他们把小董弄死,然后再复合,这样你就不必有任何内疚,还可以大义凛然地骂他们是'狗男女'。"

"我没有。"

"你有,"她道,"你就是这么想的。"

"我没有!"我大声道。随即霍地睁开眼——彻底醒了。

小董家到了。古北一处豪宅。她下车,挥手跟我们告别。

"下次再见。"

车子再次启动,很快上了高架。

"葛向阳。"华莉忽然看向我。

"嗯?"

"我装不下去了。"她声音疲惫。

我停顿几秒:"——那就别装了。想干吗就干吗。"

"那个女人,我简直讨厌死她了,居然还跟她一路说说笑笑,比亲姐妹还亲。你说奇不奇怪?"她道。

"放在几年前,我也会觉得挺奇怪。华莉你不是这样的人。可能是跟龙荣待久了,自然而然变了。这没什么,每个人都会变——你在变,我也在变。"

她"嘿"的一声:"我变了吗?"

"做人怎么可能不变——三十岁,还跟三岁一样,可能吗?"

停顿片刻,她道:"记得我们当年谈恋爱的时候,你对我说过,一个好男人,就应该成为女人的一本书。"

我一怔:"这么刮三的话,我说过吗?"

"正常,恋爱的时候双方智商都不高。反正当时非但不觉得刮三,还很崇拜你的。葛向阳,你都不晓得,你说这话的时候有多帅。"

"愈是刮三的话,愈是要说得煞有介事、一锤定音。金句和笑话之间,有时候就差一点气场。气场到了,猪头三都可以变成大师。"

我说到这里,心想:"册那,我好像真的是个老屁眼。"

快到家的时候,她忽道:"我不回去了。"她看向我,做好被我追问的准备。可我只是点点头:"好呀,随便你——想干吗就干吗吧。"

"其实你早看出来了,是吧?"她问。

我不知该怎么表达,忽然想起梦里龙荣的话:"我不是看出来,只是——习惯性地把事情往坏处想。你知道的,我这人没什么自信。"

她看了我一会儿,皱眉道:"葛向阳,你又来了。你总是在我快要拿定主意的时候,让我觉得特别内疚。这样很不好!你会混淆我的——让我误以为我最终喜欢的还是你。颠过来倒过去，一遍又一遍，大家都辛苦——其实事情根本没那么复杂。你去叫十个女的过来，让她们排成一列，投票选老公。你和龙荣，一人胸口挂块牌子，把各自的情况写在上面。你看她们会投谁？但凡你有一票，我也就不走了。"

"不用挂牌子，她们肯定也选龙荣。"

"什么意思，你觉得我是在以貌取人吗？"她叫起来。

我连忙摇头："不是不是——是我的问题。是我里里外外没一样拿得出手的，就算给我们全身打上马赛克，姑娘们也是投他——哎朋友，走都要走了，还这么恶狠狠，非要把我面子里子全部剥光才满意？"我说着，笑笑。

"我没在开玩笑！"她跺脚，音量又往上升了一个 key。

我知道她没在开玩笑。我也不想笑得贼兮兮，十三点模样。可我总不能哭吧。上一次，至少还有些悲壮可言，把华莉亲手交到龙荣手里，托孤般郑重，讲起来是为了她好——现在就只剩狼狈了。完全叫不响。今后多半也没了做朋友的余地。唯一的联系就只剩下葛小伟。我忽然很希望这是场梦。梦里猝不及防，却总有补救的机会。现实比梦境更一惊一乍，还不及反应，就仿佛被什么东西兜头蒙住，一下子扔进乱葬岗。不得翻身。

乱葬岗。这当口我竟还想到这个。

"——龙荣未必舍得小董。"我忽道。自觉有点古怪。但就是脱口而出。

华莉看我一眼。"你怎么知道？"

"你说的一切，都是从你的角度。你看到的龙荣，也是你以为的龙荣。再坦诚的人，也会有藏起真心、说假话的时候。更何况你和龙荣都不是省油的灯。当然我不是说，人非得每时每刻都要坦诚，那不可能，而且有时候说假话也是为对方好。我的意思是——你怎么来判断，龙荣什么时候坦诚，什么时候不坦诚？有没有这种可能，当你对他遮遮掩掩的时候，其实他也有自己的秘密？就像你说的——我老是在你快拿定主意的时候混淆你，让你搞不清楚到底喜欢谁——会不会那个时候，龙荣也被混淆了，只不过你不知道而已？"

我不需要华莉完全懂我的意思。只要让她有一点疑惑，我的目的就达到了。我确定此刻，我不是站在阴影里的NPC，而是主动进攻，追光灯在我身上。愈是没把握的事，愈要说得煞有介事。金句和胡扯之间，只差一点气场。

我以为我最终会掰不牢，笑一笑，说些"算了，不逗你了"的话。可我没有。我脸上愈发郑重，掺杂些"世事本就复杂难料"的感慨。华莉问我："——龙荣跟你说什么了？"

"没说什么。是我自己有感而发——你就当我小人之心吧。你别误会，我没在挑拨离间。龙荣也是我朋友，我从没想过要开坏他。无非是相比之下——夫妻一场，我更不希望你吃亏。你明白吗？"

我直视她的眼睛，神情温柔而坚定。原来把话说得漂亮得体，也不是什么难事。以前那些真心话，我都不曾说得这般贴心贴肺。

"我不会吃亏的。"她说得有气无力。

"那最好了。"我道，"——那天龙荣跟我说，我们已经没了不好好过日子的资本。当时觉得这话挺凄凉，像老人家说的。但再细想一下，其实每个人早晚都要想通这点，越早想通就越幸福。我们现在三十多岁，算是不早不晚吧。"

"他说的，要好好过日子？"她问。

"嗯，就下午。你和小董在新房里，我在外面跟他打电话。"

"你们怎么突然说到这上头了？"她又问。

在我看来，这应该不是重点。重点是这话前面还有主语——"我是打算跟小董好好过日子的"。配上电话里龙荣缓慢低沉的嗓音，跟我当初把华莉交到他手里一样郑重。

一瞬间，我突然没了促狭的兴致。心情不自觉变得沉重起来。龙荣这话至少有三种可能性：他想跟小董好好过日子；他想我和华莉好好过日子；他没拿定主意，自我催眠——这还只是三种最基础的可能性。如果他故意掩饰甚至是混淆，情况则要复杂得多。就像那句"十个男人七个傻八个呆九个坏"，排列组合，够在纸上算一阵的了。真心话与漂亮话，在不同的时间空间会产生不同的效果。比如刚才我对华莉说的那些，真心的漂亮话，抑或是漂亮的真心话。促狭还是为她好。从我话说出口的那瞬，其实已经不听指挥了。仿佛我们三人缠杂至今的关系，像放久了的橄榄油，混浊、沉重、一言难尽。初衷是怎样，连当事人都快忘了，更别说落在旁人眼里，只觉得这三人古怪到极点。

华莉看着我。等待我继续往下说。

我觉得，在华莉笨拙又笃定的人生中，现在应该是她比较迷茫的时刻。并不具备"想干吗就干吗"的条件。她自己也知道。所以情绪才会不稳。三年前离婚那阵，她反比现在沉着得多。跟在我后面,见招拆招,掐着我的边线,看似抖抖豁豁,其实毫不吃亏。想到"吃亏"两字,我竟笑了笑。好像,自始至终我是真的不希望她吃亏。这个女人,尽管像树妖一般无趣,纹眉漂唇后的脸依然寡淡,随便一句话便能激出人的内伤,90后的年纪,80后的长相,70后的气质——但不知怎的,我就是不想让她吃亏。

"他有没有说,怎样才算是好好过日子?"她追问。这竟是她关注的点。

我搜肠刮肚:"嗯,记得他说过,'过日子不会每时每刻都顺顺当当的,那是拍电影。过日子应该是这样——这男的或是这女的浑身上下全是毛病,可没了他(她),日子就过不下去。要是分开,肯定会后悔。后悔一辈子'。"

她沉吟着:"——他几时说的?"

"葛小伟刚出生那阵。你产后抑郁,我们俩不是天天吵?他当和事佬劝架时说的。"

"谁产后抑郁了?"

我一怔,才想起这话是龙荣在梦里说的。是我的回忆。当然梦里的回忆与梦本身不一样,很多情况下是真的,就像小说里引用的典故。故事是虚构,但典故是真的。我想了一会儿,日子隔得有些久,分不清是真是假。但不能因为华莉没得过产后抑郁症,就断定龙荣没说过这番话——也有可能他是在别的情况下说的。

沉默片刻。她换个话题:"葛向阳,说一个你梦里看到的最不可思议的事。别提崔樱,也别提350万。"

我想了想，"——就刚才，我梦见你和龙荣联合起来把小董给弄死了。"

华莉一愣，随即直直地看我。我有点后悔，没必要提这个。

车子在我家附近马路停下。华莉坚持说不用我送："我就想一个人走走。"我只好依她："那你自己小心。"心想她今晚会住哪里呢，龙荣不在上海，她跟她父母又不太亲近，也没什么闺蜜，应该也不大会去住酒店……我看着她走向路边另一辆出租。记下了车牌号，想着这么晚了，单身女人坐车，还是要替她留点心。

我回到家，胃有点不舒服，下了几个水饺。还是上次她给我的虾仁水饺。冷冻室放了几个月。味道不错，虾仁的比例很高，实打实的自家出品。

边吃边给她发微信："在干吗？"

她没回。我又打电话，发现她居然关机了。我忍不住有点紧张，虽然猜想很可能是手机没电了，但半夜三更，到底不安。

直到凌晨两点电话才通。是一个陌生男人接的，问我："你是谁？"

我一愣，反问："你是谁？华莉呢？"

"这里是公安局。这个手机的主人，正在接受调查。你是她什么人？"

我半晌没回过神，以至于对方问了几遍，才勉强出声：

"我是她前夫——她、她怎么了？"

"董小燕你认识吧？"

"认识。"

"她中毒进医院了。她家里人报了警。"

我一颤,手机差点跌落。与此同时,听见了敲门声。过去开门——是龙荣。提着箱子,风尘仆仆的模样。我有点诧异,侧身,示意他进来。

他放下箱子,从口袋里摸出烟,给我。我指了指手机,表示不用。他独自走去阳台。

警察说下去:"——华莉是嫌疑人。"

我下意识地看向阳台上的龙荣。隔着一扇门,我们面对面站着。他瞥见我的表情,做了个"怎么了"的口形。我没动。他继续抽烟。烟圈从他头顶升起,青灰色一团一团,蔓延开,继而消散。连着下了几日雨,空气潮湿得很。玻璃门表面浮着一层水汽。他伸出左手食指,在玻璃上随意写着。虽然是反向,但我依然认出其中两个字是——"你好"。

因是用左手,所以笔画不稳,歪歪扭扭,像拗断的火柴棒。

我呆呆看了一会儿,随即想起床头那个用水彩笔写的"你好"。隔了两三年,几乎都快忘了——让我郁闷许久,甚至一度怀疑自己梦游,才会在那么雪白的墙壁上涂鸦。那套800万不到的房子,我妈省吃俭用一辈子,首付里有那该死的150万。平常我连个手印子都舍不得按上去。

那正是我和华莉商议离婚的阶段。双方友好又沉着,比商量结婚还要相敬如宾。虽然她见招拆招,掐着我的边线,看似抖抖豁豁,其实毫不吃亏——孩子归她,房子也归她。我心甘情愿,为她的冷静和大气。还有龙荣那句"过日子不会每时每刻都顺顺当当的,那是拍电影。过日子应该是这样,这男的或是这女的浑身上下全是毛病,可没了他(她),日子就过不下去。要是分开,肯定会后悔。后悔一辈子"——我想起来了,这话是真的,不是梦。不是产后抑郁,而是我们离婚那阵说的。他再三劝我考虑清楚,别做后悔的事。我没听他的,但仍感激在心。龙荣是好兄弟。不把前妻介绍给他,都觉得不好意思。离婚前我做一休二,华莉做二休二,六天里至少有一天我睡在机场,她睡家里。那张大床,平常她让给我睡,她陪小伟。但唯独那天,她想睡哪里就睡哪里。下意识用左手写字,是龙荣的习惯。葛小伟喜欢画画,水彩笔扔得满屋都是。床上出现也不稀奇。那个歪歪扭扭的"你好",与床呈 30 度角。应该是刚睡醒时写的,半梦半醒,随手抓起一支就写。写了便忘了。又或许,他是故意要留在那里——我无法判断当时的准确情形。面对面都会猜错,何况隔了那么久。所以说华莉还是最了解我的,她说我总喜欢把事情往复杂里去想,其实答案就摆在台面上,一目了然,并不难猜。

我忽地有些累——抬眼望去,夜幕中的水汽愈发重了,影影绰绰,仿佛罩着一层薄纱。万事万物,白日里再绚烂,到了夜晚便看不甚清,只留个轮廓。却是简单扼要,烙在人心上。眉里眼里,那是虚的,看了就忘;烙在心里,才是实打实,恒久不变的。说到底,无非是——你看透我,或是看不透我。人来人往、说说笑笑、好好坏坏,分分合合……热闹的时候是真热闹啊!再想想,竟也没有过去很久,不过两三年工夫,因了层层叠叠的心绪,虚虚实实,反反复复,却像隔了几个世纪那般漫长。

（九）

之后某个夜里，我梦见龙荣在候机楼签售新书，书名是《论渣男的自我包装》。扉页上印了一行小字，"渣男与龙荣之间，差了一百个葛向阳"。为此我很不爽，还咨询了律师。毕竟我也是公众人物，《平衡快速上手指南》连续畅销，首印十万册后，又加印了几次。当然龙荣的《论渣男的自我包装》首印就达到三十万册，超过了我。但无论如何，他这样点名道姓地恶意制造噱头，很不好，而且非常没有名堂。我问律师，这算什么呢？渣男和他之间，差了一百个我，他想表达什么含义呢？律师分析，也许他是觉得，葛向阳形象很正面，渣男需要向葛向阳学习，才可以进步。我当即炒了这家伙。我即便三天不睡觉，再喝下五斤白酒，只怕逻辑也比他清晰些。第二个律师建议我报警。除了索赔，还可以自我炒作一把。我心里觉得这条路可行，但面上正义凛然："帮帮忙，我才不搞这套——"

梦里我和龙荣吵了一架。我觉得我之所以能在候机楼签售，是因为书的内容跟民航工作密切相关，他凭什么呢，还占了 T2 最大的一块黄金区域，赶走了原先陈列的一辆法拉利，搭建了硕大的舞台，悬挂几米高的巨幅海报。还为粉丝准备了免费冰激凌。做作无比。我很气愤，但我不会明着说我妒忌他，而是挑了个义正词严的切入口。

"你自己也在机场上班，不晓得这样会影响航班生产吗？"

"我们所有的流程都符合规定，合同是直接跟候机楼管理部签的，他们甚至希望我每周都搞一次签售。本来想放在英航贵宾室，毕竟英航是赞助商，可那里地方太小，铺不开。这时机场宣传部的老师主动找上门，再三表示希望跟我们合作，我们才答应的。"

我撇嘴："流量跟质量往往成反比，越是 low 的书，越好卖。这道理我懂。可问题是——这本书也太 low 了，而且你还侵犯了我的姓名权。"

我鄙视地看向他。梦里他永远是五短身材，长相普通。这一环节甚至有些斗鸡。

"葛向阳你猜我拿了多少版税？"他笑眯眯地问我。

我不会给他刺激我的机会。在"350 万"出口之前，我朝他的鼻子狠狠地来了一拳。

"我从来没有见过比你更无耻的人。以前有一部电视剧叫《潜伏》，说的是潜伏的间谍。你，龙荣，就是潜伏的渣男。在谜底揭开之前，没人知道你是渣男。你他妈的还装得像个彻头彻尾的好人、情圣！真不要脸！"

他一脸平静。

"渣男经过包装，完全可以变成情圣。你以为我写这本书，是教大家骗人吗？错！其实我是想帮助大家去发掘那个最好的自己。差的变好、好的更好。你明白吗？'包装'不是造假，而是一种自我修炼。包装，可以让世界变得更美好。渣男如果能做到一辈子不被人发现，那他就是好人。"他问我，"——如果不是那个'你好'，你是不是完全想不到我跟华莉两年前就上过床？"

我觉得他想要讨打。

"不是说我和华莉上床是对的。"他说下去，"而是在于，我为你营造了一片温情脉脉的天地。就算离了婚，你跟前妻和兄弟都还是朋友。你甚至把她介绍给我，这拨操作太感人了，简直开创了男女关系的新式里程碑。我们一起喝酒一起开玩笑，气氛相当OK。如果不是这样，我和华莉最终还是会走到一起，但你就难受得多了，必定度日如年。所以葛向阳，其实最大的受益者是你。'渣男与龙荣之间，差了一百个葛向阳。'现在你懂我的意思了吗？我这么煞费苦心地为你着想，不想破坏我们的感情，也容忍着你和华莉背后那些小动作，甚至给了你们试错的机会——是你自己没抓住。你现在之所以这么讨厌我，也是因为你觉得我虽然是渣男，却表现得很善良很得体，把一切都处理得非常圆满，要风度有风度，要温度有温度。换了你，只会让大家灰头土脸，台型统统坍掉。"

我一拳过去。其实只是在椅子上打个激灵，身体顿时坐直。睁开眼，龙荣和小董刚好敬酒到这桌。大家都起身，唯独我旁边的华莉没动,似是没反应过来。我一把将她拽起来。

"恭喜!恭喜!新婚快乐!"大家七嘴八舌说着吉利话。

碰杯时,小江招呼摄影师"帮我们拍一张"。摄影师是个娘娘腔,翘着兰花指:"Hey guys,让我看到你们整齐的八颗门牙!"小江朝我使眼色,示意一起来。我使劲摇头。小江道:"阿哥来呀,来呀,阿嫂也一起来——"他居然还招呼华莉。华莉走到小董身边。我则走到龙荣边上。快门按下的那一瞬,我大声叫道:"黄瓜——"

大家都看向我。我解释:"'黄瓜'比'茄子'好,嘴巴张得更大,笑得更刮三。别说门牙,就是溃疡都看得清清楚楚。"

婚宴摆在浦东陆家嘴的一家五星级酒店。二十来桌。流程简洁又隆重,很贴合当下年轻人的风格,煽情不滥情,点到为止,游戏环节也很有趣,看海报猜电影名,还有听前奏猜歌名。邱莹猜对一道题,上台捧了一个大毛绒玩具下来,笑得合不拢嘴。

"知道为什么你会猜对吗?因为这首《梦里水乡》是九十年代流行的歌,台下大部分都是90后00后,他们连听都没听过。还有前面的《心太软》《千年等一回》《爱江山更爱美人》……上去领奖的都是阿姨妈妈。龙荣这瘪三坏得很,故意让老女人们暴露年龄。"我道。

邱莹一笑了之。她应该是得了小江的嘱咐,今天葛向阳就算当场掀桌子,也别跟他计较。正说着,台上LED屏又放出一张电影海报。华莉瞬间把手举过头顶,大声道:"《燃情岁月》!"

主持人说:"完全正确!"

华莉冲上台。小江看我:"阿嫂也是90后。"

"经典电影懂吧?经典是不会过时的,跟年龄没关系。戆×!"我张口便骂了声。

趁邱莹去厕所补妆,小江跟我谈心:"阿哥,我想了又想,其实你真没必要这样。阿嫂是你介绍给他的没错,可成或不成,都是他俩的自由。你跟阿嫂复合,他也没生气啊。而且他跟小董都好了大半年了,你之前不也照样说说笑笑,一点也不介意。怎么突然间搞得好像仇人一样——"

"他在我离婚前就跟我老婆上床,把我当白痴。"我心里道。话说出口却是冠冕堂皇:"他甩了华莉,不代表我不生气,只不过本着大局为重的想法,暂时压着这口气。现在看他这么高调地办婚宴,还把华莉弄得情绪失控,给小董喂老鼠药——"

小江"呀"的一声,触电似的掩住我的嘴,惊惶无比。

"阿哥阿哥——不是说好了不再提这事吗?小董都跟警察解释过了,是她自己误服了家里的老鼠药——事情都过去了,拜托你千万别再提了。"

我打住。再说下去就豁边了,变成促狭华莉了。这时隔壁那桌爆出一阵欢快的笑声,是英航的同事们,敬烟时一个个站到桌上,叼着烟左躲右闪,大口吹气,就是不让龙荣顺利点烟。足足闹了十多分钟。小董都把不耐烦写在脸上了,又不好发作。最后龙荣也爬上桌子,脸上带笑,忽然出手如电,重重捏住其中一个家伙的下巴,打火机调到高挡,猛地一按,蹿起的火苗差点烧到他头发。那人吓了一跳,乖乖不敢再动。香烟成功点燃。其余几人察觉出一丝异样的气氛,也都不再闹了。

我瞥见龙荣的神情。笑是笑的,眼神却写着"别惹我"。一半是站长的威严,一半也是个人气质。那晚之后,再倒回去想,便会发现他其实一直如此。他从来都不是个好惹的家伙。这么想问题当然有马后炮的嫌疑。但事物总是在一遍遍颠来倒去、剥皮拆骨的剖析后,渐渐变得明朗。那晚,龙荣向我坦白了两年前跟华莉的事。这把我弄得很胸闷。我正打算亲自捅开,把他往死里一通骂。结果他居然先坦白了。就像一口痰正要吐出来,却不小心又咽了下去,窝塞到极点。我问他:"为什么突然告诉我?"

他回答:"不为什么。就是觉得应该告诉你了。"

我道:"其实你不说出来也没关系。你不说,华莉也不会说。就让这个秘密一直烂在肚子里不是蛮好?还是你故意想要恶心我,让我不舒服?你都快要跟小董结婚了,还非要拆散我跟华莉?自己得不到的,让别人也得不到?你就是这种烂人吗?"

我连珠炮似的说完。心里却知道龙荣应该不会这么想。就算是烂人,也不可能烂得这么没有章法。纯粹一盆脏水倒过去,泄愤。我想看他手忙脚乱地接招。

他道:"其实——是华莉让我告诉你的。"

我一怔:"她干吗不自己说?"

"应该是不好意思。"他道,"毕竟不是什么值得骄傲的事。"

"那她为什么一定要说出来?"我不明白。

龙荣停顿一下:"大概是强迫自己下决心吧。"

我正要追问"下什么决心"——好在及时打住了,否则就是自取其辱。

气氛有些古怪，七缠八绕。我很快找到关键性的线头："那你呢，跟她一样下决心了吗？她都破釜沉舟、不给自己留后路了，你也是这么想的吗？打算跟小董分手了？"

——当然没有。否则就没有今天的婚礼了。

龙荣身手敏捷地从桌上跳下来，整理了一下西装，朝小董微笑："你老公帅不帅？"

小董嗔道："你啊，野蛮小鬼。"

"对付这班人，不野蛮不行。他们是被文明遗忘的角落。"龙荣揽住新娘，笑着走向下一桌，又朝英航那几个同事挤了挤眼，开玩笑的模样。

结束后，我送华莉回去。我与她坐在后排，中间隔着一只硕大的泰迪熊公仔。一路不说话。半晌，她"嘿"的一声："倒小看她了——"

我知道她说的是小董。仪式上丝毫异样不露，一直笑脸相迎。便是被龙荣关照了，做到这样也属不易。我对她竟也有些刮目相看。

那晚我匆匆赶到公安局，华莉一张脸像纸那样惨白，酒劲还没过，看人眼神都是直的。医院那边来了消息，说小董已经脱离危险了，事情跟华莉没关系。当场便放了人。我看表，差不多正是龙荣赶到的时刻。他应该做通了小董的思想工作。我始终没好意思问华莉到底怎么回事。她明明离开了，怎么又去见了小董。毒又是怎么下的。想不通。几天后她告诉我，那晚她不小心把工牌落在小董的新房，次日要上班，所以不得不拜托小董过去一趟。结果两人不知怎的又去吃了夜宵。"我没打算对她怎么样,"华莉说,"老鼠药在我包里放了好几个礼拜了。我每天都在想象会在怎样的情况下给她吃下去,可我知道我不会的——"

我把这话跟龙荣说了。虽然此刻我已经很讨厌他了,但有些话还是要说清楚。他明白我的意思,表示也不相信华莉会这么做。"可是,老鼠药不会自己跑进小董的酒杯。况且当时华莉喝醉了,人在喝醉的情况下会不自觉地做出一些匪夷所思的事情——"

理智上我觉得龙荣说得没错,但情感上我肯定要对他对着干。我知道他的软肋在哪里。

"不管她做没做,但你能让木头人一样的华莉在包里常备老鼠药,随时打算给人下毒——不得不说一句,龙荣你太厉害了。能让华莉发疯,也能让小董冷静下来。"

我抛下这句,便离开了。一半是气愤,一半也是见好就收。再说下去就复杂了。如果他反驳"如果葛向阳你足够有魅力,还会有现在的情况吗",我只能吃瘪。当然我知道龙荣不会这么说。他宁可在一团糨糊里绕来绕去,也不会说令人难堪的话。所以窝塞就窝塞在这里,即便是到了现在,我依然对他有一种本能的信任感。放到女人眼里,也许就是安全感。华莉兜兜转转还是挑了他。小董更是吃死他爱死他,连被人下毒也可以一掀而过。

我对华莉聊起婚宴上的菜式。"一万多块钱一桌,也就那么回事。吃个环境。而且龙虾一看就是冰冻的,不新鲜,石斑鱼也蒸过头了，家里蒸得都比它好吃——"

"葛向阳你不生我气吗？"她看我，忽道。

我想了想："要不是发生了那么多事，应该会的。但现在，情绪已经不晓得偏到哪里去了。我担心你，多过生你的气。"我边说边暗自心惊。关于波澜不兴地煽情这点，我实在是进步太多。嘴一张，自然而然便来。

"你又来了。又来混淆我了。"她的回答在我意料之中。是条件反射，也是客气。

我们没再继续这个话题。她应该是惭愧，怕多说惹我生气。但其实我在想龙荣方才送客时对我说的话——"葛向阳，你一直觉得自己很各色很讨人厌，可事实上，你却总是那个让大家对你心存愧疚、想要跟你说'sorry'的家伙。"

我把这理解为成年人狡猾的、拐弯抹角的花式道歉。不值钱，无非把话说得转些，也可少些尴尬。但不知怎的，当我触到龙荣的目光，笑意带出几绺鱼尾纹，老态，还有些许倦意。帅哥也三十好几了，操持婚礼到底伤神，但伤神的又何止结婚一桩——那瞬，我竟是抑制不住的怅然。连想好的揶揄话也忘说了。

新郎新娘去了普吉岛度蜜月。小江约了我几次喝酒，应该是想劝我，我都拒绝了。没什么好劝的，这事越劝越牵丝绊藤。大家都叫不响。再说小江那种情商和口才，弄不好就变成反撬边了，激得我冲到普吉岛杀人放火也有可能——我不给他这种机会。他以为我还在憋大招，电话里劝我："阿哥，趁他度蜜月，就当给自己一个缓冲。出来放松放松——再叫上阿嫂？"

"她已经不是你阿嫂了。除非你再给她介绍一个阿哥。"

他笑着正要接口，我已啪地挂了电话。

华莉在磁悬浮站附近找了套一室一厅："你的房子，还是归你。我这两天就把东西收拾出来。"我想说"再商量看看"，她飞快地说下去："你别谦让，房子我肯定不会要的。我只要儿子。"

我停了停。她以为我要说什么反对的话，急得又道："没有儿子，我就真的什么都没有了。"

我心头一酸。还是那句——也只有龙荣，才能让木头人似的华莉变得这般一惊一乍。

"葛小伟是你带大的。跟我也不亲。你要是不怕辛苦，就还是你带。"我故意把话说得硬邦邦，怕她难堪。

"谢谢。"她道，"——你还是可以经常来看他的。"

"嗯。"我问她，"以后有什么打算？"

"还能有什么打算？上班下班，吃饭睡觉。过日子不就这样嘛。"

第二天她就把东西打包好了，两个大皮箱，主要是葛小伟的东西多。我劝她，没必要一次性拿走："你又不是移民到国外，真缺了什么，我帮你送过去也方便的。"

"早点腾干净，对你比较好。"她停顿一下，劝我，"再找个合适的，趁现在还不太老——你早点开启新生活，我也可以少点内疚。"

从这一刻开始，我好像才真正有了离婚的感觉。以前那些，竟像是"离婚不离心"了。法律上离了婚，但心理上藕断丝连。

调侃或拌嘴，甚至拍桌子骂人，再怎样都不太担心的。笃定得很。有东西托着底。我们像是透支了某些本该细水长流的时光，嚼口香糖似的，抢着把甜头嚼尽了嚼干了，却又吐不出来，只能继续含在嘴里。苦谈不上，至少是尴尬无味的。朋友做不成，也没到敌人那种地步，竟还不如陌生人了。

上班时还是经常能碰到。好在做一休二，休息那两天是铁定见不到的，上班那天，没事就尽量在休息室待着。换了别人，华莉肯定要数落几句，我到底是老资格，又有那层关系摆着，她便睁只眼闭只眼。当然我也不会让她难做，航班的事肯定办妥帖。大家面上都过得去。便是英航也没有刻意回避，不卑不亢，该怎样还是怎样。

小江说我变了。"阿哥，你比以前爽气多了。"

我说："我从来都没有拖泥带水过。"

"帮帮忙——"他笑起来，"当年那个蹲在厕所门口，一边听我拉肚子，一边唧唧歪歪促狭刘婵的男人是谁？嘿，想做坏事又没胆，暗地里搞小动作，那么几句话颠过来倒过去，抖抖豁豁，怕我听不懂，又怕我听得太懂。最后被我抓包了，面孔惨白，嘴上还死不承认——阿哥你真不晓得你那时候有多死腔。"

说实话我已经不大记得当时的情形。而且我也不认为我跟那时相比有什么不同。当然旁观者清，别人总会特别记得你出糗的模样。

酒廊里人不多。小江的万豪终白，上两个月已经到手。我替他算，"终白"要 600 个房晚，十年白金会籍。像他这么年轻、并且没有正经工作的人，很难想象"终白"是怎么攒出来的。

"你是不是没事就住酒店？"我问他。

"没错。"

我忽然想起来，他现在这个父亲是继父。便笑笑，没再说下去。

"我就说吧，阿哥你变了。你连微笑都比以前奸诈，说一半留一半的，"他举杯，与我一碰，"——高考那阵子，我妈给我在酒店长包了一个房间。我到前台跟服务员谈心，办了会籍，最后买单用我妈给我的附属卡，结果那年春天一下子就积了100多个房晚。"

"你妈想让你安静备考。现在这种家长挺多的。"

"你说的没错。她知道我在那个家根本没法复习。其实这样也挺好，只要彼此保持距离，再僵的关系都不会太难看。"

"所以有钱人总是比较体面。我爸刚死那阵子，我本来打算搬走，永远不再见我叔叔婶婶的面。可我那时大学还没毕业，就算勤工俭学，最多把自己的学费挣了，根本没法照顾我妈。所以只能混着。跟那帮人三天两头见面，你不晓得有多痛苦。"

"各有各的苦。"

"少来。"我道，"你的苦，和我的苦，不是一个层次。我是没法及格的苦，你是拿不到100分的苦，少在我面前发嗲。别的不说，你贝壳粉一年赚的就够我干一辈子了。你有钱有老婆，我屁都没有。"

"我让你入股。"他道。

我一怔;"怎么个入股法?"

"简单。你投钱,每年按比例给你分红。"

我霍地想起那个梦,下意识问:"——你还给谁入过股?"

"我妈借我那笔不算。你是第一个。"

"扶贫?"

"未必赚钱的,蚀本了你别找我麻烦就行。"他又与我碰杯,忽道,"——阿哥,我们几个,还能不能像过去那样?"

我不语。他固执地等待我的回答,盯着我。我被这个问题弄得有些唏嘘。一时不知怎么回应。90后的小江,大部分情况下比80后的我懂经得多,也狡猾得多。可有时候却又比00后更天真。我知道他找过龙荣好几次,想要修补我俩的关系。我想不通有什么好修补的。如果我和龙荣是那种你死我活的状态,想让我们冷静,别冲动别做傻事,那还差不多。可我和龙荣不是。我们面上一切正常。但如果希望我俩回到初始状态,民航学院上下铺、无话不谈、彼此心照,连前妻都可以托付——似乎是没有可能性了。在我看来,小江就像是离婚时可怜巴巴的孩子,拉着父母的手哀求"你们别离婚好不好"——其实收效甚微。我对小江说了几次,"不管怎样,我和你还是朋友"。估计这话龙荣也对他说过。小江显然不满意这种状态,他孩子气地想要我们三个永远在一起。

"我一直都把你们看得比老婆还重要。"他越说越孩子气。

我忍不住笑。忽然觉得小江的万豪"终白"也不是那么值得羡慕了。住在行政套房,与住在机场镇合租房的本质都差不多。都是苦挨。无非他落地窗望出去的景色开阔些,酒喝得更从容些。正常人不会在马桶上得知女友那么多怪癖后依然死缠烂打，并一如既往地在父母择儿媳的雷点上来回试探。我也是很晚才想通这点——如果没有我当年那番"促狭"，也许小江就真的和刘婵分手了。他调侃我"斜白眼，看东西永远偏几分。找不准位置。人家是指哪儿打哪儿，你是指哪儿就不打哪儿"——竟是肺腑之言。可笑我那时还在懊恼自己枉做小人，其实却是玉成其美。也是天晓得。他那么热烈地追求刘婵，热烈到连自己都迷糊了。一句"爱情就是毫无理由"，封了别人的嘴，也省了他解释的麻烦。许多东西兜头一蒙，久而久之，自己也信了。

他很少谈及他的父亲（继父）。人往往有种错觉，觉得自己刻意回避的事情，别人就不会知道。其实很难。尤其是周围亲近的人。就像我很少说关于崔樱的细节，可早在我对华莉透露之前，她、龙荣、小江……应该就知道了大概。我还在那里羞羞答答、患得患失，他们却连背后嚼舌根的兴致都没有。再大的事，自己觉得天都要塌了，在别人眼里都是一晃而过。所以我们并不怎么留意小江的父亲。身份摆在那里，使得他更像是个符号：院士、长江学者、成功人士、高高在上不接地气、对小江关心不够，甚至是疏远。"捧杀"还是"棒杀"，那是梦里的戏谑。但他们父子关系肯定不好，这是毫无疑问的——否则就不会有万豪"终白"了，也不会有刘婵和邱莹。

跟父母过不去，故意忤逆，让他们难受、心焦。这事我也干过。

崔建国出车的那一晚，我被他送回家，并再三向父母保证，以后不会再离家出走。可一转身，我便假装上厕所，从窗口爬下去，偷偷上了崔建国的卡车。直至车子出了上海，到了高速休息站，我才突然出现。崔建国吓了一跳。崔樱却很开心，说路上有伴了。崔建国想把我再送回去，可约定的送货时间已经晚了，只能作罢。他跟我爸打电话，连说"不好意思啊"。那是2003年的国庆节，崔建国答应崔樱，送完货后顺便去杭州玩一趟。我是个不速之客。偷偷揣着一只相机，里面有几十张照片——刚刚在后货厢拍的。我妈叮嘱我，一定要撕开货物的外包装，拍清楚里面到底装的什么。她坚定地认为，崔建国之所以突然搭上厂长，必然有见不得光的原因。有些事情，越是小个体户越好操作。那些相熟的运输公司倒不方便了。我妈不知从哪里得来消息，说厂长在浙江用亲戚的名义开了一家服装厂，把公家的订单、原料都贴给自家。我妈与我商量时，我激动得要命，像接受了某个秘密任务，太刺激了。但同时又想到崔樱，觉得这样调查她父亲好像不太好。我妈三下两下便搞定了我："葛向阳，你不能因为你喜欢崔樱，就丧失基本的道德准则吧？"那个年代的小男生，比现在的00后10后敦厚得多，很容易被那些形而上的虚无缥缈的东西框住。我妈还警告我："不许告诉你爸，否则我就把你骗小姑娘的事抖出来。"她指的是我暗地里向崔樱打听，把崔建国与厂长的合作关系搞清楚那件事。我有点委屈，表示自己并没有骗崔樱，只不过是上了我妈的当，被她一步步带进去了。我怎么可能会骗崔樱！我连不小心碰到她的手都会脸红半天，为了等她一起放学回家，把书包里的东西拿出来又放进去，白痴似的。但凡听到她说话，不管在哪里，我都会下意识地竖起耳朵,她的笑声更是让我心驰神往……

那时我还不懂"喜欢"是什么。十三四岁的男孩,不光是"喜欢",别的也懂得不多。说穿了,就是不自知的傻子。许多事情是在崔樱离开之后,才一点点清晰起来。像暗房里洗照片,影像渐渐显现,笑容和情绪明明是一比一还原当初,看着却总觉得哪里不同;又像是二刷三刷电影,许多原先忽略的细节,在某一时刻陡然醒觉——原来是这样啊。

在小江喝醉前,我们谈妥了入股事宜。他告诉我,邱莹明年也许会调去英航总部,任培训部高级经理。我愣了一下:"去伦敦?那你怎么办,两地分居?"

"无所谓,顺其自然吧。"他笑笑。

我知道他其实并不怎么喜欢邱莹,甚至还比不上刘婵。无非是邱莹可以让他父母更崩溃。刘婵好歹还是博士,家境也好。邱莹大专毕业,父母是松江农民,身份证号310117开头,操纯正的本地口音。据说两亲家碰头那天,女方父母说话要靠邱莹翻译,才能让小江母亲听懂。我觉得小江母亲是故意的。高档餐厅,直径两米的大桌,座位相隔老远,邱莹坐在两位母亲中间,这边说了,再传给那边听。两位母亲靠这种方式交流,笑容矜持而官方。营造出人民大会堂里两国首脑会晤的隆重氛围。小江母亲还挑剔邱莹的情史。漂亮女人这方面总会格外让人担心。据说两人拍拖时还真撞见过几次,前任甲乙丙丁……当然邱莹的性格摆在那里,不会扭捏,更不会寻衅。她甚至还把小江介绍给其中一位。那人是某高级商场物业部经理。她径直向他提议,可以用贝壳粉来改善商场的空气质量。"我介绍的肯定不会错啦——"小江给我看那人的微信朋友圈，没有设置时限。若干年前，他与邱莹在澳洲海边餐厅吃饭，面前一盘硕大的龙虾，背景是悉尼歌剧院。两人脸贴脸，对着镜头比"耶"。相比那时，男人老了许多，邱莹依然娇艳。小江问我："如果我俩最终分开了，你觉得是她甩我的概率大些，还是我甩她更大些？"

我想说"你甩她更大些"，但没吭声。心里觉得小江应该也不会为此而自豪。

不久，便听到老史辞职的消息。说是去朋友的货代公司帮忙。这几年航空货运凋零，大公司都倒了一批，私人小公司就更不用说了。老史应该纯粹是想换个环境。四十来岁就贬到工会，专管退休工人那块，鸡零狗碎。别的不说，每月追悼会倒要去个两三次。

临走前他请老同事吃饭，竟也请了我和华莉。我们各自准备了礼物，原想坐一坐便走，谁知他竟拉着我聊了半天，无非说是以前的事。不拘好坏，放到此刻便只剩下离愁别绪了。我也放下芥蒂，任由他搭着我的肩，脸凑得极近，轻声软语像在说情话。

"葛向阳，我不恨你。"他翻来覆去说着。

我道："我也不恨你。"

"单论平衡表，你是画得比我好，这我承认。"

我笑笑。言下之意就是，除了平衡表，别的我都不如他。

"你别笑，"他道，"——你也就是碰到我，否则更没好果子吃。华莉要不是你老婆，你自己想想，在她手下做事，是不是比我更难受？"

我吃不消这家伙临走还在挑拨离间。但必须承认，他说的有点道理。老史属于那种咋咋乎乎、吃相差、又没什么威信的领导，大家当面背后都不把他当回事，相处起来倒也轻松。华莉不一样，看着不声不响，但没人敢惹。平衡室的氛围，从当初的插科打诨，到现在肉眼可见的肃杀，也就不到半年工夫。以前老史突然开门进来，大家该干吗还是干吗，被他训几句也无所谓；现在华莉走进来，大家各自屏息凝神，粗气也不敢喘。我几个徒弟都在我面前表示过"前师母气场很足"。碍着我的面子，他们应该还是嘴下留情了。平衡是专业性特别强的岗位，上头重视，因此多少有些恃宠生娇，科室总体风格比较散淡。跟值机、行查那些不同。他们是准军事化，我们是闲云野鹤。大部分情况下，只要不出差错，领导对我们也是睁只眼闭只眼。现在想来，以前那些跟老史作对的日子，也正因为风气如此，尊重专业尊重人才。老史再不济，到底科班出身，骨子里还是忌惮"有真生活的人"。面上硬撑，心里已先虚了三分，便不会真对我如何。

"要是现在再出一个葛向阳，你看看会怎样？"

老史颇有意味地看我。好像我该为此感到惭愧，并对他感激涕零。一直以来是他罩着我，我才能苟活到今日——这当然是玩笑。但我懂他的意思。华莉今年转正了两个新人，一个是中文专业，一个学的IT。平衡室来的大多都是民航院校毕业，新人转正名额有限，也亏得她竟挑了这两人。当然这俩小孩还算靠谱，做事认真，又勤恳——但别人上手就有六七成基础，师傅稍微带一下就行，他俩真正是零基础，人再聪明，到底费些功夫。华莉自己也不是科班出身，平时最忌讳别人拿专业来压她，诸如"这个大学里就教过""IATA手册上明明写着的呀"之类。华莉最狠一次，是把值班长老王扣了三个月绩效工资，并报到总调，让他在大会上公开检讨。没多久他自己打报告去了值机。老王是平衡室资格最老的一批，比我还大了七八岁。犯的也不是什么大错，无非是航班延误、事故征候那套。之前曾有传言说他将来不是经理就是副经理。那阵子不少人开我玩笑，说"阿嫂在帮你扫清障碍"。我心里知道并非如此。老王专业技能不如我，脾性却比我还阴郁，说话鼻孔出气，看人也是歪头斜眼。尤其对着华莉，满脸不屑，就差把"拍老板马屁上位，没学历没本事"说出口了。华莉也不计较，见面还是一口一个"王老师"，客客气气。直至逮住机会，便往死里整，毫不留情。这事让大家见识了华莉的厉害。权力斗争大多如此，说到底也没什么。但让我特别不舒服的，是华莉刻意在新人里培养了一批亲信，不在业务上下功夫，心思全在别的地方，比如盯着谁迟到早退、在禁区抽烟、工作服穿不到位、开内场车办私事……立即便说与华莉听。我讲了华莉几次，不该这样。她道："听听罢了，我又不会真怎么样。"我道："不是会不会的问题，而是这样很不好，会把平衡室的传统给毁了。"她反问："平衡室什么传统？"我沉吟着："这么说吧，那边柜子里一摞摞的平衡表，你自己去翻，有指数在正中央的，有靠前的，有靠后的，甚至还有掐着边线的……但只要最终能装订进那个柜子，就肯定在允许范围之内，不会越线。民航这么多岗位，都是硬邦邦，必须这样必须那样——唯独平衡不是。它没有固定答案，分寸全靠自己掌握，这里那里，只要不出界，都是对的。"华莉反驳："当初是谁说的，平衡卖的就是死功夫，要像庞博士报时那样分毫不差？"我怔了怔，一时搞不清捣糨糊的到底是她还是我——只得连连摇手："两码事，不是一个意思。"

我跟老史还有老王一起合了个影。华莉借口上厕所，避开了。然后给我发消息："我先走了，你慢慢玩。"

我怎么可能慢慢玩。很快也找了个借口溜了。走到大门口，见华莉在角落里抽烟。我怔了怔，第一次见她抽烟。但以我现在的身份，不方便过问。只是笑笑。

她问我："怎么不多玩一会儿？"我道："你觉得这里好玩吗？——伤感倒有一点。"

"嗯，人就是这么奇怪。哪怕是杀父仇人，这时候多少也会有点伤感。"

我又笑笑："杀父仇人肯定不会。"

我们往地铁站缓缓走去。她那辆二手奥迪卖了，上下班坐磁悬浮方便，十分钟就到。买张月卡也不贵，比养车便宜多了。我想让她有空带葛小伟过来住两天，自觉这话容易引起歧义，直至地铁到站，她上了车，还是没说出口。

我继续在候车长凳上坐着。地铁来了又去，一直没动。晚上喝得有点多。好久没喝白的了。老史喜欢喝白的，酒量却一般。以往每次科室聚餐，喝醉了便胡说八道。这个那个的。老史的嘴确实碎。刚才我们聊着聊着，聊到香港那次培训。他说他不是做平衡的料，"要是早点换岗就好了，像老王那样"。我说："值机跟旅客打交道，要手脚麻利，还要态度好。你情商太低，人又笨，应该也不行。"他白我一眼："再怎样也比你好。"

　　华莉说得对。人真是奇怪的动物。谁能想到我和老史这样的宿敌，此刻竟也会呈现出一种小情侣拌嘴的暧昧态势。他说他不恨我，不知真假。但我说不恨他，肯定是假的——我妈说了我几次："别整天把恨不恨的挂在嘴上，幼稚，一点意思也没有！你能长块肉吗？而且说多了就不值钱了。"我妈态度的转变，应该是在这一两个月。刘新华即将破产这事，让她重新梳理了一下现状。撇开幸灾乐祸、报应不爽那层，如果刘新华真的破产，对她而言肯定是弊大于利。奶奶岁数再上去，家里保姆必然是要请的，再加上吃药看病，是个无底洞。便是她自己，换了肾也不是一劳永逸。那种细水长流的花销，倘若没了保障，对身心的伤害都是要命的。我妈永远都能快速计算利弊，于生活的层层迷雾找到关窍所在。她其实比我更适合画平衡。审时度势，在最短的时间内得出最佳重心。手里有的是感觉。这阵子她与葛慧明显走动多了。话也说得贴心贴肺："自己人，看你这样，我心里也是极不好受的——"我在旁边听得瞠目结舌。换了我，当初与她们僵成那样，这时候无论如何是说不出口的。自己都过不了自己这关。想到梦里我竟还屡屡让我妈跳出来闹，说些决绝的话，便更是惭愧——可见我对自己母亲的认识还是忒肤浅了。

　　所以我满肚子的"幸灾乐祸、报应不爽"，对着老史竟也是只谈离恨不说凤仇。奇妙的是，除了头里有些别扭，一来二去，自己也当真的了。仿佛老朋友离职。鼻腔那里酸酸甜甜，像塞个话梅。说话都带泣音。此刻再回想，到底还是和和气气的好。

除非真是那种杀坯，鸡飞狗跳，戾气充满胸腔——与天斗与人斗也是需要精力的。我妈先不必说，我也是三十好几的人了，有心无力，早过了上蹿下跳的年纪。一动不如一静、和气生财那些，倒是一点点觉出滋味来了。倘若小江当初抢了邱莹，我便与他闹翻，也不会有如今他主动邀我入股的事了。这次入股与上次那两万完全不同。我投了40万，老底都掏出来了。一年两次，按比例分红。梦里那个合同是蓝本。小江又加上一句，若是亏了，三年内按银行定期连本带利还给我。等于包赚不赔。小江这方面有点像我父亲，自己发达了，便希望带一带朋友。多少有些"豁胖"的成分，但更多的还是好意。大家得益。他向我憧憬未来几年贝壳粉的走势："阿哥，你很快就可以把那350万赚回来了。"

"应该是200万。"我纠正他。这瞬，心头被某个结实却又柔韧无比的东西撞了一下。朝他笑笑，继而低下头。

回到家，一个人躺在六尺的大床上。酒意夹杂着各种不知名的情绪接踵而来。我闭上眼。忽然很想在梦里再看到崔樱，看不到人，听听声音也是好的。

很快有人敲门。我过去一看，竟是龙荣。

"有事？"我问他。

他自说自话进了门。"没事就不能来？"

"狼进羊窝，有事没事都最好别来。"我去厨房给他拿了瓶饮料，"你老婆呢？"

"还在普吉岛——过两天回来。"

我懒得管他。坐下来，等他开口说正事。

他一口气把饮料喝尽,问我:"葛向阳——你相信爱情吗?"

我看向墙上的挂钟,晚上10点半。上次他也是这样,出差回来直奔我家。因为那个"你好",我一下子被敲蒙了,以至于忽略了别的。他应该是要告诉我什么重大决定。否则没必要半夜特地跑一趟。但直到现在,我依然没机会细问。

"有屁快放。"我说。

"毒鼠强有后遗症,午饭后老是头疼。动不动就跟我发脾气,要死要活的。她说,早知道就不该对警察撒谎,把她关进去才好。"

我以为前面那个"她"是小董,后面那个"她"是华莉。谁知他说下去:"董小燕精神有点那个。那晚她把华莉叫出去吃夜宵,给自己灌了老鼠药。还硬抓住华莉不许打120。后来她昏死过去,华莉通知了她父母。她父母报的警。董小燕醒过来,警察问她情况。她不吭声,华莉就成了嫌疑人。"

我半晌才理出些头绪来,两个"她"竟是反的——小董有抑郁症,情绪不稳,尤其受不得刺激。龙荣跟她提过两次分手。一次她割脉,把浴缸整片染红,另一次是跳楼,脚都跨出栏杆了,被她爸妈死命拉住。

"她人不错,对我也是真好。我对华莉说,无论如何都要给她留几分余地。华莉听进去了。不管警察怎么问,都没说出她自己吃老鼠药的事。"

"所以你的意思是,小董想陷害华莉?那天你要没去医院劝她,华莉就真成凶手了?"

"那也不至于,最后还是能解释得通的。"龙荣停了停,"她是不想跟我分手才这样的。新房都装修了，请柬也印好了——说到底，是我对不起她。"

我没吭声。

"那你怎么还是跟小董结婚了？"半晌，我问他。

他沉默着。我也不催——打了个呵欠。他问："我是不是影响你休息了？"

"你觉得呢？"我反问。

"总觉得还有话没说尽。有点舍不得走。"

我吃不消一天里连着被两个男人抒情，语气温柔得像在跟我告白。是朋友倒也算了。偏偏又不是。别扭得很，像搭错的线头，纷乱黏腻。

"你说话根本前后矛盾，"我不客气地指出，"那天我说华莉不会给小董下毒，你坚持说老鼠药不会自己跑到小董杯子里。还有，出事那晚你跑过来找我，如果是想告诉我你和华莉的事，可为什么下午电话里你还一副对未来充满希望的模样，表示'要跟小董好好过日子'？你一会儿这样，一会儿那样，要么就是思路混乱，要么就是存心骗人——"

"喝鱼头汤那天，你是怎么想的？"他忽地话题一转。

我怔了怔，不明白他为什么突然说这个。却不得不静下心来，复盘几月前的情形。

——龙荣家门口新开的鱼头汤馆。华莉主动撩拨我，示意我对龙荣摊牌，别拖泥带水。我正要开口，龙荣那厮竟已先交代了他与小董的事。看似皆大欢喜，两下里相宜……

那天，华莉表现得格外轻松，如释重负般的欢喜。而龙荣则为攀上有钱女孩而惭愧。男人的劣根性，虽有些意外，但也在情理之中。我怀着一言难尽的心情，见证他俩的恋情告终——但此刻，当我重新回忆，忽然想起华莉常批评我的那句"把简单的事情往复杂里想"——竟也不是绝对的。有些事就该翻来覆去，一遍一遍地想，才能分辨清楚。

"其实那天，华莉撩拨的不是我，是你。"我好像一下子明白了。

"准确地说，是情侣间耍花枪。耍着耍着，变成真枪了。"

我看了他一会儿："——然后就一直在真枪和花枪之间来回摇摆？一会儿想分手，一会儿又不想了？白天说要跟别的女孩好好过日子，晚上又改主意了？"

"葛向阳你总是能够把生活中很无奈的事，说得像在唱滑稽戏一样——"

"少来这套！"我板起面孔，"唱个屁滑稽戏，这有什么可滑稽的。你们两个人根本不是在耍花枪，而是在耍我！"我把"我"字加重语气，看似义愤填膺。其实毫无感觉。别说眼前只是梦境，就算是真的，也只能说明，现实本就离奇。想通这点，便什么都看淡了。天不会塌，日子也是照过——当年崔建国车上的那批机器，远没到报废年限，却被厂长运到自家私厂，省了好大一笔开销。相机最终被我妈收走了。这事不了了之。没多久，崔建国便卖了市区的房子，独自回了青浦务农，偶尔寄些新鲜蔬果给我们。除此之外，我再也没听父母提到过他——便是他那样，日子也过下去了。也不可能去死。

又有人敲门——竟是华莉。半夜三更，客人来了一个又一个。她走进来坐下，问："聊什么呢？"

"还能聊什么——就那天晚上的事呗。我在跟葛向阳解释。"龙荣道。

"这次是怎么解释的？"

"董小燕自己给自己下毒。你是受害者，忍辱负重、顾全大局。"

"葛向阳做人没得说。"华莉叹口气，感慨，"他总是煞费苦心给我找各种理由，把我包装成一个好人。弄得我怪不好意思的。"

"吼吼，"我干笑两声，"你倒是有自知之明。"

龙荣道："你不知道——其实葛向阳是存心的。"

"存心什么？"华莉问。

"把人往好处想，才显得自己不那么傻。你觉得他大度，其实他要是不这样，会把自己逼疯的。这阵子他想了一个又一个版本，让我们在梦里陪他排练。说明他现实中对这事非常耿耿于怀，简直快要超过崔樱和350万了。"

华莉做个"嘘"的口形："——别说了，他快醒了。"

"他自己也知道是梦。什么时候醒，他自己有数。"

我醒来时，天已大亮了。窗帘没拉，阳光在地板上投下一个小小的光圈。我盯着它看了片刻。梦里龙荣说得没错，把他俩往忠厚痴情里想，才显得自己没有傻到家。我吸取了之前老是把事情往坏处想的教训。白白弄得不爽，还没有任何好处。说到底，日子是自己过出来的。负面的情绪绕来绕去，吃亏的还是自己。龙荣说的"一个又一个版本",是指这些日子,我像揉面团一样,把他俩捏成各种不同的风格。好坏还在其次,也不指望会有什么答案浮现。事实是,在一次又一次的揉捏中,我确实释然许多。梦境对于同一件事情的反复解读,颠来倒去,让我对生活的复杂性深信不疑。多少还有些豁然开朗。

怀着这样的心情,再遇见这两人,便有种把他们看穿了的假象。虽然是假象,但因为反复揉捏,几乎覆盖了那件事的所有可能性,所以感觉不同——当然面上还是照旧。我与他们淡淡招呼,随即走开。发动机震耳欲聋的轰鸣声,是社交的天敌。寒暄或是骂人,反正也听不清,索性便省了。大家机械地见面,点头,离开。就像机坪上一架架飞机——落地、靠桥、清扫、加油、维修、装卸货、上客、关门、滑行、推出、起飞……坐在飞机上,各自不同的人生,落在底下人眼里,却只是固定程序中的一个个小黑点罢了。

我对华莉提出,想当副经理。她并不十分惊讶:"嗯,我知道了。"仿佛在她意料之中。我暗自咯噔一下。当我在反复揉捏对方时,对方似是也把我捏透了。让我刚萌生的几分笃定又打了折扣。我心里想了几遍,论资历论技术,我提这个要求应该不算过分。再加上与她半熟不生、牵丝绊藤的关系,把话说得明些,也没什么大不了。遮遮掩掩反倒没意思了——我替自己找了一圈理由,正有些没底,午饭时华莉给我发了条消息:"放心。跑不了。"

印象中这是我俩第一次完全以上下级的口气交流。她俨然是个成熟、体恤下属,并且很搞得定的领导。我回了句"多谢费心"。竟也没有特别尴尬。反而舒了口气。原来不知不觉中，我俩竟已到了这般"纯粹"的境地。

调令正式下来那天，华莉把我叫到休息室聊了几句。七分公事公办，再夹杂三分熟人的关切。话说得无懈可击。从我这些年的成绩聊起，威望到了，资历也到了，当副经理是水到渠成，众望所归。不足之处也谈了些，从领导干部的角度看，做人做事不妨可以再周到些，从技术骨干慢慢向管理性人才过渡，心理上要做好准备，还希望我能够积极配合她的工作，把平衡室从原先的一个纯技术性岗位，变成老板希望的全方位的综合性部门。

说实话我不太明白"全方位的综合性部门"是什么概念，但她把"老板"挡在前面，仿佛这是领导的意思——我便不好质疑。我只能再次表示感谢。

"你说的那些，我会尽量努力的。以后请多关照。"我的表态也很官方。

"合作愉快。"她与我握手。

我正式地请了一次客。席间气氛祥和、稳重。没有揶揄，没有砸酒瓶。连敌意的眼神也没一个。我们七人似乎已经达成某种默契，或是妥协。挑些无伤大雅的话题，明明谈得毫不深入，却笑得酣畅开怀，仿佛交换了什么推心置腹的意见。

小董站起来，给华莉添茶。华莉敲击桌面，示意感谢，又道："你坐着，我自己来。"小董一笑："这里我年纪最轻，阿姐别跟我客气。"依次又为其余几人添了茶。结婚数月，小董愈发有些成熟少妇的风韵了，待人接物也自如许多。说话不卑不亢，也都在点子上。倘若她一开始就这么表现，估计我和小江会打心底里认为，小董比华莉更适合龙荣。但时至今日，一般性的评判标准已失去意义。

连刘婵也比过去温和许多。讲话不再乱翻白眼，仿佛随时准备吵架的声气——而是坐着笑不露齿，像个彻头彻尾的淑女。我以为只有我知道她和杰森同居的事，谁知吃到一半，邱莹拜托她去问杰森，说想报个室内蹦极的班："不用太高阶，能活动筋骨就行。"杰森自从手术以后，跳不成钢管舞，改当瑜伽教练，在新天地的一家高档会所。刘婵把杰森的微信推给邱莹："我也不懂，你跟他私聊吧。"——这时我才发现，大家竟然都知情。

虽然眼前情形有种"你好我好大家好"的虚假祥和，但不管怎样，面上没人添堵，话说得全无棱角、圆得不能再圆——至少对于东道主的我来说是好事。借着这样的气氛，我趁势向华莉提议："下次可以让宋老师一起来。或者以我的名义请也行。你看怎么方便，怎么来。"

居然也没有人露出过分惊讶的表情。

于是我更加确定——当主要人物站在追光灯下肆意表演的时候，阴影里的NPC们也各自活动着。那是另一个世界。不在主线之内，却自成一体。细节完整、逻辑清晰、没有硬伤。从他们的角度看，追光灯下的人也是NPC。比如宋老师从未对我主动提起过华莉。好像，她单纯只是他某个学生的家长，查过他玄关兰花的品类，红木家具的档次，还有画作的均价。当我反复揉捏我们三个人的关系时，对华莉来说，她与宋老师的故事或许才是主线。她那些起起伏伏的情绪，被我错认成是因为我和龙荣——可能也是这样没错，但如果在时间空间上换个角度，或许更能说得通些。事实究竟怎样，无人得知，但不能忽略任何一种可能性。比如她说我老爱跟别人反着来："你觉得我长相一般，说不定倒是心思活络，想要找个有钱人。"短短一句，便抹杀了这种可能性。其实人世间的事哪是一两句话就能说清和抹杀的。她的患得患失，她的左右摇摆，还有那些欲擒故纵的花枪，我以为是耍给龙荣看的，龙荣又以为是耍给我看的。我们怀着复杂的难以言说的心情，把这一切归结于男女间毫无道理可言却又脆弱无比的情感——可偏偏不是。她与宋老师的隔空花枪，从我和龙荣头顶掠过，耍得惊险无比、一波三折。

吃完饭，我提出送华莉回家。她没有拒绝。车上她问我："你是怎么知道的？"

我告诉她："我什么都不知道——我只是在冒野。"

她脸色一变。我说下去："骗你的——其实是因为宋老师前天发的朋友圈。他拍墙上的画，旁边镜子里有女人的小半边背影。我一眼就认出是你。"

她沉默片刻："我没想故意骗你——我也是不久前才确定的。"

"小董进医院的那晚？"我问。

她点头："没错。那天你对我说——我看到的龙荣，是我以为的龙荣，当我对他遮遮掩掩的时候，或许他也有隐瞒的事。你说人都是容易被混淆的，可能龙荣也被混淆了而不自知——

我本来没觉得你说得对,直到那天晚上吃夜宵,小董给我看她和龙荣的照片。虽然我知道他们早就有暧昧,但看照片的感觉还是不一样。龙荣再三向我强调,说他跟小董没什么,无非是觉得小董年轻、可爱、家里还有钱——他以为他这么说,我就会觉得他很坦率,可我知道不是。因为宋老师也很可爱,比小董父母更要有钱得多。喜欢不喜欢不是那么简单的事。我把老鼠药放在包里,以为自己爱死了龙荣,为了他什么荒唐事都做得出。可当我看到龙荣和小董照片上笑得很甜很默契的模样,一下子就想到,龙荣可能也以为他爱死了我,跟小董只是白相相。这是错觉。通常大家都会觉得有钱的那个是备胎,没钱的那个才是真爱。其实不一定的。"

我不知该说什么,只好笑笑。我和龙荣都没钱,所以最终都是备胎——当然也不能这么简单粗暴地去考虑问题,容易有歧义。很多事只能贴着字面去理解,不能用惯性思维,还不能带情绪。印象中华莉很少这么长篇大论(梦里除外),也很少这么激动。

追光灯下的华莉,与阴影里的华莉,都是她。无非前者是我更能理解的范畴。那个树妖一般无趣的女人,在我看不见的地方,有的是为爱痴狂的时刻。我无法告诉她,那天晚上我说的话,纯粹只是促狭和宣泄,毫无根据毫无名堂——我曾经跟她聊过很多肺腑之言,呕心沥血,用各种方式,正面、侧面、直接或迂回……可她竟只记住了我那天的话。人生就是如此微妙,也不知是帮她还是害她了——又或许,是她潜意识里需要这些,为后面的抉择找到理论依据。

"我从没想过，我会爱上一个画家。"她眼里闪耀着雀跃的光芒，"我一直以为，我大概也只能跟你和龙荣这么接地气、一沉到底的家伙们混日子了。"

虽然话听着有些别扭，但我知道她没有恶意，并且我理解她的意思。是指生活有时会脱离我们的既定轨道，呈现出一种陌生到无法掌控的走向。我在我妈眼里也见过类似的光芒。比如在她得知"大提花柞丝保暖席"被重金买断专利的那瞬。呆滞，继而亢奋、癫狂。我妈的激动更甚于我父亲。她把一个陷在底层泥沼许久的男人抱在怀里，阳光雨露一股脑儿地洒上去，让他最大程度地开花结果。是她撑起了我父亲。所以她完全有理由激动，为自己骄傲。葛工是她的艺术品。就像宋老师那些六位数的画作。是闪着光的。没人喜欢一沉到底的家伙。华莉是选择，我妈是创造。所以从这层意义上看，我妈更了不起。

当年那场车祸，让我在病床上昏迷了一个多月。我妈夜以继日地守着我。我曾在迷糊中听到她沉闷而绝望的哭声，整夜呜咽。她以为我永远醒不过来了。如果是真的，倒不如像崔樱那样走得爽快些，少受些罪。这层意思是她后来告诉我的，说她最多服侍我到六十岁，等她没精力了，就给我拔管。长痛不如短痛。彼时她是开玩笑的口气。但我依然可以想象她煎熬的模样。我妈是那种为了自己和老公儿子可以豁出一切的女人。杀伤力与爱意并重。这点我清楚，甚至比我父亲还清楚。我父亲直到死，还是书生脾气，主次不分。而我在经历了那场大难之后，则像换了个人似的，渐渐看懂母亲所做的一系列努力。但也正因为此，不知不觉，亦多出些嫌隙来。理解一个人的过程，就像拿铲子挖土，挖得越深，触到那些经年累月的东西，好的坏的，脏的臭的，值钱的不值钱的……便越是不会喜欢。

当上副经理没几天，华莉忽然提出让我做一份平衡表。

"最后重心指数必须是 1.06。"

我一怔。她不给我推辞的机会："上次那个 13.14，你不是做得蛮好嘛。"

"那是 13.14，在范围内——你见过哪张平衡表最后指数是 1.06 的？不管哪种机型，1.06 肯定都偏出去了。"我道。

"偏不偏出去没关系，只要让我看到 1.06 就行。"她坚持。

我皱眉："到底怎么回事？你明说。"

她只好说出实情："——明天是 1 月 6 号，老板的生日。讨他一乐。"

我惊得睁大眼睛，"帮帮忙好吧，一乐？大姐，这是要出事情的！航班安全无小事，你懂不懂？你把平衡表当什么了？当成你讨好领导的投名状吗？不可理喻！你这种人，简直就是平衡室的耻辱！我也不要当什么副经理了，你另请高明吧。"

生活中我不会这么跟华莉说话，更不会轻易就说"不当副经理"。梦里虚张声势罢了。出一出白天上班的恶气——华莉召开全员大会，命令休息的同志也要进来："一个都不能少。"说要传达老板的重要指令。平衡室首先很少开会，便是开会也极少叨扰休息的同志，这是从 30 多年前公司开航时就形成的传统："生活清爽就可以，形式主义没必要，领导有指示，可以写在黑板上，人人看得见。"便是刚进来的实习生，也会跟着师傅装几句"老卵"。结果开会当日,依然有两人没来,理由也不充分。华莉毫不客气,记处分,扣绩效工资。接着,传达领导的会议精神,说平衡员必须对自己有一个更高的要求:"不是把指数做到范围里就行,平衡表上的范围太大,体现不出我们东沪航的水平。现在航空公司竞争那么激烈,服务啊准点啊那些都是老生常谈了,领导说,一定要下点猛料,在别人想不到的地方。平衡就是个突破口。我们要对自己严格要求,比如平衡表上是从 10 到 30,那我们就要缩小到 15 到 25——"大家听了,面面相觑,都是一副"碰着赤佬"的表情。也不敢吭声,都看向我。我觉得我也确实应该说几句。便站起来:"领导提出高标准严要求是好事,说明对我们重视,但怎么说呢——平衡不像别的,如果真把范围缩小一半,那时间就太紧了,不好控制。"华莉不看我:"所以要预配呀,预配就是提前做准备。准备充分了,有什么不好控制的?"我道:"预配是预配,实际操作起来会碰到各种情况,拉客拉货,或是临时加货、加油、机械原因……没人能估计得准。再说平衡表上的范围是经过无数次测试计算得出来的,已经是打了余量了,就算掐着边线也是非常安全。在这个基础上再缩小范围、增加难度,我觉得完全没必要。就为了把指数做得稍微漂亮一点,我们平衡员必须不停地关注,随时调整,至少要多花一倍的时间才行。每天那么多航班,人辛苦不说,久而久之肯定会影响效率,间接对航班安全造成威胁,没什么划算的。"华莉面无表情:"重心一定要漂亮,这话当初是谁说的?还写在手册上,人人能看见。今天这里坐着的十个有八个都是你徒弟,包括我在内,都是在你这套理论下成长起来的。怎么葛经理，你现在是在否定你自己吗？"我有点火起："我说的重心漂亮，是一种平衡艺术的最高境界，不是强制性的。就像人人都奔着 100 分去，但实际上 60 分就及格了。谁要是非把及格线改到 80 分，说 80 分到 100 分的才能升学，这叫什么？这叫无知！重心是 10 还是 15，旅客坐在上面会知道吗？难道他们会因此而重心不稳摔跤？我早上吃个油墩子，我只要知道不是地沟油炸的、面粉是正规厂家买的、萝卜丝是洗干净的就行了，至于炸油墩子的人是男是女，有没有穿袜子，住在浦东还是浦西，走路来的还是坐车来的——跟我有关系吗？"

我约龙荣在候机楼食堂一起午餐。在这之前，我已经很久没有搭理他了。跟敌人一起吃饭，只需要出现一个更搓气的敌人。就像最近热映的《速度与激情 10》，大 boss 出场，前几季的恶人统统成了帮手。连死人也可以复活。龙荣不同意我把华莉说成是"敌人"。

"她也是被逼的，她其实比你们都更难受。"

我本来也没真把华莉当作"敌人"。即便她靠溜须拍马（冷面版）和勾心斗角赢得老板的青睐，并且最终挑了一个有钱的画家。我依然觉得不能简单地用"市侩""现实""狡诈"那些词来形容她。实际情况要复杂得多。一两句话就概括一个人，那是耍流氓——当然对熟人下结论也确实比较困难。就像龙荣也从没说过华莉一句不是。以他的阅历和门槛，应该比我更容易看透一个人。此时此刻，我们只是避重就轻地发着牢骚，感慨"老板拿平衡员当车间女工，以为逼一逼就能够产量翻番。

这世界永远是外行领导内行，一点办法也没有"，再骂几声"册那"，反复问候老板的母亲。

梦里那个指数1.06的飞机，撤桥推出，开始滑行。我做好发生惨剧的准备，谁知没有。飞机一遍遍地滑行，机长把喉咙都骂哑了，无奈机头像灌了铅，怎么都拉不起来。只能一直滑行。其实也好理解，1.06这种指数，等于是把所有的货邮行都放在前舱，客人也统统摆到头等舱，经济舱一个不留，能飞得起来才怪，倒也不存在机毁人亡那种可能性。所以说葛向阳就是葛向阳，即便在梦里，也有着一个平衡员基本的理性判断，符合常识。

总调老板捧着那份1.06的平衡表，仔细端详。重心旁还画了个小小的生日蛋糕。这噱头是我自己加上去的。既然做了，那不妨再完美些。机长还在特高频里咆哮，声音都哑了。已经滑行了三个多小时了，其他航班的机长们见状纷纷表示关切："是不是恐高症犯了？""飞机变差头啦？浦东机场一日游？""朋友要帮忙哦，一人捉只翅膀，拿侬拖上去？"……特高频一时热闹无比。我瞟过老板的脸，发现他也在看我。目光不置可否。我停顿一下，清了清嗓子，大声道："Happy birthday！"

华莉和同事们突然出现，彩带拉炮喷了老板一身。大家又跳又蹦，气氛欢乐无比。老板甜蜜又无奈地看着我们。尤其看我的眼神，很是温柔。我在梦中咯噔一下，觉得似乎要做点什么。于是走上去，"啵"的在老板脸上亲了一口，鼻尖泛红，声音颤抖："老板，祝您永远健康。"

我没好意思把这些告诉龙荣。虽然是梦，但也够不要脸了。

而且从心理学的角度看，我或许真的有某种不要脸的潜质。记得华莉曾评价我其实很"谄媚"，梦里还被崔樱夸过好几次"老屁眼"——总之谁也无法被看透，包括自己。

正如此刻，在五星级酒店的酒廊里，我和小江面对面坐着。桌上放着一张纸，写着"兹向刘新华先生转让爱蒙牌生态贝壳粉的专利，为期三年。转让费0元。即日起三年间，所有爱蒙牌生态贝壳粉的业务事宜和收入，均由刘新华先生决定并支配。三年期满，专利归还江宇扬先生。如有未尽事宜，两人协商解决。江宇扬。"还摁了手印。

半晌，小江问我："就上次签入股协议的时候，搞的鬼吧？"

我没吭声。那天他喝得有点多，以至于连签了几个名都是不成样子，最后我不得不扶住他的肘部，把他整个人固定住，才勉强完成。并抓住他的大拇指蘸了印泥，重重往纸上按去。那天他总共在六张白纸上签了名，摁了手印。我妈关照的，多备几份没坏处。她怕我心软，不断给我发消息："你就想着，他玩弄了你表妹，不是什么好东西。再说他也不差这点钱。拔他几根毫毛，救你姑父一命，有啥不可以？"那瞬我心里想的是，当年350万分成三份后，婶婶吴爱花给我织了件毛衣，借口让我试穿，与我母亲聊了一会儿。她应该是觉得不好意思，把话在嘴里转了又转，吞吞吐吐，最后出口是："阿嫂，钞票跟钞票也是不一样的，有些是锦上添花，有些是雪中送炭……有这100万，老葛就可以活得像个人了。"我记得当时我母亲一言不发，气氛凝重得像是结了冰——直如此刻，小江看着我，久久不语。他一度以为我在开玩笑，等待着反转的那刻。可我扔下一句"具体你去找刘新华",逃也似的离开了。走出大门的那瞬,眼泪差点落下来。不止是羞愧或是自责,而是竟有一种尘埃落定的感觉,似乎本该如此,再自然不过了——这才是要命的。我想起这些年做的一个个梦。它们仿佛是为了解决某些问题而生。但时至今日,问题没解决,反而隐入尘烟,散成了无数个细碎的点。天上地下,看不见,却无处不在。

（十）

"梦是帮凶。"

我觉得是这样没错。现实与梦境互为因果，交相辉映，取长补短。像两个人同时作案，狼狈为奸，杀伤力加倍。我吸取了梦里的经验，把专利转让书打在一张印有小江公司抬头的信笺纸上，签名也用的是小江自己的笔。那天还让服务员给我们拍了照，有图有真相，时间也对得上，相当逼真了。我甚至还咨询了一个律师朋友，他表示不会有问题。

我妈不是第一次强迫我。当年她逼着我去打听崔建国的事。那阵子流行《金田一少年事件簿》，男生个个幻想自己是侦探，恨不得随时发生命案，能有机会发挥。我妈利用这点，撺掇我从崔樱那里下手："我觉得你应该是不行的，看到小姑娘只晓得傻笑，智商低得不能再低。"我当然不服气，趁势提出要去崔樱家做作业。我妈同意了。我很快在崔樱家发现了一些蛛丝马迹，并报告给我妈。我妈由此高度怀疑崔建国与厂长勾搭上了。很长一段时间内,我始终不明白,我妈为什么要跟崔建国过不去。我爸要不是葛工,她嫉妒崔建国左右逢源,也说得过去。可我爸明明混得比崔建国好得多,而我妈总体来说也不是气量特别小的人——终于有一天,我大胆假设,大胆求证:"崔樱爸爸是不是得罪过你?"

我妈没理睬。我继续人来疯:"你们是不是谈过恋爱?"

我妈在我头上打了一下:"胡说八道,你真当你是金田一啊——"

我听出我妈口气里的外强中干。于是更坚信自己猜对了。同时她没关照我闭嘴,所以猜测我爸应该也知情——我无意中得知一段陈年三角恋(当然未得到验证),很是兴奋。再去崔樱家,探查的就不止是崔建国和厂长的事了。我让崔樱翻出床底几本相册。抹去表面的浮灰,打开,看见一张年轻时崔建国和我爸妈的合照,在崇明农场。我妈站中间,两个男人各站一边。从照片上,我无法判断我妈跟谁更亲密。三人都有些拘谨,笑不露齿。

直到车祸那天,我才知道自己猜错了。

那天在高速公路休息站,我和崔樱去厕所。我先出来,听崔建国在给我爸打电话,皱眉说:"老刘都不是她对手,我怎么敢——"这时他瞥见我,语气便转得柔和些:"不好意思啊,是我没留心,让孩子也上了车,要不要我给你送回去——"我当然知道他俩在吵架。不是那种激烈的吵,而是憋着气,一句句咬牙切齿。崔建国在我的印象里一直是个偏粗犷的精壮男人,还是第一次见他赌气似的说话，眉宇间仿佛含着天大的委屈，眼睛鼻子都是红的，嘴不张大，牙缝里吐字，竟有些女人的声气了。父亲跟我说过一些他俩在崇明的事，其中挖螃蟹我记得最牢，小河浜里抓上来，直接往嘴里塞。吃完了拉肚子，两人蹲在茅坑里爬不起来，赌咒说下次再也不去了。可到底忍不住，肠胃好了还是照旧。打牙祭，也是寻求刺激，否则要憋死的。那种日子，一眼望不到头。可表面看似也不缺什么，说辛苦也有限，哪里都是一样干活。大锅饭饿不死，工资也勉强够用，男男女女笑呵呵说些不过头的荤话。也是活色生香的。没有经历过农场的我，听别人嘴里描述那些岁月，有时竟是前后矛盾的。比如，我爸私下说的、我妈私下说的、老同事聚会时公开说的、小范围私聊的、事后评价的……这头说苦，苦得不得了，可落到细节，感觉又完全不同，这人口中的苦和那人口中的苦，直逼逼的苦和包装过的苦，当年生受的苦和现时回忆的苦……听着竟像是天南地北的故事，相差老远。比如为女生打架那事，听父亲说过几次，但从没展开。我所了解的版本是，我妈和某个不上道的人起了冲突，我爸替我妈出头，这事最后直接撮合了他俩——直到老同事聚会那天，我从邻桌人的小声议论中知道，原来那个不上道的人，竟是农场连队的书记，当年的实权派。

我不清楚崔建国口中的"老刘"，是否就是那个书记。离开高速休息站后，很快便下起雨来。夜黑，路滑。崔建国叮嘱我和崔樱系上安全带。一会儿，手机响了。崔建国按了免提。电话那头传出我父亲的声音。他问崔建国："在开车？"崔建国说：

"是。免提。"我父亲沉默了几秒,忽然叫我的名字:"葛向阳。"我一怔,回答:"嗯。"以为父亲要骂我几句,谁知他道:"你书包里那个东西,给崔叔叔吧。"我又是一怔。父亲说下去:"我跟你妈说过了。"我只得"嗯"了一声,有些悻悻地,朝崔建国看了一眼。

雨越下越大。卡车有了年头,设备老旧,雨刮器放到 top 挡,声势是大的,"嘎吱嘎吱"听得人心惊肉跳,力道却不足。一来一回,总有个零点几秒是盲区,雨水从挡风玻璃上哗哗倒下,像垂直挂了条帘子,几乎完全遮住视野。电话一直没挂断,那头不出声,这头也沉默着。我以为这是等我行动的意思,便伸手去后座拿书包,安全带限制了我的活动半径,我正要解开,崔樱道:"书包吗?我帮你拿吧。"

她解开自己的安全带。这时,车祸发生了。砰!她瞬间被撞向挡风玻璃。车身翻滚中,电话那头我爸的惊呼声盖过了乒乒乓乓的撞击声。像国外战争片里常有的镜头,平民在战火纷飞中忘我歌唱,或是拉小提琴什么的。炮弹伴随着优雅的旋律炸开,放烟花似的。很凄美很艺术——以至于后来很长一段时期,我爸都不敢坐车。这事给他造成的阴影甚至超过了我。

医院昏迷那阵,我并非完全失去知觉。大脑会冷不丁地运作一下,让我短暂恢复听觉和一点点思考能力,但人还是不能动,眼睛也睁不开,有点像传说中的"鬼压床"。

我听到我爸和我妈的争吵声。我爸说:"要不是你让向阳去,崔樱也不会——"我妈打断他:"车是我开的吗?货是我让他去送的吗?向阳不去,他就不出车了吗?"声音很响,底气却明显不足。我爸说:"要不是向阳离家出走,他先把人送回来,就不会出夜车,也不一定赶上那场大雨。"我妈声音愈发尖利:"男孩子叛逆期到了,离家出走也是我的责任吗?"我爸停顿一下:"你心里清楚。"我妈道:"我不清楚!儿子考试没考好,到底是你骂得凶还是我骂得凶?"我爸也有点急了:"搭界吗?儿子是为这个离家出走的吗?"我妈道:"事情很复杂,三言两语讲不清。但儿子考得没有崔樱好,你训了他一顿——这是压倒骆驼的最后一根稻草。"

我估计那时我应该已经脱离了危险期,才让他们有工夫互相指责。

在崔家那几日,我住得相当舒服。如果不是崔建国突然接到通知出车,应该还可以再多待一阵。路上崔建国安慰我:"回去认个错就没事了,天底下还有比父母更在乎你的人吗?"我有气无力地"嗯"了一声。心里却挺没劲。差点就要对崔建国说出我故意潜伏在他家的事,但那样情况就复杂了。而且我心知肚明,不全是为了这个。要不是可以跟崔樱多见面,我也不会答应我妈。除此之外,能小小拿捏一下长辈,好像也不错。我厌倦了我爸妈那种既不把我当回事,又时不时把我拎出来表达一下关切的管教方式。家庭就像个反光体,是外部世界的折射。而孩子就是那个聚焦的点,什么乱七八糟的事最终都可以扯到孩子身上。比如我爸和崔建国之间微妙的关系,彼此依附又互为镜像。即便没我妈敲打,我爸其实也私下里关注着。怎么可能不关注呢?同一年去的农场,同一个小组,又是同一年回的上海,差不多时间结婚生子,如今又住得最近,连子女都在一所学校上课，想不关注都难——但我爸相对温和，处理情绪的方式也比我妈微妙。他通常是沉默，甚至在我妈面前拼命地为崔建国说话，从崔建国的角度考虑问题。这更让我妈不爽，而我爸则在我妈的不爽中找到满足感。葛工是大气的，与众不同的。我妈后来也很少提了。但微妙还在继续。我和崔樱的成绩，是我爸关注的新方向。当然我爸还是一如既往的温和，很少"唯成绩论"。他总是把话扯得很远很虚，像我爷爷那样。但我爷爷是思路不清的虚，是真的虚；我爸则是用面上的"虚"套住底下的"实"，是假的虚。目的性很强。他用各种方式督促我学习。直到有一天，他发现我比崔樱落后了一大截，没摁住，痛骂了我一顿。其实那天不过是个小测验，无关紧要。我心里知道，我爸发火是因为听说崔建国背后议论他，说当年老刘那事，我爸早就知情，自己不吭声，却任由我妈跳出来把事情闹大。那年月，上调回城是大事，一双双眼睛都盯着呢。大家本来是敢怒不敢言，现在找到突破口，一拥而上，变成了痛打落水狗，活该老刘倒霉——这才是导火索。我爸到底还是书生气太重。他以为崔建国不提，这事就不存在。不管过去怎样，只要加倍热烈地拥抱，加倍亲切地来往，贴心贴肺替他着想，这事就能翻过，你好我好大家好——怎么可能！有些事情经年历月，只会越来越清晰，把外头障眼的东西全抹去，剩个光秃秃的内核。一目了然。

那晚我爸妈吵了很久。也让我搞清楚了老刘的事——回城指标握在手里，像握着尚方宝剑，拥有无上的权力。老刘借此跟好几个女知青有过暧昧，当然也是你情我愿，各取所需。唯独一次，被我妈抓个正着。老刘倒打一耙，说我妈之前想回城，倒贴他，被他拒绝了，所以才陷害他。话说得很难听，我爸冲上去就给了老刘一拳。那是我爸这辈子为数不多的动粗之一。后来上级派了检查组过来，发现老刘确实是个惯犯。将他撤职查办。原先那些回城的女知青，人都走了，便是被人背后嚼舌根，总体也不吃亏。最尴尬就是被捉现行的那个。事情没办成，又落了个名声不好。

这女人后来成了崔建国的老婆。

我妈坚持认为，这女人跟老刘上床，其实崔建国是知情的。而且还默许了。我爸则觉得无凭无据，不能把人往坏处想。这事造成我妈一直看崔建国不太顺眼。至少是有点别扭。尤其回城后，我爸和崔建国竟然来往密切、无话不谈。我妈由衷地认为，崔建国是个复杂的人。但当我成年之后，再重新回想，却觉得复杂的好像不止崔建国一个。

他们在我耳边喋喋不休。怕影响邻床的人休息，所以越说越轻，到后来几乎是贴着我的耳朵，像是故意要说给我听。我妈最后说我爸："说到底，他知道你是怎样的人，你也知道他是怎样的人，所以你们才会是现在这样。也只有你们，会是这样。"我反复琢磨着这话，很拗口。很快又失去了意识。再醒来时，崔樱已入土为安。崔建国也回了青浦。

此时此刻，当我再想起这段，到底三十多岁了，结过婚也离过婚，促狭过人也被人促狭过，得以更理性，更深入地看待问题。我妈也许觉得，崔建国后来亲近我爸，是为了占便宜，甚至是为了报复，但我觉得真不一定。就像我爸当年阻碍崔建国回城，也不见得就是处心积虑。可能有一点点妒忌，以至于我妈去闹的时候没加以劝阻，又或许是一时鬼使神差。谁知道呢。愈是关系密切的人，愈是会成为对方情绪最直接的受害者。但不能因此就断定他们的友谊是假的。就像我到现在也没觉得，龙荣对我的兄弟情是假的。

——还有我对小江的。

刘新华始终没来找我。我妈与我说定后，他发了条微信"辛苦了向阳，容后再谢"。不像他的个性。他总是周到而不失礼数。我猜他是怕弄巧成拙，万一说僵了反倒不好，性命交关的事。这次要没办成，他就真的完了。

我妈把家里的存折全翻出来给我看。又问我自己有多少钱。我说一共40万，都投进贝壳粉了："每年都有分红。"我妈知道我的意思，是想让她放心，就算不这么干，我也养得起她。我妈摇了摇头："葛向阳你还是没懂。"她说不光是钱的问题。

我不明白："如果不是钱的问题，那就更没必要了。趁这机会看他倒霉，难道不好吗？恶有恶报，说明老天爷开眼了。"

我妈还是摇头："恨了十几二十年了，都恨成一团糨糊了。"

我看着她。总觉得这话从我妈嘴里说出来，不太像她。但再一想，近年我们母子俩接触并不多，每次都是匆匆来去。她那些大起大合，更多的竟是出现在我梦里。是我的主观臆断。久而久之，我对我妈现阶段的想法反倒不是那么了解的。记得华莉以前说过："你妈和你奶奶再怎样，也过了这么多年了。你让两个仇人这么面对面过着，也过出感情来了。"那时我不以为然，觉得她故意学领导的口吻，把话说得模棱两可。现在才发现，她这么年轻能当平衡室经理，不是全无道理。便是靠溜须拍马，到底也要过得去才行。换平衡室另几个，小鲁、小蒋、小吴……年纪讲起来也差不多，一个个被我惯得老卵无比，嘴巴比屁眼还老。真要正正经经拎一个出来，却都上不得台面。

不管我妈怎么说，我始终没答应。后来她把刘婵抬出来，说刘婵为小江流产了几次，再生孩子都难。我觉得这事小江是有责任，但一码归一码，不能因为这个就去坑人家。我妈沉默了一会儿，忽道："葛向阳，你觉得你这辈子还会有发达的机会吗？"

我一怔，没懂。

"你姑父看好房子了，奉贤一套小别墅。这头签好，那头就签。别墅给我养老，将来也是你的。上海总归是房子最保险。"我妈道。

我依然怔着，脑子里有些反应不过来。说不是为钱，可到头来还是钱。

我妈说下去："你跟你爸不一样。你爸逼一逼，还能逼出个350万。你能吗？我要是再年轻个二十岁，还能替你想条路。可不行啊——你不是你爸，我也等不了二十年了。"

这句残忍现实到极点的话，从我妈嘴里说出来，竟有些诗意的惆怅。我怔了半晌，忽然想到，我妈应该更希望在专利书上写我的名字。一样可以借钱给刘新华，解决他的困境。但那么做，我会更无法接受。我妈其实已经很替我着想了，不想让我太为难。正如她了解我父亲，从不戳他的软肋，更假装看不见他那些用力过猛却还自以为云淡风轻的动作。用现在时髦的话说——她小心翼翼地维护着我爸的人设。

我并没有被说服,但不可思议的是,我竟答应了。只是提出把"五年"改成"三年"。我妈说,三年也够了。"奉贤房价到底不能跟市区比。你姑父不吃亏。"

我想象着她与刘新华商议这事时的情形。刘新华没得讨价还价。我妈其实是用这种方式,把当年的 100 万连本带利讨回来了。体面又狡猾。面上刘新华还要承她的情。今后全家人聚餐,我妈就坐定了主位。是亲人又是恩人。不是她,当年一家子瘪三做到死;如今又是托了她的福,否则生意失败,外面跳楼的都大把。至于葛胜那笔,倒也不急。等我妈住上别墅,葛胜必然跳脚,嚷着"人人都顺风顺水,只有我倒霉",调子一百年不变的。葛慧和我奶奶永无宁日。

龙荣一直给我打电话,我都没接。看微信,邱莹有十几条未读信息。我把手机放得老远,但想想又不可能一世不接电话。龙荣再打来时,我便接了。

"葛向阳你怎么回事?"龙荣径直问。

我正要说话,他又道:"——是不是手机坏了?"

我胡乱应了一声。

"你表妹怎么样了?"他忽道。

我怔了怔:"刘婵?"

"她没事吧?邱莹说她当时脸色难看得一塌糊涂——"

"怎么回事?"我打断他。

我在出租车上打了葛慧电话,电话那头气急败坏,大骂:"怎么会有这种坏料——"又细看了邱莹发的十几条微信,包括语音、照片和视频——事情发生的时候，她正在做室内蹦极。杰森是教练，带着七八名学员满场飞。刘婵突然冲进来，朝着杰森就是狠狠一拳。大家都惊呆了。杰森不及反应，刘婵左右开弓，又是两记耳光。再要打时，被杰森抓住手臂。两人厮扭起来。杰森绑着瑜伽带，重心不好控制，再说也不好真打。便处于劣势。刘婵不屈不挠，像是铁了心要打残他，杰森躲避受限，偶尔还会呈现出两人同时双脚离地的奇特姿势，继而又迅速弹开，开发出室内蹦极的新动作。

这次的裸照是新的，照例还是发给刘新华。杰森或许是知道刘新华的近况，要价反比上次低了些。葛慧那边应该是觉得丢脸，同样的招数被人白相了两次，再加上专利那事，便没好意思告诉我。电话没听，短信没看，因此两天前发生的事，我竟一直不知。

葛慧在家族群里不停地@刘婵，让她"快点死回来"。刘婵全无动静。葛慧又@我和葛耀祖："你们俩是不是知道她在哪里？"葛耀祖回了个"no"的动画表情。我则不作声。葛慧气急败坏，连着发了十七八条骂人的话。主要是骂杰森，也骂刘婵不长眼睛，阴沟里翻船两次。葛胜插了句"还是小江好，再见亦是朋友"。我心想，要坏事。果然葛慧又开始骂小江。小江与杰森完全不同。葛慧从未对杰森抱过希望，而小江曾是她心目中的最佳女婿。因此骂起来夹着情绪，格外地阴狠。说小江最不是东西："刘婵你千错万错，这件事上，你眼光总归是不错的，好在你也没真心喜欢过这只赤佬——"

我给葛慧发了条私信："差不多了，再骂下去刘婵真要出事了。"

葛慧这才停下。微信群重归平静。

半夜十一点,我在刘婵公司附近的酒吧找到她。她剪了个不对称的bobo头,涂黑色指甲油,化烟熏眼妆,每只耳朵戴三枚耳钉。早几年见过她这种风格,跟小江交往后,就正常多了,现在又开始放飞自我。我诧异她公司怎么会允许她这么装扮。

"假头套。"她摘给我看,里面是盘起的马尾,"指甲油是可撕拉的。"

我问酒保要了一杯啤酒。

"别劝我,也别骂我。"她提醒我,"否则我马上走。"

"我没打算劝你,更不会骂你——你又没做错什么。"我问她,"屁股上的'J',洗掉了吗?"

"本来文的就是半永久。那个钩子早就掉了,现在看着像'I',又像'1',"她说着,竖了个中指,一笑,"——还像这个。"

"好,你就这样别动,我拍下来。"我说着,去掏手机。

她"嘿"的一声,拿过剩下的半瓶酒一饮而尽。

"慢点喝。你这么大块头,喝醉了我可没本事把你弄回家。"我道。

"直接打110就行。"她停下来,沉默片刻,忽地叹气,"——其实就算你不骂,我也知道我蠢得要死。天底下没有比我更蠢的人了。"

"我不觉得。"

"少安慰我。你心里最清楚了,我做过最蠢的事是什么。"

"是什么?"

"装个屁啊——你是江宇扬的好朋友,我做过最蠢最丢脸的事,你都看在眼里。"她有些忧伤地道。

我看了她一会儿。

"干吗要丢脸?喜欢一个人,一点也不丢脸。"我道,"而且,小江也值得你喜欢。"

刘婵看向我。

"不是因为他是我的好朋友,我才这么说。"我道,"我们平常老骂他是富二代纨绔子弟,可讲句良心话,他哪里有半点纨绔子弟的样子?从小被后爸嫌弃,连高考都不能在家里好好复习,妈虽然是亲的,可也没空管他。一个长江学者,一个银行高管,光顾着自己风光,儿子被他们踢到角落里自生自灭。比起贫困山区那些留守儿童,他也就是物质条件好一点。可你想啊,没有父爱母爱,孤独到极点,再加上钱随便用,这不是更可怕?就算是天使下凡也变成牛魔王了。可江宇扬没有。这种环境下还能长成他那么纯朴、善良、乐观——真没几个人能做到!你说是不是?"

刘婵看着我,应该是想笑的,可又没笑出来,眼圈那里红了一下。

"所以刘婵,"我加重语气,"别理你妈,她说话一直就跟放屁差不多。你眼光很好,是真的很好。非常好。你喜欢小江,是你有眼光,是你的福气,也是小江的福气。"

我喋喋不休地说着,到后来自己也不知道自己想说什么。看到刘婵眼泪掉下来。我把纸巾递过去。她扯了一张,胡乱擦着,烟熏妆变成熊猫眼。她道:"葛向阳你莫名其妙说这个干什么——"

"我也不知道我干吗要说这个,就是突然间想说了。"我道。

我手机里,有小江下午给我发的消息——"阿哥,我知道刘婵的事了。也知道你为什么要那么做了。你做得对,是我对不起刘婵,你惩罚我是应该的,三年专利换一个心安,挺好的。"

小江显然误会了。他以为我是因为刘婵才那么做。其实根本不搭界。如果我不熟悉小江的个性,甚至还会以为他在损我,臭骂人,但肯定不是。他应该也被那天的情形反复困扰着,疑惑远大于愤怒。一旦找到某个可以说得通的点,便会毫不犹豫地选择相信。可我却连表达惭愧的勇气也没有,始终没有回他。

刘婵平静了许多。说实话来之前我根本没信心,我甚至打电话给葛耀祖,让这小子随时待命,万一有什么力气活,诸如把人抬上楼,或是肉搏抢刀子什么的,他必须帮忙。虽然我知道,跟杰森分手这事本身对刘婵来说伤害并不大,但无论如何,在已经受伤的地方哪怕是轻轻一拍,也是要命的。关键是无人可诉,窝塞到极点。葛慧到现在还真以为是刘婵甩了江宇扬。刘婵甚至还要在父母面前装得若无其事,一副玩世不恭的模样。好像她是多么特立独行。其实她由头到尾只是个想要得到爱的女孩。如果她可以像邱莹那样再婉转些就好了,说不定小江最后娶的是她。当然嫁给小江也未必就会幸福。这些说起来太复杂,稍不留神就会陷入混乱。但不管怎样,我必须让刘婵知道,她没有错。喜欢一个人没有错。

显然,这也正是刘婵一直所纠结的。她卸下心头大石的模样,让我稍感安慰。停顿片刻,她有些孩子气地问我:"你说,他到底为什么会跟我分手?"

我告诉她:"分手的原因有很多。并不见得一定是谁的问题。"

这回答太过四平八稳,并不能让她满意。但这显然已不是她关注的重点。我那傻乎乎、屁都不懂的表妹,从小学到博士一直死读书,对爱情方面完全是小镇妇女的粗鄙理解。愈是喜欢的男人,愈是不能有好话好脸,把"打情骂俏"简单定义成"打骂"。觉得若非如此,那便是不够矜持,有伤自尊的。再加上葛慧喜欢,那更是要作上几百几千个回合,才显得与众不同。荒诞的是,这竟成了小江初时选她的理由。许多事就是这么莫名其妙。小江也是孩子气的。孩子气撞上孩子气,结局便是那样了——但也未必。一样是无厘头,邱莹便可以修成正果,怕是小江自己也没料到的。人人都没料到。常量不变的前提下,变量决定质量。小江促狭父母这事本身是常量。邱莹是变量,刘婵也是变量。但变量与变量也是不同的。有自变量,也有因变量。从数学的角度看,变量都具有依赖性。自变量相对独立。而因变量则"依赖于"操纵变量或实验条件的改变,更灵活,擅于根据不同情况作出反应。显然,刘婵是前者,邱莹是后者——当然,这就扯远了。

龙荣说我:"别动不动就搬些乱七八糟的理论。怎么,平衡说腻了,改说数学了?"

我道:"说个笑话给你听,前两天葛小伟问我,爸爸,飞机是怎么飞上天的,什么原理?我想了半天,竟然一下子说不出来。还要查百度。"

"不至于吧?"

"大概意思我晓得,可要准确地说出来,还真办不到。你说尴尬吧,老民航了,讲起平衡来一套一套的,可随便问一声'飞机怎么上天的',居然答不上来。"

"所以呢?"

"所以我就在想,人一方面喜欢钻牛角尖,另一方面,却连最基本的东西也会忽略。天天跟飞机打交道的人,结果连飞机怎么上天的都讲不清楚——搞不好了。"

"然后呢?"他问。

"还有每次坐飞机,看到那些人调换位子,就忍不住想要提醒他们,不能随便换的,会影响飞机平衡的。后来时间长了,也懒得说了,再一想,确实也从没听说过哪架飞机因为旅客乱坐位子而出事的。想不通啊,既然如此,那我们辛辛苦苦地做预配、锁座位,又有什么意义呢?就跟无用功差不多。"

"然后呢?"他又问。

我看他。"哪有那么多'然后'——我又不是在讲故事。"

"总觉得你应该还有下文。"

"心虚了是不是?"我道,"觉得我绕来绕去最后会绕到你头上?"

他一笑,整个人往后坐去。

"那倒不至于。葛向阳,绕来绕去不是你的强项。你修养一般。直接开火才是你拿手的。要骂人你早骂了,也不会等到现在。"

其实我本来是想听他聊小江那事。当事人不骂,被旁人骂几句,也可排解些。谁知他绝口不提,带着我把话题从这头带到那头——绕来绕去竟是他的强项了。龙荣就是龙荣。放在半年前,他或许还会把道理夹在闲聊当中,适时地点一下。现在是不会了,除非真是打定主意以后不见面了。净友那种,到底不容易。他说小董怀孕了,想找我出来喝两杯。这理由有些莫名其妙。但倘若直接说喝两杯,我自然是不会答应的。所以说悲哀就悲哀在这里,朋友便是关系僵了,竟也不是说甩就能甩的。真应了那句"兄弟如手足"了。即便骨折了,打上石膏勉强也能用。无非样子难看些。

他说小董其实结婚时就怀孕了。我回忆婚礼上的情形:"那她还穿那么紧的礼服?不怕勒着孩子?"龙荣道:"一个多月而已,腰身没变化的。"

我"嗯"的一声。他看出我在算日子:"男人家,傻吧?"

我直接问:"那晚,就是小董进医院的那晚——华莉已经知道了对吧?"

"对,"他停顿一下,"小董告诉她的。"

"老鼠药到底怎么回事?"

"你不是猜出来了?"他道。

我"嘿"的一声。心里却想,不知他说的是我梦里的哪个版本——也不再往下问。做出无可无不可的模样。沉默一阵,这话题便过去了。答案像遗失的行李,落在某个小站的角落,火车早开得无影无踪了。他忽道:"宋老师和华莉的事,你就从来没怀疑过?"

我想说"怀疑过的",但这话说出来非但丢人,弄不好还要被他一通追问。伤疤原地撕开,没啥划算的。我继续装傻:"是啊,我就是这么迟钝——当年你和华莉的事,我也从来没怀疑过。"

后面这句有点反客为主的意思。但龙荣也很快化解了:"说明你大度,胸怀坦荡,是真君子。"

"真君子弄不过真小人。"我道。

点到为止,再说下去就是准备真吵了。边线在旁边摆着呢。我清楚,他也清楚。便是迟钝成我这样,也明白朋友到了一定阶段,必须是酒喝得多,话说得少。有些话,不说是艺术,说出来一碰到空气,立刻变味。倒不如含在嘴里,彼此心照不宣,几杯酒下肚,再感慨一句"人生就是这么说不清道不明",反能多出些隽永的意味。

"再说个笑话给你听,"我道,"我家小区那个智能垃圾站,每次我经过,也不晓得怎么回事,它总是会自动开门,吱嘎——"

龙荣一口酒差点喷出来:"这么智能啊!"又问我:"哪个类别的垃圾?"

我告诉他:"可回收垃圾。"

龙荣捧着肚子,笑岔了气。

"如果是你的话,估计就是有毒垃圾了。"我说他。

先自嘲,再趁势嘲人。成年人的酒,喝得便是如此意味深长。主题滑来滑去,像遗落在小站的答案,渐行渐远,只留个依稀的影子（或是想象）。在一团模糊中若有似无。

最终我还是算清了日子，龙荣应该在端午节前后当爸爸。我对他说"恭喜"。他回了声"谢谢"。又道："等孩子满月请你们吃饭，不过统统别送礼哈。"我说："礼尚往来，中国人的传统。再说也不缺那点。"他一想也是，又说了声"谢谢"。话题最终落在家庭、责任、传统那几个关键词上。也是四平八稳的，不出错。

"下次约小江一起。"临分开时，他道。仿佛不经意间提起。

我没吭声。瞥见他有些恍惚的模样，忽地又有点担心，怕他一出口，也会是小江那种傻话，诸如"我们几个还能不能像过去那样？"——这时，代驾司机到了。他问："要不要送你一段？"我摇头，表示地铁站就在对面。

我趁着绿灯快步走向马路对面。他那辆车还在等红灯。

他摇下车窗，朝我挥手。动作幅度有些大。很快转成绿灯。代驾司机一脚油门，将他连人带车倏地平移过去。空出一大片。这城市的车水马龙虚化成无数亮点。仿佛某个电影的结尾镜头，繁华中透着凄清，后面就该跟字幕了。我怔怔看着，不禁笑了笑。竟又有些心酸。没来由的，也不知这情绪来自何处。

周末，我妈让我去帮她整理东西。说床底下那排抽屉都好几年没动了，要拖出来晒晒，否则容易发霉生虫。我把抽屉里的东西拿出来，搬到阳台上。顺便清理掉没用的。

翻到一份文件，打开，竟是当年那份"大提花柞丝保暖席"的合同。末尾我父亲的签名，龙飞凤舞的"葛望东"。我看了一会儿，眼眶有些湿润。

正要放好,瞥见甲方公司名称是"浙江省杭州市樱樱服装厂",心念一动,问我妈,"这公司还在吗?"我妈被问得一愣,反问我:"什么意思?"

其实我并没有什么意思,无非是被那两个字勾起了一点好奇心,仅此而已。但当我在百度上搜索"樱樱服装厂",看到法人的名字时,还是吃了一惊。

几天后,我与崔建国约在咖啡馆见面。就在我家附近。出于礼貌,我特意早到了十分钟,但他居然比我还早。十几年未见,他苍老了许多。头发斑白,额间很深的川字纹。但身材依然挺拔,还是当年那个精壮汉子。我们点了咖啡。他上下打量我:"长大了——"

我依然称呼他"崔叔叔"。"崔叔叔,好久不见。"

"是好久了,差不多快二十年了。"他道。

"不好意思让您久等了。"

"没事,也就等了几分钟。"

寒暄过后,我很快进入正题。"崔叔叔,我想知道你当年为什么要买我爸的专利?"

他并不意外。事实上是他主动提出见面。我本来只想在电话里讨个答案。让我好奇的是,这事我爸妈显然不知情。所以这次见面,我也没有告诉我妈。

他看了我一会儿,目光陷入沉吟,似想要找回当年的思路。我等待着。

但他没有直接回答我,而是先说了他开办樱樱服装厂的由来——他回青浦后没两年，便去了浙江。我妈把相机的内存卡给了他，他拿着那几张照片，去找厂长。厂长想给他现金，他不要，只拿了金华的一家服装厂。当时规模就跟手工作坊差不多，也完全不盈利。但他跑惯了运输，见识比别人强些。能看到隐藏的商机。比如，用丝绸做西服，既柔美，也有气场。厂子在他手里，很快开始赚钱。没几年工夫，他已是浙江著名的服装商人。

他语速很慢，说话还有些主次不分，把令人心跳加速的内容一笔带过，反而着重于描述那些衣服的质地和款式，设计理念是怎样、销往哪些国家，等等。当然也可能是他不想让自己太激动，故意避重就轻。他告诉我，"樱樱"这个商标注册时，重名了，想了很多办法才搞定。"我就是想叫这个名字。"他道。我看向他。这个失去女儿多年的父亲，说到"樱樱"两个字时，不自觉地加重语气。他拿起咖啡喝了一口。我能感觉到他的手在抖。我猜测，他约我出来，可能是想找人聊聊当年的事。二十年前，他的情绪还来不及发泄，便戛然而止。也许是被现实击蒙了，也许是还没准备好。按我母亲的理论，他该是个城府极深的人。我跟他待得最久的一次，就是离家出走的那几天。隔了这么多年，我已经很难客观评判当时的感觉。但有一点是印象深刻的——他对崔樱，比我父母对我要宠溺得多。他是个温柔的父亲。以至于我当时无论如何都没办法把他跟我妈描述里那个工于心计的崔建国联系起来。这甚至大大影响了我"潜伏"的效率。

"你是不是想报复我爸？"我脱口而出。

他一怔。仿佛半响才理解我的意思。"——你为什么会这么想？"

"那是巧合吗？你刚好想买个丝绸的专利，而这专利刚好又是我爸发明的？"

"你爸一直都很聪明。"他道。

我等着他说下去。可他却停下了。跟他聊天有点吃力。他总是慢半拍，跟不上节奏。不知是走神还是别的什么。按理说六十多岁并不算很老。况且他还是生意人，思路应该更敏捷才对。我只好自己接上："你为什么不告诉他？如果是朋友间的关照，你应该让他知道才对啊。"

直觉告诉我，肯定有名堂。一个敢拿照片要挟厂长的人，这里头的惊心动魄，便是他不说，我也能猜到几分。

"我本来想告诉他的，"他叹道，"——但后来没机会了。"

我愣了愣，随即想到他应该是指我父亲死了。

"其实你猜对一半。"他停顿片刻，说下去，"我本来是打算做点什么的。倒也不见得是报复，而是——"他斟酌着措辞，"促狭、炫耀。对你爸来说，高价卖出专利，应该是他人生的高光时刻了，但如果知道甲方是我，我不敢想象他会怎么样。"

崔建国看向我。我假装不懂他的意思。

"为什么呢，你们不是朋友吗？"

"正因为是朋友，才会这样——朋友才会互相妒忌。谁会去妒忌毫不相干的人？你也可以理解为，这是一种亲密关系的体现。朋友过得不好，我会难受。朋友过得太好，我更难受。听上去有点残忍，是不是？但这不代表，我和你爸之间存着什么坏心眼。这世上没有比我们更推心置腹的人了。我甚至比他自己还要更了解他——我们在崇明的那些日子，他跟你说过没有？"

我点了点头。

"我们都想快点离开那里。相比之下，你妈最心急。但她没料到老刘居然骗了她。那批回城名单里没有她。她发疯似的去找老刘理论。结果捅了马蜂窝。老刘是该死，但你妈也没有做对什么。"他说到这里，又看向我。他或许是觉得在小辈面前这么说有点奇怪。所以不停地留意我的反应。我能看出来，他确实有很多话想说。

"樱樱妈妈回上海没两年，得癌症走了。她让我好好照顾女儿。她说，为了樱樱，以前那些事就算了。没有谁是故意的，都是被生活逼急了，才会做一些自己都不愿再想的事。她说得对，所以我主动跟你爸联络了。你妈因此看不起我，觉得我们都那样了，我还凑上来抱他大腿——她是不是这么跟你说的？"他又看向我。

我想说"有点那个意思，但完整的情节她从来没说过"，便没吭声。

"你妈也没说错，我是想抱你爸大腿，甚至还借钱把房子买到你家附近，可以多走动。我要照顾樱樱，让她过上好日子，所以我不能当一辈子调度员。另外，我也是真心想跟你爸和好，就像我们在崇明那时候一样，想说什么就说什么，开心起来就是顿顿酱油淘饭也觉得满足。我们那个时代的人，说现实也现实，可有时候也会被一些虚头巴脑的东西弄得眼泪鼻涕一把，像傻子一样——现在说这些，其实也都没啥意思了。人都走了。

这世上还有什么比人死更无奈的事呢？人在才有希望，人一走，就什么都没有了——我当年那么做，都是为了樱樱。我对樱樱说，爸爸只有你了，爸爸吃过的苦，不会让你再吃一遍——"

他把话题忽然转到崔樱身上，让我有种猝不及防的伤感。一个失去女儿的父亲，一旦打开话匣子，即便不断提醒自己要冷静，顾左右而言他，但就是忍不住。他前面说的那些事情经过，不管多么跌宕起伏，反倒像是陪衬了——他叫我出来，无非是想要聊聊女儿。

他一边说话，一边不停地打量我。从我进来就是如此——我意识到，他是想从我身上找到崔樱的影子。如果崔樱还活着，正是我这个年纪。曾经跟女儿有过交集的人，不管什么身份，哪怕是跟她的死密切相关的人，到此刻，也只剩下某种莫名的亲切感。

"其实，也没有谁对没错——"他反复向我强调这点。似是想要尽量淡化一些锐利的东西。他忘了我已经是个三十多岁的成年人。我笑笑。

最后，他拿出一本日记簿。我认出是崔樱的。当年我见过。我以为他会把日记簿给我，留个纪念什么的。但他只是翻到其中几页，示意我拿出手机，拍下来。

"就拍这几页。别的不要拍。日记是秘密。"他叮嘱我。

我拍了照。他收好日记簿，又与我加了微信。"我再传几张照片给你。"

离开时，我起身与他告辞。他又一次认认真真地打量了我，还和我比了身高。"这么高了——"其实我才一米七出头，比他矮了足足十厘米。无论如何谈不上高。但我知道他的意思。当年,我才到他胸口。

他上了门口的一辆迈巴赫。司机替他开门,又回去。车子缓缓启动。崔建国摇下车窗,挥手,眼睛不眨地看着我,像要从我身上留下些什么。我也只得与他对视,久久不动,直至车子转弯。

回到家,我把手机上那几页日记打印出来。在咖啡馆时我已经粗粗看了个开头。此刻我迫不及待想要读下去。我垫个抱枕,躺在沙发上,开始看。熟悉又遥远的字迹,让我鼻头一阵阵发酸。

2003年9月1日。晴。

今天开学。好久没见到葛向阳,他长胖了一点,皮肤也黑了。大概是经常去游泳吧。我把说好借给他的书带来了,可我发现他好像不是很感兴趣,看了几行就放下了。我问他,你喜欢看什么书?我家里有好多。他说,那可以去你家里看吗?我说,好啊。他又说,我妈说的,从今天开始可以去你家做作业。我开心极了。但我不能让他发现我很开心……

我怔怔看着。那天我是有印象的。

——我的同桌薛芸。圆脸,大眼睛,皮肤很白。看到我手里的书,弗吉尼亚·伍尔夫的《一间自己的房间》。她问我:"崔樱借你的?"

我还没想好怎么回答。她说下去:"崔樱就喜欢看这种书。"

我说："是啊。"

她说："男生是不是都喜欢那种神神秘秘、让人捉摸不透的女生？"

我想说："那也要合乎胃口才行。"但这话我自然不会说。

——这个场景，我记得我梦到过好多次。我连伍尔夫是谁都不知道，但崔樱喜欢。她问我想看吗，我说想看。只是随口一说。谁知过了一个暑假，她居然还记得。那天我提出去她家做作业，她犹豫了一下。我以为她不愿意，谁知她马上就说，好啊。

每次梦都在这里戛然而止，或者切换到别的场景。我知道我是心中有愧，以至于不敢往下继续。我去她家做作业的那些日子，用各种方法向她打听她爸和厂长的事。那时到底还小，就算有些惭愧，也很快便被与她相处时的愉快氛围所盖过。

2003年9月12日。阴。

葛向阳今天又来我家做作业了。他带了张照片，问我认识上面那个人吗。我当然认识，那个伯伯跟我爸吃过饭，还带我一起去了。葛向阳最近老是问我爸的事。我猜想这大概是他来我家做作业的原因吧。他翻我爸的床头柜，还打开过抽屉。后来我爸发现了。我骗他说是我想找东西。我也没告诉葛向阳。我猜他大概是《金田一》看多了，把自己幻想成一个侦探。他真的很有趣。

2003年9月20日。晴。

这次数学测验，葛向阳没有考好。他爸爸骂了他一顿，然后他就离家出走，到我家来了。虽然我很高兴他能来，但看到他被骂，我还是挺难过的。我问他，大概住几天？他说，一直住下去，不走了！我当然知道这不可能，但又忍不住想，要是真的就好了。

2003年9月28日。小雨。

我在葛向阳书包里发现一个照相机，想看看里面有什么照片，结果发现他拍的都是我家里的东西。五斗橱、大橱、写字台、阳台，连厕所也拍了。我当然知道他想干什么。他做得那么明显，估计我爸很快也会知道，但我不会说出来。因为那样他肯定觉得难为情，马上就走了。我希望他能多待几天。

那天薛芸告诉我，说葛向阳喜欢我。我惊讶极了。我本来还以为，只有我喜欢他，他不喜欢我呢。我借给他的书，他没两天就还给我了。我知道他没看，因为我在书里做了标记。那他为什么还要问我借呢？——现在我明白了。他真可爱。

过两天就是国庆节了，我爸说要带我一起去金华送货，顺便再去杭州玩。葛向阳应该也要回家了。我多么希望他可以再编个什么理由啊，那就可以一起去了。但应该不大可能吧。我忽然想到，要是哪天他知道我其实是装糊涂，他会是什么反应。一定会觉得很丢脸吧，哈哈。真希望快点看到。

这应该是崔樱的最后一篇日记。两天后，就发生了车祸。

当我偷偷摸摸、半真半假在搜集那些"证据"的时候，崔樱全都知道。我是个骗小姑娘的戆×，又坏又戆。我想象着她躲在我身后吃吃偷笑的情形，忍不住泪如雨下。

崔建国微信上发的那些照片，竟是当年的我。坐在车上，昏昏欲睡，有几张嘴巴张得老大，门牙毕露像个白痴。当时崔樱坐在我右边，是从她那个角度拍的——她偷拍我，也许是想吓我一跳。知道对方心意的女孩，多少有些笃定，有恃无恐。不怕我生气。她等着谜底揭开那瞬——我拿出内存卡，一看惊呼："哎呀原来她全知道！"那时她必然哈哈大笑，看我悻悻的模样，然后在我肩上一拍："寻开心呀，葛向阳！谁生气谁就是猪猡！"

谁知却是没了机会。梦里那个让我放不下的女孩，我一次次求着她的原谅。我潜意识里想过各种可能性，唯独没有想过她也喜欢我。这落点简单又直白，与梦里复杂的情节形成反差，让我的愧疚瞬间加倍，眼泪不可遏止地流了下来。

"阿哥，有空出来喝杯酒吗？"这时，小江给我发消息。

我看着手机半晌，回复他："今晚不了，有点累。"

随即，我拿出那份专利转让合同，撕了。价值350万的合同。在这个夜晚，我得以自行选择如何处置它。不管是谁，不管什么理由，反反复复，兜兜转转——此刻都不能阻止我撕掉它。

2003年9月30日深夜。雨。

雨越下越大。卡车有了年头，设备老旧，雨刮器放到top挡，声势是大的，"嘎吱嘎吱"听得人心惊肉跳，力道却不足。一来一回，总有个零点几秒是盲区，雨水从挡风玻璃上哗哗倒下，像垂直挂了条帘子，几乎完全遮住视野。电话一直没挂断，那头不出声，这头也沉默着。我以为这是等我行动的意思，便伸手去后座拿书包，安全带限制了我的活动半径，我正要解开，崔樱道："书包吗？我帮你拿吧。"

她正要解开自己的安全带。我阻止了她。

"你刚才是不是偷拍我了？"我问她。

她低着头，半晌不语，随即把头一点点抬起来。看到我眼里的笑意，她也跟着笑了——笑靥如花。便是天空最美最亮的星星，也不及她此刻光彩的万一。

她又要伸手去后排拿书包。再次被我阻止。

"别动来动去，会影响平衡的。左右平衡、俯仰平衡，还有横侧平衡，都会受影响。不安全。"我道。

她又笑起来。"葛向阳，你以为是坐飞机吗？"

"我将来会成为航空公司的平衡员。你信吗？"我问她。

"我信。你还会当上副经理、经理。最后是总调老板。"

"不会吧——"我为自己的轻狂感到不好意思。梦里也不能太野豁豁。

"到时候我来坐你画的飞机。"她道。

"不是坐我画的飞机，而是坐我画的平衡的飞机。"我纠正她。虽然听着更拗口了。

她愈发笑得欢快。

不知几时，雨竟已停了，周围也跟着亮了起来。

这晚，我不再恳求崔樱在梦里原谅我。我只是想看清她的脸。

图书在版编目（CIP）数据

平衡 / 滕肖澜著. -- 上海 ：上海文艺出版社，
2025. -- ISBN 978-7-5321-8960-1
Ⅰ．I247.5
中国国家版本馆CIP数据核字第2024G484F1号

本书入选上海市重大文艺创作资助项目

责任编辑：江　晔　余　凯
特约编辑：王瑞祥
装帧设计：付诗意

书　　名：平衡
作　　者：滕肖澜
出　　版：上海世纪出版集团　上海文艺出版社
地　　址：上海市闵行区号景路159弄A座2楼 201101
发　　行：上海文艺出版社发行中心
　　　　　上海市闵行区号景路159弄A座2楼206室 201101 www.ewen.co
印　　刷：启东市人民印刷有限公司
开　　本：1240×890 1/32
印　　张：10.875
插　　页：3
字　　数：226,000
印　　次：2025年2月第1版 2025年2月第1次印刷
Ｉ Ｓ Ｂ Ｎ：978-7-5321-8960-1/I.7056
定　　价：58.00元
告　读　者：如发现本书有质量问题请与印刷厂质量科联系　T:0513-83349365